HAYMON taschenbuch 232

Alle in diesem Buch geschilderten Handlungen und Personen sind frei erfunden. Ähnlichkeiten mit lebenden oder verstorbenen Personen sind gegebenenfalls zufällig und nicht beabsichtigt.

MIX
Papier aus verantwortungsvollen Quellen
FSC® C083411
FSC
www.fsc.org

Auflage:
4 3 2 1
2020 2019 2018 2017

HAYMON tb **232**

Originalausgabe

www.haymonverlag.at

ISBN 978-3-7099-7877-1

Umschlag- und Buchgestaltung nach Entwürfen von hœretzeder grafische gestaltung, Scheffau/Tirol
Umschlag: Eisele Grafik · Design, München, unter Verwendung von Bildelementen von bigstock.com/Natalia D. (Tapete), bigstock.com/Taigi (Teller) und bigstock.com/zia_shusha (Faschingskrapfen)
Satz: Da-TeX Gerd Blumenstein, Leipzig
Autorenfoto: Kurt-Michael Westermann

Gedruckt auf umweltfreundlichem,
chlor- und säurefrei gebleichtem Papier.

Peter Wehle

Drum morde, wer sich ewig bindet

Ein Wien-Krimi

Peter Wehle

Drum morde, wer sich ewig bindet

Freitag, 3. Jänner 2014, 5 Uhr

Ruslan Tschochaev liebte seine Arbeit. Ganz besonders an einem dritten Jänner um fünf Uhr früh. Niemand machte sich über ihn lustig, kein Mensch störte ihn, als er die Überreste einer weiteren feierwütigen Nacht in Wiens historischem Herzen beseitigte.

Vor allem die Seite mit dem Singertor hatte es ihm angetan. Auch wenn der Stephansdom für einen anderen als seinen Gott erbaut worden war, stellte er sich den Eingang zur Türmerstube gern als geheimnisumwittertes Tor in eine andere Welt vor. Natürlich würde er diesen Gedanken nie laut aussprechen, aber in der feierlichen Stille der monotonen Bewegungen mit dem Besen erlaubte er sich solche Ideen.

Fein säuberlich kehrte er die zahlreichen Nischen des verwinkelten Giganten und schob den Dreck auf die Schaufel. Er hatte seinen Straßenkehrerkarren einige Meter entfernt stehen gelassen, es war ihm lieber, mit jeder vollen Schaufel die paar Schritte zu gehen, als jedes Mal den Wagen zur nächsten Ecke zu schieben. Ruslan Tschochaev drehte den Kopf nach rechts, den Blick über den Stock-im-Eisen-Platz hatte er am liebsten, vor allem wegen ...

Vor Schreck über den markerschütternden Schrei ließ er die Schaufel fallen, ihr Krachen wurde von einem hässlich schmatzenden Geräusch übertönt. Automatisch riss der Straßenkehrer die Arme in die Höhe und wickelte sie um seinen Kopf. Er hatte gelernt, ihn zu schützen, wenn er einen Sterbenden brüllen hörte. Nach fünf Sekunden neuerlicher Stille öffnete er vorsichtig seine Augen. Als er den dunklen Haufen am Fuß des Südturms sah, ließ er endgültig seine Vorsicht bleiben, stürzte hin – und erstarrte. Er hatte genug zerquetschte Menschenleiber gesehen, um sofort zu erkennen, dass er nicht mehr die Rettung zu rufen brauchte.

Freitag, 3. Jänner 2014, 8.45 Uhr

Ob er dieses Schnaufen gehört oder nur geträumt hatte? Wie immer, wenn er seinen Rausch ausschlief, bildeten die reale und seine eigene Welt einen einzigen Wahrnehmungsbrei. Mühsam hob Fridolin Pocziorek seine Augenlider. Zuerst war alles verschwommen, aber auch, als er sich die Augen rieb, sah er draußen vor den Fenstern lediglich einen riesengroßen Wattebausch. Was aber nicht weiter verwunderlich war, denn Anfang Jänner konnte es den ganzen Tag dichten Nebel geben, erst recht zwischen Bäumen und über Wiesen wie hier am Zentralfriedhof.

Als er sich an die weiße, wenn auch schneelose Pracht gewöhnt hatte, merkte er, dass er sich das Geräusch nicht eingebildet hatte. Das Stöhnen kam von einem der Gräber irgendwo ganz in der Nähe. Von oder aus einem der Gräber? Noch bevor sich die wüstesten Zombie-Alpträume seiner nach wie vor alkoholdurchtränkten Fantasie bemächtigten, schälte sich Pocziorek aus dem Schlafsack, den er zwischen zwei mächtigen Grababdeckungen aus Granit platziert hatte. Im Kolumbarium links der Luegerkirche hatte es selbst um diese Jahreszeit eine erträgliche Temperatur, weshalb er sich hier ganz gerne zur Ruhe begab, wenn er es in den Notschlafstellen nicht mehr aushielt.

Ganz langsam schob er die kleine Türe auf, deren Schlüssel er sich vor Jahren besorgt hatte. Zentimeter um Zentimeter – vorsichtig vermied er auch nur das leiseste Quietschen. Allerdings hatte die Konzentration auf die rostigen Scharniere einen wesentlichen Nebeneffekt: Er bemerkte nicht, dass das Keuchen seltener, aber lauter wurde.

Noch Monate später, als er seine Alkoholsucht überwunden hatte, schwor Fridolin Pocziorek Stein und Bein, dass er, als er sich durch den Spalt gequetscht und seinen Blick wieder nach vorne gerichtet hatte, gestorben war. Er war sich absolut sicher, dass sein Herz ausgesetzt hatte, als vor ihm das Monster stand. Ein haariges Ungetüm, hinter dem alle erdenklichen Menschenknochen lagen. Alle ... außer einem, denn den Totenkopf hielt ihm das Höllenwesen entgegen.

Freitag, 3. Jänner 2014, 19.45 Uhr

Er hatte es immer schon gewusst.

„Danke, Ludwig, dass du dir die Zeit nehmen konntest. Ich bin in einer sehr unangenehmen Lage, vor allem, weil ..."

Aber es war ihm noch nie so deutlich aufgefallen, dass es seinem Freund und Vorgesetzten Ernst Straka derart an Menschenkenntnis und Sozialbegabung mangelte.

„... weil mir die Hände gebunden sind. Ich weiß schon, in deinen Augen bin ich immer wieder ein elender Opportunist, der sich nur darum bemüht, es allen – vor allem übergeordneten Stellen – Recht zu machen. Und weißt du was, vielleicht ..."

Wie konnte Ernst nur glauben, dass er ihm zuhören würde, wenn er ihn gerade heute in dieses Nobelrestaurant einlud? Es hätte ihm doch klar sein müssen, dass er damit genau das Gegenteil erreichte.

„... vielleicht stimmt das auch. Aber ich bin nach wie vor der Meinung, dass das a priori keine schlechte Eigenschaft sein muss. Denn gerade dadurch ist es mir gelungen, unsere Abteilung aus allen Querelen herauszuhalten. Und davon, dass ich dir ..."

Jeder Mensch würde mit einer gewissen inneren Ablehnung reagieren, wenn ihn sein Chef an einem dritten Jänner anruft und zu einem Arbeitsessen am selben Abend einlädt. Aber zu glauben, dass man jemanden nach den Feiertagen mit einer üppigen Speisenfolge bestechen könnte, zeugte von sozialer Ahnungslosigkeit.

„... dir deinen Posten dank meiner Kontakte mehrfach gerettet habe, davon will ich gar nicht erst reden."

„Ernst, dann sag bitte nicht, dass du nicht darüber reden willst, sondern schweig gleich!"

Stille! Offenbar war seine Replik sehr deutlich gewesen. Oder gar zu deutlich? Egal, Halb genoss den Moment der Ruhe, erst recht, da er – aus einer kindischen Rachelaune heraus – das teuerste Degustationsmenü gewählt hatte, obwohl er noch mit Weihnachtsköstlichkeiten vollgestopft war.

„Ludwig, bitte hör mir doch zu. Ich hab dich doch nicht aus Jux und Tollerei heute hierher gebeten. Ich brauche dringend deine Hilfe!"

„Dringend? An einem dritten Jänner!"

„Leider! Seit fünf Uhr früh."

Halb hätte noch gerne weitergestichelt, aber Strakas ungewöhnlich präzise Antwort ließ ihn die nächste Bosheit hinunterschlucken.

„Von mir aus ... Also, worum geht's? Mord, nehme ich an."

Unter normalen Bedingungen wäre das Strakas Stichwort für einen etwas zu emotionellen und ausschweifenden Bericht gewesen. Aber diesmal ...

„Es geht um ... ich weiß, dass sich jetzt gleich einige Deiner Organwindungen zusammenballen werden, aber ... ich ...“

„Ernst, wer ist der Tote? Oder handelt es sich um ein weibliches Opfer?“

„Nein. Der Tote heißt Doktor Leopold Maximilian Traigenberger, der ehemalige Vorstandsvorsitzende der AIRIS-Gruppe, der ‚Austro-International Reinsurance‘. Einer der größten Rückversicherer weltweit.“

„Noch spüre ich kein Zucken in mir.“

„Sofort, Ludwig. Denn Leomax – so nannten ihn Freunde und engere Bekannte, zu denen ich mich zählen durfte. Leomax ... also, er ist heute um fünf Uhr in der Früh vom Stephansdom heruntergestürzt.“

„Tragisch, aber was hat ein Selbstmord mit dir, geschweige denn mit mir zu tun?“

„Die Tatsache, dass es sicher kein Selbstmord war.“

„Aha! Dritter Jänner, fünf Uhr früh, Stephansdom, Sturz in die Tiefe – und das soll kein Selbstmord gewesen sein? Ernst, bitte, wie kommst du auf diese Schnapsidee?“

„Siehst du, Ludwig, genau jetzt kommt der Moment, in dem sich dein Inneres verknotet und ...“

„Da bin ich aber gespannt, weil mein Bauch liegt dermaßen voll und faul in mir herum, dass ...“

„Sein letztes und damit wohl größtes Ziel war es, sich in einer der Gruften der ‚Vienna City Center Crypts‘ dank seiner weltlichen Großzügigkeit sowie seines gottgefälligen Lebens zur ewigen Ruhe betten zu dürfen.“

„Seines gottgefälligen ... was bitte? Wo bitte? Ernst, du spinnst! Allerdings – gratuliere, du hast es geschafft. Tatsächlich, in mir ...“

„Darf ich trotzdem weiterreden?“

„Bitte.“ Halb vermied jede Gesichtsregung, die Straka seine aufflammende Neugier verraten könnte.

„Die ganze Geschichte beginnt vor vier Monaten. Vielleicht erinnerst du dich an die Schlagzeilen, damals wurden bei Bauarbeiten in der Domgarage einige vergessene Katakomben aus dem Mittelalter freigelegt. Mehrere Gänge voller Wandnischen voller Skelette. Diese Gräber dürften aus der Zeit früher Pestepidemien stammen. Die wurden verständlicherweise möglichst tief und möglichst weit weg gegraben und dann schnell wieder zugemauert.“

„Eine wunderbare Ausgangssituation für einen Horrorfilm.“

„Stimmt, aber dieser Thriller geht ganz anders weiter, als du glaubst.“

„Na geh, keine Untoten? Das ist aber schade.“

„Untote nicht, aber ein Vampir tritt auf. Allerdings einer mit Maßanzügen und feinsten Lederschuhen.“

„Na und? Auch Dracula muss mit der Zeit gehen. Und elegant war der schon immer.“

„Ist schon gut, Ludwig. Also, der längste dieser Grabgänge liegt unter einem der Häuser, die nicht mehr direkt ...“

„Aber du meinst jetzt nicht die Blutgasse 13, oder? Weil der Dobler-Fall liegt mir noch schwer im Magen.“

„Nein, ich rede vom Haus mit dem schönen alten Namen ‚Zum welschen Felsen‘, dessen Adresse legendär ist ... es hat nämlich keine.“

Halb drehte sich demonstrativ um, als ob er etwas suchen würde. „Ernst, spielen wir hier ‚Versteckte Kamera‘? ‚Vienna City Center Crypts‘, vergessene Katakomben, ein gottgefälliges Leben zur ewigen Ruhe betten, ein ermordeter Selbstmörder und jetzt noch ein Haus ohne Adresse! Gleich schlägst du mir lachend auf die Schulter und ich bin plötzlich Fernsehstar in ‚Lustige Mordermittler ganz privat'. Oder …"

„Ludwig – Star, ja! Lustig, nein! Du bist mein Starermittler, außerdem der einzige, auf den ich mich verlassen kann. Und daher – nichts von alldem ist erfunden."

„Nicht einmal das Haus ohne …"

„Ist genauso echt wie alles andere. Schau, im Laufe der Jahrhunderte wurden auch die verbliebenen Höfe zwischen den Häusern um Sankt Stephan teilweise zugebaut, sodass du heute manche dieser Gebäude nur auf Umwegen betreten kannst."

„Oder eben unterirdisch."

„Genau. Über die alten Keller oder Teile der Katakomben kannst du auch …"

„Das überlasse ich lieber Höhlenforschern."

„Ich auch. Aber leider spielt eine dieser Katakomben …"

„Die unter dem ‚welschen Felsen'?"

„… die spielt eine Hauptrolle im Fall Traigenberger!"

Samstag, 4. Jänner 2014, 12.45 Uhr

„Ein Gang voller Skelette tief unten verursacht einen Todessturz von hoch oben? Auch nicht schlecht." Wie so oft fasste Schwejk einen komplexen Inhalt ebenso knapp wie zynisch zusammen.

„So in etwa. Das Bindeglied ist ein – laut Ernst – höchst dubioser Geschäftsmann namens Michael Firtussek."

„Der mit dem Hinterhaus, unter dem diese Knochen herumliegen?"

„Stimmt, Verena." Dass sein „Teamküken" Verena Planner schon bald den rauen Tonfall ihrer beiden altgedienten Kollegen Franz Haschek und Anton Wilt übernommen hatte, regte Halb schon längst nicht mehr auf.

„Die gefüllten Blini, bitte für wen? Und die Soljanka? Die Wareniki waren für die Dame. Und zuletzt – bitte schön, der Herr." Halb erschrak, als er seine Portion Perepetschi sah. Vielleicht hätte er doch nicht das Nützliche mit dem Angenehmen verbinden, sondern ehrlich sein sollen?

„Chef, sehr lieb, dass du ab nun jährlich zum ‚Neujahrsempfang der Ermittlergruppe Hofrat Halb, Referat 3.2.1 Gewaltkriminalität, Österreichisches Bundeskriminalamt' einladen willst, aber ..."

„... aber es hätte doch nicht gleich beim ersten Mal so ein gehobenes Restaurant wie das ‚B/Allerlei/ka' sein müssen, schon gar nicht ..."

„... an einem Samstag zu Mittag, wo wir doch wissen, wie sehr du es hasst, dich – und uns – auch am Wochenende mit einem Fall zu beschäftigen."

Doch, er hätte lieber ehrlich sein sollen! Jetzt blieb nur die klassische Wiener Strategie, der gekränkte Entlastungsangriff. „Also, so viel triefenden Spott verdiene ich auch wieder nicht! Immerhin hab ich euch in eine der angesagtesten und teuersten Neueröffnungen am kulinarischen Himmel Wiens eingeladen!"

„Apropos Himmel ... Vom Himmel hoch, da komm ich her – wie ist dieser Traigenberger zur Absprungstelle gekommen? Oder, falls Straka recht haben sollte – wie hat ihn sein Mörder dort hinaufgebracht?"

„Und wie lange war er weg? Weil, wenn er wirklich getötet worden ist, dann wird er ja kaum am dritten Jänner um vier Uhr in der Früh sich einfach so entführen haben lassen. Seit wann hat ihn denn seine Familie vermisst?"

„Und ... vielleicht das Wichtigste, um überhaupt irgendeinen Anhaltspunkt zu haben: Wer war dieser Doktor Traigenberger? Wieso war es ihm so wichtig, in einer Gruft ganz in der Nähe des Stephansdoms bestattet zu werden? Wer waren seine Feinde?"

Dankbar stieg Halb auf das scheinbare Friedensangebot aller drei „Teamlinge" ein. „Die erste Frage kann ich vielleicht beantworten: Wegen Bauarbeiten gibt es derzeit einen Materialaufzug hinten außen am Südturm. Aber sonst – über Doktor Leopold Maximilian Traigenberger weiß ich einstweilen nur, was mir Ernst erzählt hat. Ehemaliger Wirtschaftskapitän, auch in der Pension noch der typische ‚Macher'. Spitzname ‚Leomax', verheiratet mit Philippine, genannt Ini, einer geborenen ‚von und zu'. Sohn Leopold Albert, ‚Leobert', studiert Internationales Recht und Tochter Aurelia Amalia – mit dem schönen Kosenamen ‚Aumali' – scheint vor allem auf einen finanziell potenten Ehemann zu warten. Die ganze Familie ist – oder war – offenbar das Sinnbild altösterreichischen Bürgertums, etwas Biedermeier, ziemlich monarchistisch und sehr katholisch. ... weshalb Ernst darauf beharrt, dass es kein Selbstmord gewesen sein kann. Die restlichen Antworten suchen wir uns ab Montag zusammen. Wobei, über den ..."

„Chef, ab Dienstag."

„Wie bitte, Toni?"

„Ab Dienstag suchen wir Antworten, nicht ab Montag. Feiertag!"

„Wieso ..."

„Chef, du willst doch nicht behaupten, dass du dich nicht schon seit Tagen auf die heiligen drei Könige freust."

„Wo die doch immer so schön singen!"

Halb schüttelte den Kopf, ausnahmsweise musste er seine – ihnen allen lieb gewordene – Verzweiflung nicht spielen, geschweige denn übertreiben. „Kann es sein, dass ihr das Motto ‚Weihnachten, ein Fest für Kinder' zu wörtlich genommen habt? Ich erkenn euch ja nicht wieder!"

„Ja, Herr Lehr..." Verena schien die Komödie weiterspielen zu wollen, aber als Sie Schwejks und Tonis Gesichter sah, brach Sie sofort ab. „Chef, sei uns bitte nicht böse, aber ... wie sollen wir denn sonst reagieren? Du zitierst uns mitten aus unseren – ohnehin kärglichen – Ferien zum Ermitteln. Und damit du kein allzu schlechtes Gewissen hast, tarnst du das als ‚Neujahrsempfang' in einem – zugegebenermaßen ausgezeichneten – Restaurant, obwohl du dir denken kannst, dass uns die heimischen Weihnachtsköstlichkeiten noch bis zur Oberkante Unterkiefer stehen. Wir hatten zwei Möglichkeiten: böse zu sein oder uns über dich lustig zu machen. Hättest du die andere lieber gehabt?"

Eine Sekunde lang hatte Halb den Eindruck, dass auch er jetzt nur zwei Möglichkeiten hatte: auf seine Teamlinge oder auf sich selber sauer zu sein. Nach vier tiefen Atemzügen entschied er sich für eine dritte Variante ... und ließ seinem Ärger über Straka freien Lauf.

„Willkommen im Club! Ich hab doch nur das getan, was die Hierarchie und Straka verlangen – den Druck nach unten verteilen! Ihr könnt mir glauben, dass auch ich nicht rasend erfreut war, wie mich der Ernst gestern am Nachmittag angerufen und um Hilfe ... ich möcht fast sagen ... angefleht hat. Gut, ich gebe zu, den Pseudotrick mit dem ‚Neujahrsempfang' hätte ich mir sparen können. Ich verspreche hoch und heilig, dass ich euch nächstes Jahr am dritten Jänner höchstens auf eine zweitägige Entschlackungskur einlade. Aber was den Mordfall Traigenberger betrifft, da haben wir – noch einmal – zwei Möglichkeiten: uns auf den juristisch korrekten ‚Ferien bis zum siebenten Jänner!'-Standpunkt zu stellen und Straka brutal zu brüskieren, oder aber als ‚Mord-Pfadfinder' zu agieren und ..."

„Als wer bitte?"

„Wir sind wie die Pfadfinder – bei Mord allzeit bereit! Dafür machen wir ein anderes Mal ein paar Tage Urlaub, das muss ja dann keiner erfahren. Einverstanden? Dann ..." Halb warf einen besonders sanften „Chef-Blick" in die kleine Runde. „Danke! Dann würde ich einen kleinen Verdauungsspaziergang vorschlagen ... der Dom ist ja nur zwei Ecken entfernt. Wir haben ja ohnehin selten einen so schönen Tatort, also können wir es diesmal wenigstens genießen, uns einen ersten Eindruck zu verschaffen. Gut, dann ..."

„Lass stecken, Chef. Du machst nie wieder einen ‚Neujahrsempfang', dafür zahlt heute jeder für sich. Okay?"

Halb zögerte nur kurz, dann zog er mit breitem Lächeln seine Brieftasche heraus. „Erstens nein! Zweitens ja! Drittens nein, liebe Verena. Nein – ihr zahlt nicht! Ja – ich erwähne dieses böse Neujahrswort nie wieder. Und drittens ... nein, im Endeffekt zahle auch ich nicht! Selbstverständlich lass ich Ernst dafür bluten. Das ist ja wohl das Mindeste, wenn er uns schon als seine Privatdetektive missbraucht. Daher – Herr Ober, bitte die Rechnung ... mit Mehrwertsteuer, ganz offiziell!"

Samstag, 4. Jänner 2014, 14 Uhr

„Hinter dieser Fassade, da müsste das Haus ‚Zum welschen Felsen' stehen. Dieser Firtussek ... das heißt, wollt ihr überhaupt noch etwas über ihn hören? Oder habt ihr gar keinen Hunger mehr, nicht einmal nach Informationen?“ Die letzten Worte dekorierte Halb mit einem kleinen Lächeln als Schlusspunkt seiner Strategie der letzten Minuten. Zuerst ein Kaltluftstoß zur Aufmunterung, dann die Kreidestriche am Tatort, um die professionelle Neugier zu wecken, und zuletzt dieser beiläufige Scherz, der nach Widerspruch verlangte. So der Plan. Und ...

„Also, wenn wir schon da sind, dann ...“

„... es bleibt uns ja sowieso nicht erspart, uns auch mit ihm zu beschäftigen.“

„Und wir wollen dich ja auch nicht enttäuschen.“

Treffer! Allerdings konnte er sich mit den nächsten Worten alles verderben, weshalb er betont neutral fortfuhr. „Laut Ernst hat dieser Firtussek, kaum, dass er von der Katakombe unter seinem Haus gehört hatte, sie offiziell als seinen Besitz reklamiert. Zum Drüberstreuen hat er ...“

„Chef, was ich nicht versteh – was heißt hier ‚Besitz‘? Ich mein, der Firtussek hätte doch erst den Denkmalschutz oder die Stadtarchäologie oder das Domkapitel, vielleicht sogar die Bestattung Wien, ja sogar den lieben Gott fragen müssen, ob er so einen Fund überhaupt als Besitz bezeichnen darf. Wir sind doch in Österreich, da darf man nicht dürfen, ohne zu fragen!“

„Toni, vielleicht hätte er das tun müssen, aber er ist lieber gleich in die Medien gegangen, und dann hat er sich sogar noch einen berühmten Anwalt genommen.“

„Kennen wir den?“

„Oh ja, nur allzu gut. Es ist niemand geringerer als Doktor Bäuler.“

„Uj, einer deiner speziellen Lieblinge. Pass nur auf, dass du nicht noch einmal vor seiner Kanzlei erschossen wirst.“

„Danke, Schwejk, ich werde deinen Rat beherzigen. Auf jeden Fall scheinen die zwei, Firtussek und Bäuler, einander glänzend zu ergänzen. Laut Ernst haben die beiden gleich nach Bekanntgabe des Sensationsfundes eine Pressekonferenz gegeben, bei der Sie die Frechheit besaßen, sich noch als Wohltäter und großzügige Sponsoren aufzuspielen."

„Helfen Sie Waisenkindern? Oder Hochbegabten, weisen Kindern?"

„Verena, ich glaub, so humorvoll sind die nicht. Und der Erzdiözese wird wohl gleich das Lachen vergangen sein, weil Firtussek den hohen Herren über die Medien ausrichten hat lassen, er wäre bereit, alle neu entdeckten ..."

„Alle?"

„Ja, nicht nur die eine unter seinem Haus, sondern alle. Er würde alle neu entdeckten Gräbergänge auf eigene Kosten sanieren, sodass diese zusammen mit den berühmten herrschaftlichen Gruften und den bereits bekannten Katakomben als eigenes Museum geöffnet werden könnten. Quasi nach dem Motto: Die bisherigen Katakombenführungen sind tot, hoch lebe die neue Katakombenattraktion! Der Stephansdom könnte dann natürlich auch die Eintrittsgebühren massiv erhöhen ... und dürfte diese sogar behalten."

„Wie großzügig von diesem Firtussek!"

„Nicht wahr, Toni! Aber natürlich ... ‚Umsonst ist nur der Tod, und auch nur für den Verstorbenen!' Wie der Ernst diesen Satz zitiert hat, hat er Firtussek nachgeäfft und ihn beinahe ein A..."

„Nein! Das kann nicht sein. Nicht der Herr Hofrat Doktor Straka!"

„Doch, glaubt mir. Aber ich hab ihn gerade noch bremsen können."

„Wie?"

„Indem ich ihm vorgeschlagen habe, über diesen geldgeilen Unhold ab nun nur mehr per ‚dieses Firtussek' zu sprechen."

„Pfui, wie könnt ihr nur. Aber gut ... und weiter?"

„Na ja, Firtussek hat auf dieser Pressekonferenz dann angeblich auf bescheiden gemacht. Für seine ach so großzügige Sanierung wollte er doch nichts Besonderes, nur die offizielle Erlaubnis, dass er ‚seine' Katakombe in einem ersten Schritt von den restlichen mit einer Spezialtür abtrennen dürfte. Dann würde er die Skelette entfernen und – selbstverständlich auch das auf eigene Kosten – in einer Gedenkstätte auf einem Wiener Friedhof feierlich bestatten lassen. Die dann leere Grabstätte unter seinem Haus würde er zu einer Gruft umbauen lassen – einer Gruft, die an Pracht und Noblesse kaum zu toppen wäre! ‚The Vienna City Center Crypts, Saint Stephen's', die ‚VCCCs'! Das wäre ein sensationelles Jahrhundertprojekt! Eine Gruft, die jegliche Sicherheit vor Zerstörung durch Vandalen oder sonstige Gegner der dort Bestatteten garantieren würde."

„Eine Nobelgruft? Ein Taj Mahal am Stephansplatz? Besser gesagt, einige Stockwerke darunter? Der spinnt ja!"

„Schwejk, du brauchst dich gar nicht so aufzuregen! Denn das war noch nicht einmal alles. Laut Ernst hat sich Firtussek derart hineingesteigert, dass er dem Domkapitel angeboten hat, als Krönung seiner Großzügigkeit einen eigenen Abgang direkt vom Stephansplatz in das neue Museum zu bauen! Mit Eingangsbereich, Shop, Cafeteria und allem, was das Herz eines modernen Touristen begehrt. Und am Ende der Pressekonferenz hat Firtussek noch den glorreichen Vorschlag gebracht, das ganze ‚Katakombinum' zu nennen. Und damit die Besucher nur so in Scharen strömen, hat er der Erzdiözese nahegelegt, das Katakombinum vor allem den Themen ‚Pest', ‚Türkenkriege', ‚Todesstrafe' und ‚Skelette' zu widmen, das Ganze zu einer Art Geisterbahn umzubauen – der Tod allein würde doch keinen Hund mehr hinterm Ofen hervorlocken, nur echt blutiger Horror würde sich sehr gut verkaufen."

„Und als Prunkstück dieser makabren Fremdenverkehrsattraktion würde sein seltsamer Nobelfriedhof ..."

„Nein, Verena! Die Vienna City Center Crypts sind ein völlig separates Projekt, eine vom Katakombinum komplett abgetrennte Einrichtung, sozusagen die Belohnung für Firtusseks Sponsoring. Natürlich sagt er das nicht so offen, aber in Wirklichkeit will der damit Millionen verdienen."

„Wie soll das gehen?"

„Indem er eine Gruft mit vierundzwanzig Grabstellen baut, je zwölf in einer Reihe. Jede dieser ‚Bestattungsgaragen' hat natürlich ihren eigenen Zugang mit persönlichem Code, ihre eigene Beleuchtung, ihre eigene Belüftung, ihre eigene musikalische Beschallung und ihr eigenes Service. Und gleich beim Eingang der VCCCs, der sowohl über einen Aufzug direkt aus der Tiefgarage als auch über eine betont unauffällige Tür im Erdgeschoß vom Haus ‚Zum welschen Felsen' zu erreichen ist – bei diesem Eingang soll es einen Personal- wie auch einen Besucherbereich geben. Laut Ernst hat Firtussek sogar einen kleinen Saal für Veranstaltungen eingeplant – zum Beispiel könnte dort anlässlich des x-ten Todestags eines der erlauchten Bestatteten eine Gedenkfeier stattfinden."

„Chef, du hast vorhin von ‚Sicherheit vor Zerstörung durch Vandalen' gesprochen. Was genau meinst du?"

„Toni, ich hab das so verstanden, dass Firtussek diese Grabstätte vor allem in Tyrannen- und ähnlichen Kreisen bewerben will. Stellt euch vor, ein Diktator weiß, dass er bald sterben muss ... ironischerweise an einer normalen Krankheit, nicht am schlechten Gewissen wegen der Millionen Opfer, deren Leid er verschuldet hat. So jemand will natürlich nicht nur schlicht begraben, geschweige denn irgendwo verscharrt werden. Und er muss auch an die Möglichkeit einer Grabschändung denken, falls seine ‚geliebten Untertanen' eines fernen Tages – aus seiner Sicht irrtümlich – frei sein sollten. Die Lösung: ‚Kommen Sie in die VCCCs, da wird sogar die Ewigkeit zur kurzweiligen Unterhaltung!'"

„Aber, das ist doch ein grundsätzlicher Denkfehler! Ein wahrer Despot wird sich doch mitten in seinem Reich ein Grabdenkmal erbauen lassen, wie es die Welt noch nicht gesehen hat. Den kannst du doch nicht mit der Adresse ‚Grabstelle siebzehn, Zum welschen Felsen, Wien eins, tief unterm Stephansplatz' ködern."

„Schwejk, mit mir musst du nicht argumentieren! Aber ich denk mir halt, dass der Firtussek dermaßen überzeugt von seiner Idee ist, dass ..."

„Du willst sagen, er ist vom vielen Geld geblendet."

„Oder so. Auf jeden Fall scheint er ein Mann zu sein, der – um es vorsichtig zu formulieren – außerordentlich begeisterungsfähig ist. Da kann es schon passieren, dass die Logik aussetzt."

Obwohl inzwischen leichter Nieselregen eingesetzt hatte, lockerten Schwejk und Halb ihre Schals, so sehr hatten Sie die skurrilen Gedankengänge erhitzt.

„Und dort drüben unten ...", Verena deutete vage in die Richtung, in der sie die Katakombe unter dem ‚welschen Felsen' vermutete, „wollte sich auch dieser Doktor Traigenberger unbedingt bestatten lassen?"

„Laut Ernst – ja."

„Aber warum? Warum wollte er in unmittelbarer Nachbarschaft zu diesem menschlichen Abschaum seine ewige Ruhe verbringen? Noch dazu, da das ein Schweinegeld kosten dürfte, denn ..."

„Stimmt, Verena, das würde Toni und mich auch ganz besonders interessieren. Um welche Summen geht es denn bei diesen Vienna City Center Crypts? Wie viel soll denn jede dieser Einzelgruften kosten?"

„Schwejk, ich kann euch einstweilen natürlich nur das sagen, was mir Ernst erzählt hat. Laut ihm schweben dem Herrn vom ‚welschen Felsen' gewaltige Summen vor. Rund eine Million Euro! Pro Grab! Das sind ..."

„Vierundzwanzig Millionen Euro?"

„Toni, jetzt tu doch nicht so erstaunt! Für die High Society der internationalen Bestien ist eine Million gerade einmal das, was jeder von diesen Sadisten pro Stunde, vielleicht sogar pro Minute allein schon an Enteignungen verdient. Und davon will sich eben der Herr Firtussek eine Scheibe abschneiden. Wobei, mit den vierundzwanzig Millionen würde er sich ja noch nicht zufrieden geben! Laut Ernst könnten die Vienna City Center Crypts pro Jahr mindestens einige zusätzliche Millionen einspielen ... Blumenschmuck, spezielle Beleuchtungsprogramme, Beiträge für bestimmte Gedenkfeiern. Mein Gott, Kleinvieh macht auch Mist."

Ohne es zu merken, hatten sie sich um die Umrisse von Traigenbergers Aufprallstelle gruppiert. Verena fixierte die im Regen immer blasser werdenden Kreidestriche, und Toni starrte vor sich hin. Schwejk versuchte mit seinen Blicken durch den Nebel zu dringen. „Wissen wir schon, von wie weit oben Traigenberger gesprungen ist? Oder gestoßen wurde?"

„Ich nicht, aber wir vielleicht schon. Ernst hat – wenn auch höchst inoffiziell – natürlich gleich gestern die Kriminaltechnik den halben Turm absuchen lassen. Die Ergebnisse bekommen wir am Mo... am Dienstag." Halb deutete ein leises Entschuldigungszucken seiner Schultern an. „Ich verspreche euch, bis Mittwoch nächster Woche werde ich mir gemerkt haben, dass am Montag ein Feiertag gewesen sein wird."

Als erste sprang Verena auf seinen Wink mit dem Zaunpfahl an. „Aber vorhin hast du noch etwas von ‚bei Mord allzeit bereit' gesagt. Also, erwartest du uns jetzt am Montag im Büro oder nicht?"

„Selbstverständlich erwarte ich von euch, dass ...", nur mühsam unterdrückte Halb ein Lächeln, die „Sekunden-Choreografie" aus hoffnungsfroher Muskelanspannung und enttäuschtem Zusammensacken erheiterte ihn trotz der tristen Umstände, „ihr eure Ferien genießt und danach wieder in alter Frische dafür sorgt, dass das Böse in unserer Stadt keine Sekunde mehr ruhen kann, weshalb wir einander am Dienstag ..."

„Und außerdem hast du keine Lust, überübermorgen noch einmal die ganze Geschichte zu wiederholen, wenn auch die Helli und der Ingeniöhr von ihren Urlauben zurück sind. Stimmt's?"

„Nicht ganz, lieber Toni! Denn wie üblich werde ich erst gegen neun Uhr erscheinen und mich dann freuen, dass ihr drei die zwei bereits informiert habt. Also dann, auf Wiedersehen ... am Dienstag, den siebenten Jänner!"

Kaum, dass er seinen Schal wieder fester gebunden, ein unbestimmtes Winken angedeutet und sich weggedreht hatte, hob Schwejk die Hand, als ob er seinen Chef zurückholen wollte. „Eins noch, habe ich das richtig verstanden? Nur weil Hofrat Straka einerseits seit

Jahrzehnten Familie Traigenberger kennt und er sich andererseits nicht vorstellen kann, dass dieser Leomax freiwillig gesprungen ist, deshalb dürfen wir uns jetzt lächerlich machen? Natürlich war das ein Selbstmord, warum sonst sollte dieser Mann gleich die erste Gruft in dieser geschmacklosen Leichenbewahranstalt für Wien-Freunde der internationalen Diktatorenelite kaufen wollen?"

Halbs Versuch eines unbeschwerten Lächelns verkam aus verschiedenen Gründen zu einem Gesichtsausdruck, der jeder Sphinx zur Ehre gereicht hätte. „Siehst du, Schwejk, das ist doch gleich ein wunderbarer Einstieg für kommenden Dienstag. Grüß euch!" Dass er die ganze Zeit gehofft hatte, auf diese und andere ähnlich seltsame Fragen gemeinsam eine Antwort zu finden, wollte er ihnen nicht noch nachrufen. Das hätte zu sehr nach Enttäuschung geklungen.

Samstag, 4. Jänner 2014, 14.30 Uhr

Auf dem Weg zur U-Bahn bemühte sich Halb, das Chaos in seinem Kopf in den Griff zu kriegen. Er hasste es, wenn die Gedanken selbstständig durch sein Hirn schwirrten, ohne ihn zu fragen, wo sie sich einordnen sollten. Im konkreten Fall machte ihm vor allem eines zu schaffen: Welche von Ernsts Neuigkeiten hatte er in den letzten Stunden seinen Teamlingen berichtet?

Eines war klar: Das gestrige Nachtmahl war viel informationsreicher als das heutige Mittagessen gewesen. Von Sixtus Ekkehardt zum Beispiel, von dem hatte er heute keine Silbe erwähnt. Strakas „Gott-sei-bei-uns"! Dabei hatte ihm Straka ausführlich seine Freude geschildert, als er von seinen Bekannten aus der Pfarre

Sankt Stephan gefragt worden war, ob er nicht Mitglied in einem speziellen Gremium werden wollte. Als nämlich die Pläne Firtusseks ruchbar geworden waren – ja, Ernst hatte doch tatsächlich das Wort „ruchbar" verwendet –, als eben diese Pläne bekannt geworden waren und gleichzeitig klar wurde, dass nicht so einfach gegen dieses schamlose Bauwerk vorgegangen werden könnte, war von einigen Würdenträgern beschlossen worden, auf jeden Fall allzu großes Aufsehen zu vermeiden. Irgendwie hatten Sie Firtussek unter Druck gesetzt und ihm eine Unterschrift abgerungen. Damit hatte der vorerst einmal akzeptiert, dass er die einzelnen Grabstellen nicht an jeden dahergelaufenen Massenmörder verkaufen könnte, sondern dass ein eigenes Gremium die Erlaubnis erteilen würde, wer dort seine letzte Ruhestätte finden dürfte. Und er, Ernst Straka, war gefragt worden, ob er nicht Mitglied eben dieses „Rats zur Beurteilung der Bestattungswertigkeit und -würdigkeit", des „RaBeWe" werden wollte. Und wie er wollte!

Halb lächelte, als ihm Strakas Gesichtsausdruck einfiel, wie er ihm die Leviten gelesen hatte. Er, Halb, wäre davon überzeugt, dass sowohl Firtusseks Unterschrift als auch dieser RaBeWe im „Papierkorb der Geschichte" landen würden! Und zwar genau in dem Moment, in dem der erste millionenschwere Interessent für eine der Gruften auftauchen würde. Aber Straka war absolut bei seiner Meinung geblieben – nein, die Entscheidungen des RaBeWe würden ganz sicher auch von Firtussek, ja, sogar von Doktor Bäuler anerkannt werden! Da er es sich nicht mit seinem langjährigen Freund Ernst Straka, noch dazu wegen einer solchen Lächerlichkeit, verscherzen wollte, hatte er sofort das Thema gewechselt und sich über die anderen Mitglieder erkundigt. Was sich als grober Fehler erwies! Ernst hatte sofort zu jammern begonnen. Denn genau in diesem RaBeWe hatte er Sixtus Ekkehardt kennengelernt. Ein „menschliches Übel“, das dank seines Selbstbewusstseins sofort den – eigentlich gar nicht vorhandenen – „Chefsessel“ für sich in Anspruch genommen hatte. Außerdem war Ekkehardt „ein unvorstellbarer Besserwisser und Meinungstyrann! Weißt du, Ludwig, im Vergleich mit dem wirkt ein spanisches Inquisitionstribunal wie ein schlimmer Kindergarten. So was von einem humorlosen, arroganten Oberlehrer. Selbst wenn er hustet, hast du den Eindruck, als ob er den Zeigefinger heben und dich kritisieren würde. Und genau dieser Hohepriester der Selbstherrlichkeit ist jetzt der ‚Oberrichter‘, der über diese schreckliche Tragödie zu urteilen hat.“ An der Stelle waren Sie wieder auf Doktor Traigenberger zu sprechen gekommen.

Halb bog zur Virgilkapelle ab, um die aus der U-Bahn strömenden Menschenmassen an sich vorbeiziehen zu lassen. In diesem Eck konnte er besser nachdenken. Hatte er seinen Teamlingen alles über Traigenberger erzählt? Erzkonservativer Patriarch, Witwe Ini, Sohn Leobert, Tochter Aumali ... und Leomax wollte unbedingt der erste sein, der in den Vienna City Center Crypts bestattet werden würde. Warum eigentlich? Das hatte ihm Ernst noch nicht gesagt ... vielleicht nicht sagen können, möglicherweise wusste er es selber nicht.

Als sich Halb wieder in die Fluten des öffentlichen Verkehrs warf, sah er für einen Augenblick ein Gesicht, das ihn an einen Fischadler erinnerte. Unter einem Schopf weißer Haare maßen starre Augen die Umgebung, als ob die messerscharfe Nase und der leichte Vorbiss sofort auf eine Beute loshacken würden. So stellte er sich Sixtus Ekkehardt vor.

Und in dieser Sekunde hatte Halb ein Bild vor Augen, das ihn gleichermaßen ängstigte wie erheiterte: einen Schwarm Lachse, in deren Mitte ein bemerkenswertes Exemplar schwamm – es trug Ernst Strakas Züge. Dieser „Lachs-Ernst“ machte ein gequältes Gesicht, seine Augen flogen zwischen seinen Mitfischen hin und her. Plötzlich schoss eines der Tiere aus dem Wasser, stieg höher und höher und mutierte dabei zu einem Fischadler.

Als Halb nicht mehr mit den Menschenmengen mitschwamm, sondern in einem hinteren Waggonwinkel zum Stehen kam, spürte er ein flaues Gefühl im Magen – und er war ganz sicher, dass das keine verspätete Wirkung der Perepetschi war.

Ernst Straka, der sich ein Leben lang als Schwarmtier gesehen und entsprechend vernetzt hatte, drohte die Gefahr, aus mehreren freundschaftlichen Banden einen Strick gedreht zu bekommen.

Schwejk hatte Unrecht gehabt – es ging nicht um Ernsts Eitelkeit und Feigheit, es ging um mehr.

Aber um wie viel mehr? Und um welches „mehr“?

Samstag, 4. Jänner 2014, 22.30 Uhr

Verena?

Wohlig streckte sich Halb in seinem Lieblingsohrensessel. Der Duft der frischen Ostfriesen-Mischung mit Goldspitzen ließ ihn sanft, aber unerbittlich aus seinen Gedankennebeln auftauchen.

Hatte nicht Verena diese wesentliche Frage formuliert? Warum war es Traigenberger so wichtig gewesen, in unmittelbarer Nachbarschaft zu größenwahnsinnigen Massenmördern seine ewige Ruhe zu finden? Wollte er am Ende gar keine ewige Ruhe, sondern stattdessen tiefgekühlt auf Zeiten warten, in denen ihn eine modernere Medizin wieder in alter Frische auferstehen lassen würde? ... Das wäre dann wohl in sehr alter Frische gewesen!

Oder sollte es sich doch nur um einen letzten Aufschrei – „Seht her, für mich nur das Teuerste!“ – handeln? Aber dann hätte er sich viel leichter auf irgendeinem Nobelfriedhof ein opulentes Grabmal bauen lassen können! Ein oberirdisches, gut sichtbar für jeden „Normalgrab“-Besucher.

Halb schüttelte munter den Kopf. Nein, beide Hypothesen widersprachen Traigenbergers streng katholischer Lebenssicht.

Vorsichtig schälte er sich aus seiner Kauerposition, um ein Zimmer weiter zu wechseln. Seit er zwischen drei Haushalten pendelte, wusste er nie so genau, ob und wann er welches Bett frisch überzogen hatte. Und da er die letzten zwei Wochen in – bereits erstaunlich trauter – Zweisamkeit und daher in seiner alten Wohnung verbracht hatte, hatte er keine Ahnung, welcher Anblick sich ihm in seinem Schlafzimmer bieten würde. Plötzlich grollte es heftig in ihm – warum musste Delia gerade heute ihre „Dreier-Mama“ besuchen! „Ludwig, deinetwegen! Sonst hätte ich sie doch schon am Heiligen Abend oder wenigstens zu Silvester besucht.“ – Er hatte ihren mit einer Prise Vorwurf gewürzten Tonfall noch allzu gut im Ohr.

Vorsichtig drückte er die Klinke herunter – und wäre am liebsten gleich im strahlenden Ensemble aus Leintuch, Polster und Decke versunken. Die wenigen noch notwendigen Schritte ins Badezimmer und zum Kleiderständer könnte er auch im Halbschlaf absolvieren und ...

So hässlich hatte das Telefon noch nie geklingelt!

Sollte er? Oder nicht? Delia? Nein, die würde ihn am Handy anrufen. Allerdings, da er wieder einmal sein Handy vergessen hatte – besser gesagt, vergessen hatte, wo er sein Handy vergessen hatte –, blieb ihm nichts anderes übrig, als abzuheben.

Sonntag, 5. Jänner, 9.45 Uhr

Am liebsten hätte er ihn mit der Telefonschnur gefesselt und wenigstens einige Minuten so sitzen gelassen.

Andererseits war er selber schuld, er hätte es einfach weiterklingeln lassen sollen.

Andererseits, hätte er ahnen können, dass ihn Straka kurz vor dreiundzwanzig Uhr anrufen würde?

„... wie auch wir vergeben unseren Schuldigern." Halb stellte erstaunt fest, dass er zumindest die wichtigsten Gebete nach wie vor auswendig kannte. Worüber er froh war – zwar konnte er seinen Groll auf seinen ach so lieben Freund Ernst selbst an diesem Ort kaum bändigen, aber er hatte vor der heiligen Messe und der Trauer der Familie Traigenberger zu großen Respekt, um die Würde der Feier stören und nicht im Chor der Anwesenden mitmurmeln zu wollen. „... sondern erlöse uns von dem Bösen." Mühsam unterdrückte Halb einen Seufzer der Begeisterung, trotz seiner agnostischen Grundhaltung hatte er diesen Satz schon oft und leidenschaftlich zitiert. Wann immer er dann hämisch darauf aufmerksam gemacht worden war, dass er doch damit seinen eigenen Posten gefährde, hatte er die Kleingeister mit dem Argument zurechtgewiesen, dass er in einer solchen Welt gerne bereit wäre, ein Schwerverbrecher zu werden und als solcher gleich wieder zugrunde zu gehen, nur um zu beweisen, dass es auch wirklich keinen Platz mehr für das Böse gäbe.

„Pardon!“, „Entschuldigen, der Herr!“ Als die meisten zur heiligen Kommunion gingen, stellte sich Halb an den Rand des Kirchenschiffs, um erste Blicke auf diejenigen zu werfen, denen er gleich vorgestellt werden sollte.

Er hatte Strakas klagenden Tonfall von heute Nacht noch so im Ohr, als ob er eben den Telefonhörer aufgelegt hätte: „Ludwig, bitte! Bitte, bitte, du musst morgen kommen! Natürlich ist das noch die offizielle Totenmesse, aber trotzdem der ideale Einstieg in deine Ermittlungen, dort hast du alle auf einen Fleck. Klarerweise die Familie Traigenberger, aber auch alle Mitglieder des RaBeWe, also des Gremiums, in dem ich ... na, du weißt schon. Und als Krönung ... oder wie immer man das nennen will! Also, angeblich kommt sogar der Firtussek. Und ganz sicher der Doktor Bäuler! Gut, bei dem ist das keine Überraschung, weil seine verehrte Frau Mama ... vielleicht hast du schon einmal mit ihr zu tun gehabt? ‚Die letzte Wiener Matriarchin‘ wird sie auch manchmal genannt. Blasphemisch-boshafte Zungen bezeichnen sie allerdings gerne als ‚Generalsekretärin der heiligen Maria‘, so katholisch, wie die ist. Du kannst mir glauben, keiner ihrer drei Söhne – und erst recht keine ihrer Schwiegertöchter – hat auch nur ein Wort zu vermelden. Lediglich von ihren Enkelinnen, da lässt sie sich ab und zu korrigieren. Natürlich kommt die Frau Kommerzialrätin Bäuler eisern in die heilige Messe. Mindestens dreimal die Woche, selbst in ihrem zarten Alter von siebenundachtzig Jahren. Ludwig, bitte, du musst kommen! Und – ich weiß schon, dass du normalerweise an einem Sonntag bis spät in den

Vormittag hinein schläfst und dir dann dein geliebtes Kaffeehausfrühstück gönnst. Trotzdem, bitte versuch morgen, ein halbwegs freundliches Gesicht zu machen. Ich werd dir nach der Messe alle gebührend präsentieren. Ah ja, noch etwas, sei bitte nicht gleich beleidigt, wenn ich dich mit allen Titeln vorstelle! Ich weiß schon, du magst das nicht, aber dort bist du der Herr Hofrat Magister Ludwig Halb, Leiter des Referats für Gewaltkriminalität im Österreichischen Bundeskriminalamt! Also, noch ein letztes Mal ... bitte komm morgen pünktlich um neun Uhr in den Stephansdom, bitte!"

Er war zu müde und zu verblüfft gewesen, um auch nur eine Sekunde zu protestieren. Natürlich hätte er Ernst vor den Kopf stoßen und einfach nicht kommen können, aber das hätte ihn seine Glaubhaftigkeit gekostet. Und zwar seine eigene, die vor ihm selber. Denn erst gestern Nachmittag hatte er bei seinen Teamlingen heftig dafür geworben, den Fall Traigenberger professionell anzugehen und nicht nur Dienst nach Vorschrift zu machen. Also wäre es unverschämt, daran zu denken, dass er sich jetzt – genau in dieser Sekunde – noch im Bett räkeln könnte. Und dann stünde das wunderbare Ritual des „ganzen Halb-Frühstücks" auf dem Programm, mit seiner geliebten Cholesterinbombe aus drei Eiern und extra fettem Speck, Weißbrot, doppelter Butter und nur einem kleinen Glas Orangensaft – nicht mehr, weil der könnte ja irrtümlich gesund sein. Danach käme ein frisches Brioche-Kipferl mit Marmelade und zum Abschluss ein kleines Stück Torte, quasi als Wegzehrung für den ...

„Herr Hofrat! Was für eine ... eine unerwartete Überraschung."

„Herr Doktor, was für ein wunderbarer Pleonasmus. Und im übrigen, guten Morgen." Dank seiner Abneigung für Rechtsanwalt Bäuler kehrte Halb im Bruchteil einer Sekunde aus seinen barocken Frühstücksträumen in die gotische Realität des Doms zurück.

„Pleo...?“

„...nasmus. Ja, denn ‚eine Überraschung‘ ist immer ‚unerwartet‘. Diese Bedeutungswiederholung ...“

„... ist wohl meiner juristischen Ausbildung geschuldet.“

Halb strafte automatisch die Schultern. Er schätzte es zwar nicht sehr, mit all seinen Titeln angesprochen zu werden, aber sein absolviertes Studium der Rechtswissenschaften wollte er sich auch wieder nicht lächerlich machen lassen.

„Vielleicht gibt es in manchen Kanzleien eine sprachliche Schwäche, aber nicht alle ...“

„Ach Gott, wie ungeschickt von mir. Ich vergaß ganz, Sie sind ja auch ...“

„Otto, möchtest du mir nicht den Herrn vorstellen? Ich weiß nämlich immer gerne, an wem ich mich mühsam vorbeischlängeln muss.“

Trotz der Nadelstiche der letzten Sekunden musste Halb unverschämt grinsen. Außerdem kam in ihm so etwas wie Mitleid hoch – bei dieser Mutter wäre es selbst einem anständigeren Charakter als Otto Bäuler schwer gefallen, ein Mensch zu werden.

„Frau Kommerzialrätin, bitte vielmals um Entschuldigung! Halb, Ludwig Halb.“

„Mutter, der Herr ist viel zu bescheiden, denn ...“

„Aber das weiß ich doch! Wie immer hältst du mich fälschlicherweise für senil! Selbstverständlich kenne ich den Herrn Hofrat Magister Halb aus den Medien. Ich bin eine große Bewunderin ihrer kriminalistischen Kunst! Fast immer, nur bei wenigen Fällen war ich der Meinung, dass sie den Täter früher hätten erkennen und verhaften müssen. Aber meistens ..." Trotz seiner – dank der harten Kirchenbank derzeit besonders – lädierten Bandscheiben gelang Halb eine vollendete Verbeugung mit abschließendem Handkuss. „Wie gesagt, fast immer. Es war mir ein Vergnügen, Herr Hofrat! Vielleicht sehen wir einander ja bald wieder ... sogar hier in Sankt Stephan?" Langsam erhob sich Halb – gerade rechtzeitig, um Zeuge einer schauspielerischen Spitzenleistung zu werden. Denn Frau Bäulers zuckersüßes Lächeln ihm gegenüber passte überhaupt nicht zum Befehlston, in dem sie ihren Sohn anherrschte. „Was ist, Otto, wieso stehst du noch hier herum? Glaubst du, dass sich der Wagen von alleine aus der Domgarage herauffährt? Ich war ja dagegen, dem Chauffeur frei zu geben, aber du ..."

„Mutter, das ist so im Gesetz geregelt, dass ..."

„Papperlapapp! Na, jetzt lauf schon und hol den Rolls!"

Noch einmal senkte Halb sein Gesicht zum verrunzelten Handrücken – und verharrte ungewöhnlich lange in dieser Position. Als er sich aufrichtete, bekam er einen fürchterlichen Hustenanfall, den er erst abklingen ließ, als er das explosionsartige Lachen endgültig hinuntergeschluckt hatte.

Sonntag, 5. Jänner, 10 Uhr

„Ludwig, endlich!" Einem Panzer gleich schob sich Straka durch die hinausstrebende Menge, nur, um unmittelbar vor seinem Freund und Kollegen mit einem lapidaren „Komm!" gleich wieder umzudrehen und den meisten der älteren Herrschaften auch auf den anderen Fuß zu steigen.

Während er die obligate „Meine Verehrung!, Mein Beileid!, Küss die Hand!“-Runde absolvierte, stellte Halb mit leiser Belustigung fest, dass sein Gruß von keinem neutral erwidert wurde. Offenbar hatte ihn Straka derart angepriesen, dass ihm sowohl Michael Firtussek als auch fast alle Mitglieder des Rats zur Beurteilung der Bestattungswertigkeit und -würdigkeit mit unverhohlener Ablehnung die Hand schüttelten. Lediglich die Familien Traigenberger und Katzapitopoulos, die ihm als „wichtige Stütze der Pfarre“ vorgestellt wurde, ließen distanzierte Freundlichkeit erahnen.

Beim letzten Handschütteln war es allerdings an Halb, seine spontane Abneigung zu unterdrücken. Beinahe wäre ihm „Sie? Der Fischadler!“ herausgerutscht, aber die frostige Begrüßung Sixtus Ekkehardts ließ die Unhöflichkeit schon in seiner Kehle erstarren. „Auch ein Vorteil!“, dachte er sich, als er das raubvogelartige Gesicht musterte. Tatsächlich sah es aus der Nähe noch ungenießbarer aus als auf die Distanz einer U-Bahn-Rolltreppe – mit seinem „spanischen Inquisitionstribunal“ hatte Straka ausnahmsweise nicht übertrieben!

„Ich bitte vielmals um Entschuldigung, das Umziehen hat doch etwas länger gedauert. Aber umso mehr freue ich mich ... ja, so habe ich Sie mir in Lebensgröße vorgestellt. Soumontino, Hugo Soumontino! Piacere!“ Der Mann in Schwarz, der auf Halb zugeeilt kam, glich Ekkehardt zwar in Figur und Gesichtsschnitt, aber trotzdem strahlte seine Hagerkeit eine kuriose Mischung aus zurückhaltender Klugheit und unbändiger Freundlichkeit aus.

„Piacere mio, Herr ...“

„Ludwig, ich hab ganz vergessen, dir den Herrn Monsignore ...“

„Ernst, wolltest du nicht sagen, dass du mir meinen Herrn Monsignore ..."

Straka starrte Halb wie ein Wesen von einem anderen Stern an – Wortspiele waren nun mal nicht seine Sache –, ganz im Gegensatz zu Monsignore Soumontino, der schallend zu lachen begann. „Wunderbar, Herr Hofrat! Ich sehe schon, wir werden uns glänzend unterhalten. Bitte, folgen Sie mir unauffällig."

Noch bevor Halb „Gerne, aber wohin?" fragen konnte, ergriff Straka seinen Arm und begann beschwörend zu flüstern. „Ludwig, ich ... also, ich wollte es dir gestern Abend am Telefon ... ja, ich gestehe, ich hab dir gestern Abend verschwiegen, dass wir nach der Messe den Tatort besichtigen können. Also, den echten. Ich mein, nicht den Platz unten, den mit den weißen Linien, wo der arme Leomax ... sondern die Plattform, von der er ..." Noch während Strakas Gestotter kamen sie zur kleinen Tür, von der aus 343 Stufen zur Türmerstube führten.

Als Halb erkannte, dass sie durch das enge Stiegenhaus in die Höhe steigen würden, spürte er sofort seine „alten Bekannten": Herzklopfen und den Hauch einer Atemnot. Bisher hatte es genügt, enge Aufzüge mit Doppelstahltüren zu meiden. In letzter Zeit hatte er aber den Eindruck gewonnen, dass sich selbst in U-Bahnen unsichtbare Liftkabinen verbargen – an manchen Tagen atmete er erst dann befreit auf, wenn er wieder in die „Oberwelt" hinaustrat. Selbstverständlich hätte er jeden grob zurechtgewiesen, der ihm irgendetwas von „Klaustrophobie" vorgefaselt hätte. Jeden, außer vielleicht ... ob er doch einmal zu Magister Bauer gehen sollte. Immerhin könnte er den ehemaligen Gefängnispsychologen ganz unverfänglich fragen, ob diese Ängste – selbstverständlich nur bei

Häftlingen – häufiger vorkämen? Und was man ... was man bei denen dagegen tun könnte?

Immerhin hatten ihn diese Gedanken so weit abgelenkt, dass er gar nicht bemerkt hatte, wie sehr er bereits außer Atem war. Was auch eine tröstliche Erkenntnis war, ließ sie doch den Schluss zu, dass sie gleich ihr Ziel erreichen würden.

Ihr Ziel! Welches eigentlich? Wo war diese verdammte Plattform?

Nur mühsam unterdrückte Halb die Panik, die ihn nun endgültig zu überfallen drohte. Leider hatte er nicht von Anfang an die Stufen gezählt, sodass er jetzt gar nicht mehr damit beginnen musste. „Eins, zwei, drei ..." Trotz aller Unvernunft murmelte Halb schwer atmend vor sich hin, und tatsächlich beruhigte sich sein Atem und das wiederum ihn. „Siebenunddreißig, achtunddreißig, neunund..."

„So, wir müssen jetzt durch diese provisorische Türe auf eine Art Bausteg steigen. Der Boden ist ein Metallgitter, das kann gerade bei diesem Wetter sehr rutschig sein. Sie brauchen sich aber nicht fürchten abzustürzen – auf der dem Freien zugewandten Seite gibt es selbstverständlich ein Geländer. Sie können also schlimmstenfalls Richtung Dach fallen ... aber das wird schon nicht passieren. Trotzdem – bitte um Vorsicht!"

Als er ins Freie trat, glaubte Halb jede einzelne Hirnzelle zu spüren, wie sie sich mit Blut vollpumpte und wieder ihre Arbeit aufnahm. Noch bevor er den Steg entlangging, warf er Straka einen fragenden Blick zu und deutete dabei zuerst auf seine Hände und dann auf das Gitter. Sowie er dessen dezentes Nicken sah, griff er beherzt nach dem Handlauf – die Kriminaltechnik hatte offenbar auch schon diesen Abschnitt untersucht, sodass niemand von ihnen eventuelle Spuren verwischen konnte. Am Ende des schmalen Gitterwegs drehte sich Halb um und sah zu seiner Überraschung, dass die Turmluke nicht nur den Monsignore, Straka und ihn, sondern auch Mutter, Sohn und Tochter Traigenberger, die Familie mit dem vielsilbigen griechischen Namen sowie Firtussek und einige der RaBeWe-Mitglieder ausgespuckt hatte.

„Bitte sich jetzt von diesem großartigen Ausblick zu trennen, aber ich kann ihnen versprechen, in zwei Minuten tut sich ein noch beeindruckenderes Panorama vor Ihnen auf. Denn ... wir müssen noch weiter hinauf. Uno, due, tre ... e tredici. Si, das passt. Das Ding ist für fünfzehn Personen ausgelegt, und wir sind dreizehn. Hoffentlich stört das niemanden!“ Monsignore Soumontino schien ein humoriger Mensch zu sein, zumindest erheiterte ihn der Gedanke, dass man auf dem Dach dieses Inbegriffs einer katholischen Kirche auf keinen Fall abergläubisch sein durfte, ganz ungemein. Dabei zeigte er auf einen Metallkäfig, der sich bei näherer Betrachtung als Bauaufzug entpuppte.

Die nächsten zwei Minuten ließen in Halb gänzlich unerwartete religiöse Ideen erwachen. Aber an diesem Ort – und bei diesem Rütteln – lag es nahe, sich nähere Gedanken über den Aufstieg ins Jenseits zu machen.

Monsignore Soumontino hatte nicht übertrieben, der Blick von der derzeit obersten Plattform der Renovierungsgerüste war atemberaubend – wortwörtlich. Der Wind schien die Kälte zu verzehnfachen, die gefühlten minus dreißig Grad ließen sie nach Luft schnappen und trieben ihnen die Tränen in die Augen. Heftig blinzelnd erkannte Halb einen noch viel schmaleren Steg, der sich um den Turm herum zog. Allerdings fehlte diesem Gitterband jegliches Geländer, die Bauarbeiter sicherten sich wohl mit Seilen, deren Karabinerhaken in Eisenringe eingehängt wurden, die wie kleine Dornen aus dem Turmdach herausstanden.

Vorsichtig drehte er sich zu Straka um – und stellte erleichtert fest, dass Familie Traigenberger im entgegengesetzten Eck des Metallkäfigs stand. „Von hier oben ...?"

„Ja. Und zwar von da drüben." Strakas Kopfbewegung ließ erahnen, dass der tödliche Sturz von rechts vorne erfolgt war.

„Verzeihung, so sehr wir alle sehen wollten, wo unser verehrtes Pfarrmitglied seinem Leben ein ..."

„Er wurde ermordet!" Frau Traigenbergers Stimme war knapp vor einem hysterischen Zusammenbruch.

„... seinem Leben ein Ende bereitet wurde, würden wir doch jetzt wieder gerne hinunter ..." Offensichtlich sah sich der korpulente Herr mit der Pelzmütze als Stellvertreter Ekkehardts, sozusagen als „Chefersatz" der Gruppe.

Da Halb genug gesehen hatte, warf er zuerst einen „Von mir aus"-Blick zu Straka, bevor er Soumontino ein Zeichen gab, das „Bitte abwärts!" deuten sollte.

Als sich der Metallkäfig wieder in Bewegung setzte, war Halb dreierlei klar geworden: Erstens hatte er sich geirrt, als er seinen Teamlingen erklärt hatte, wie Traigenberger heraufgebracht worden war. Zumindest die ersten circa 200 Stufen hatten ihn seine Mörder schleppen oder hinaufstoßen müssen, erst dann konnten sie den Bauaufzug benützt haben.

Zweitens, er war ziemlich überzeugt davon, dass sie es mit Mord zu tun hatten. Denn er hatte schon viele Selbstmörder gesehen – und entsprechend grausame Methoden. Aber er hatte noch keinen Fall erlebt, bei dem ein noch zu Verzweifelter diese Strapazen auf sich genommen hatte, um sich das Leben zu nehmen.

Da gab es einfachere Wege ... mit ähnlich grausamer Selbstdarstellung.

Und drittens kannte er bereits eine Eigenschaft der Täter. Oder sogar zwei! Zugegebenermaßen engte das den Kreis der Verdächtigen nicht wirklich ein, aber sie hatten ganz sicher weder an Platz- noch Höhenangst gelitten.

Sonntag, 5. Jänner, 11.15 Uhr

„Sie sind schon emeritiert? Nein, das kann ich mir gar nicht vorstellen, dass Sie schon in Pension sind! Ja, Frau Professor, selbstverständlich werden wir alle Mitglieder Ihres Rats zu Beurteilung der ... der ..., also des RaBeWe, über den Stand der Ermittlungen informieren. Eine Tragödie, ganz sicher. Nein, ich kann Ihnen leider nicht versprechen, dass wir den Täter fassen werden. Aber wir tun unser Bestes. Natürlich!"

Halb hatte sich erst gar nicht bemüht, alle Namen, die ihm nun zum zweiten Mal die Hand geschüttelt hatten, im Gedächtnis zu behalten. Er würde Ernst um eine Liste bitten, und die würde er brav auswendig lernen.

Wobei – die ehemalige Universitätsprofessorin Doktor Doktor Frieda Tickentoehl würde er sich auch so ganz sicher merken. Die alte Dame schien Strakas engste Verbündete gegen Ekkehardt zu sein. Allerdings hatte er bei noch einem Herrn den Eindruck gehabt, dass auch dieser nicht unbedingt zum „Club der Fischadler-Freunde" gehörte. Der, der ihn – wenn auch charmant – gleich korrigiert hatte: „BaDERnig, Herr Hofrat! Bitte, die zweite Silbe, die wird betont!" Patrick – ja, Herr Badernig hieß Patrick.

Und der italienische Pfarrer? Sou..., Sou... – egal, Hauptsache, er wusste dessen „österreichischen Vornamen“: Monsignore. In Wien war der Titel ohnehin das Wichtigste – eine Eigenheit, die Halb immer mehr zu schätzen lernte, je schlechter sein Namensgedächtnis wurde.

„Monsignore, dann darf ich mich für die ungewöhnliche Führung bedanken. Auf Wieder...“

„Ungewöhnlich und kalt! Es tut mir leid, dass Sie so gefroren haben.“

Halb lächelte milde. „Ich bin Kälte gewöhnt. Vor allem die menschliche – die ist mein tägliches Brot.“

„Apropos Brot“, Soumontino schien auf das Stichwort sehnlichst gewartet zu haben, „wollen wir uns nicht in einem Kaffeehaus bei einer köstlichen Torte aufwärmen? Es gibt ja wahrlich genug davon in unmittelbarer Nähe. Und wenn ich Ihnen schon nicht unseren wunderschönen Domschatz zeigen kann – sonntags öffnet das Museum erst am Nachmittag seine Pforten –, dann doch wenigstens ...“ Die hagere Gestalt Soumontinos schien vor Neugier zu platzen. Möglicherweise gehörte er zu den Menschen, die – als Ausgleich zu den alltäglichen traurigen Erlebnissen – große Kriminalfälle mit allem Drum und Dran liebten, und daher hoffte, in Halb einen „menschlichen Geschenkkorb voller grellbunter Geschichten“ gefunden zu haben.

Vorsichtig musterte Halb die anderen Anwesenden. „Monsignore, von mir aus gerne, aber glauben Sie nicht, dass die anderen Herrschaften“, dabei deutete er auf Familie Traigenberger, die ihre Trauer zu überdimensionierten Zinnsoldaten erstarren hatte lassen, „lieber nach Hause gehen würden und ...“

„Nein, Herr Hofrat, da ist es noch ärger!“ Frau Traigenbergers Tonfall hatte einen seltsam gebrochenen

Klang. „Das mag in Ihren Ohren komisch klingen, aber ich habe mit meinem Sohn und meiner Tochter beschlossen, dass wir möglichst lange hier, in und um Sankt Stephan, bleiben wollen. Was für eine Grässlichkeit auch immer meinem Mann angetan worden sein mag, hier sind wir ihm näher. Das war auch der Grund, warum wir – entgegen der Warnungen der Wenigen, die es gut mit uns meinen – ausdrücklich darum gebeten haben, bei der ... wie nennen Sie das? Bei der Tatortbesichtigung dabei sein zu dürfen. Uns hat keine Sensationslust wie so manches Mitglied dieses unseligen Rats zur Beurteilung der Bestattungswertigkeit und -würdigkeit – und damit meinen wir selbstverständlich nicht dich, lieber Ernst! – da hinaufgetrieben, wir wollten nur ... nur nahe sein ... meinem Mann ... unserem Papa ...“ Wie auf Kommando wurden Frau Traigenberger vier weiße Stofftaschentücher entgegengestreckt, sie aber trocknete ihre Tränen mit den Mantelkrägen ihrer beiden Kinder, die sie in den Arm genommen hatten.

„Ja, dann ...“, geschickt wich Halb Strakas mahnendem Ellbogenstoß aus, „dann ... ach, Ernst, schlag du was vor. Immerhin kennst du alle Beteiligten am besten und ...“

„Ich? Ja ... Monsignore, was meinen Sie?“

„Domschatz!“ Mit zufriedenem Lächeln beendete Soumontino das kleine Duell.

„Aber Sie sagten doch erst vorhin, dass erst am Nachmittag ...“

„Entschuldigen Sie, ich meine das ‚Café Domschatz‘. Gleich da hinten. Ich kann mich nie entscheiden, ob dort die Hölle oder das Paradies beginnt. Weil ... wenn es einen Ort der Versuchung – und damit der Höllenqualen – gibt, denen ich kaum widerstehen kann, dann dort. Andererseits haben sie auch eine köstliche Mittagskarte und Mehlspeisen aus der halben Welt, zum Beispiel aus ..."

Noch während Monsignore Soumontino die Heimatländer der süßen Versuchungen aufzählte, setzte sich die kleine Karawane – Straka an der Spitze, gefolgt vom dozierenden Pfarrer, dann Familie Traigenberger und zum Schluss Halb und Firtussek – in Bewegung.

Sonntag, 5. Jänner, 11.53 Uhr

„Fragen Sie nur, Herr Hofrat! Wir wollen alles tun, um Ihre Ermittlungen zu unterstützen. Das ist doch der Grund, warum wir hier sind! Das ... und dass wir nicht zu Hause sein müssen."

Selbst in dieser Situation war klar, dass Philippine Traigenberger ihrem Mann bezüglich Willenskraft um nichts nach stand. „... oder Härte", durchzuckte es Halb, als er ihre beiden erwachsenen Kinder ansah. Aurelia Amalia stocherte teilnahmslos in ihren Palatschinken, wirkte dabei aber nicht traurig oder gar geschockt, sondern nur desinteressiert. Im Gegensatz dazu bearbeitete ihr Bruder Leopold Albert sein Schnitzel derart, als wollte er mindestens noch den Tisch durchschneiden. Dieses „Tellermassaker" unterbrach er nur, um hastig nach einem Taschentuch zu greifen – offenbar hatte er sich bei ihrem „Ausflug" auf das Domdach verkühlt.

„Gnädige Frau ..." Auch Halb hatte es erwischt. Erst ein Schluck Apfelsaft ließ ihn mit rauer Stimme fortfahren. „Die klassische – und meist auch gröbste und dümmste – Frage lautet immer: Haben Sie eine Ahnung, wer das getan haben könnte? Mir ist schon klar, dass ein Mann in so einer Position mächtige Feinde hatte. Aber würde einer von denen wen auch immer beauftragen, Ihren Herrn Gemahl mitten in der Nacht zu entführen, ihn durch diesen ganzen Hindernisparcours zu schleppen, um ihn dann ausgerechnet vom Südturm des Stephansdoms zu stürzen? Weshalb diese Symbolüberfrachtung?“

Frau Traigenberger überlegte nur kurz. „Wir haben gar nicht gewusst, dass er entführt worden war. Er ist am zweiten Jänner knapp nach dem Mittagessen zu einem Arbeitsnachtmahl nach Salzburg gefahren und ...“

„Er selber? Mit dem Wagen?“

„Ja. Er selber. Weil, der Herr Heinrich – offiziell ist ... also, er war der Chauffeur meines Mannes, in Wirklichkeit aber unser Familienfaktotum. Der Herr Heinrich hat noch bis Montag in einer Woche frei. Wie gesagt, mein Mann war ab vorvorgestern in Salzburg, zumindest haben wir das geglaubt. Am Donnerstag gegen zweiundzwanzig Uhr habe ich noch mit ihm telefoniert. Er war im Hotel, er war müde ... kein Wunder – bei dem Wetter muss ihn allein schon die Fahrt nach Salzburg ziemlich angestrengt haben. Und das Nächste, was wir von ihm gehört haben, war, als uns vorgestern um sechs Uhr früh die Polizisten herausgeklingelt und uns gesagt haben, dass ...“

Halb zögerte eine Anstandssekunde. „Und, verzeihen Sie die Wiederholung ... Ihr Mann hatte doch sicher mächtige Feinde?“

„Ja, sicher gab es die. Wissen Sie, in den vergangenen Jahren hat die ‚Austro-International Reinsurance‘ im Orchester der internationalen Rückversicherer nur die zweite Geige gespielt, aber als sie mein Mann vor über dreißig Jahren übernommen hatte, war die AIRIS bestenfalls ein Triangel, das nur alle heilige Zeiten mitspielen durfte. Wenn man ein Unternehmen derart nach vorne bringt, macht man sich gezwungenermaßen nicht nur Freunde. Beziehungsweise nur ganz wenige ... erst recht, wenn man einen sehr bestimmenden Charakter hat und ganz genau weiß, wo man hinwill. Aber ich kann mir einfach nicht vorstellen, dass ... ich meine, das normale Repertoire – Intrigen, Lügen, in Medien anschwärzen, Millionenklagen –, das haben wir alles erlebt. Und überlebt! Aber ... Mord ..." Auf der Suche nach einem Tränentuch tastete Frau Traigenberger ein wenig hilflos umher, aber da weder Aumali noch Leobert auch nur die geringste Notiz davon nahmen, griff sie kurzerhand nach ihrer Stoffserviette. „Mord – nein, das passt nicht einmal zum ärgsten ... wenn man so sagen will ... Todfeind meines Mannes!"

„Der wer wäre?"

Offenbar war Ini Traigenberger Intrigen, Lügen und gerichtliche Auseinandersetzungen, aber keine so direkten Fragen gewöhnt – zumindest nicht am „Tag danach". Ein erneutes Augentrocknen-Ritual zog sie so sehr in die Länge, dass Halb damit rechnete, auch diese Frage wiederholen zu müssen. Doch ...

„Na ja, ich gehe davon aus, dass manche der großen Bosse – diverse Vorstands- und Aufsichtsratsmitglieder – zwar ewige Rache geschworen, aber das schon beim Umdrehen vergessen haben. Wenn, dann könnte ihn jemand aus der näheren Umgebung ... ja, das könnte ich mir noch am ehesten vorstellen. Aber ob sie zu so etwas fähig wäre, das ..."

„Sie?"

Frau Traigenberger schien erst aus tiefen Gedankenschichten aufzutauchen. „Wie bitte?"

„Sie sagten ‚sie'. Wer ‚sie'?"

Das erschrockene Zucken um ihre Augenwinkel hätte auch ein weniger erfahrener Beobachter gesehen, aber ein Profi wie Halb vermied es, irgendeine Reaktion zu zeigen.

Prompt setzte sie fort, als ob sie nie etwas anderes hätte sagen wollen. „Eben ‚sie'. Einige Mitarbeiter, die mein Mann in der letzten Zeit kündigen musste."

„Ich verstehe. Bitte um deren Namen und Adressen. Und auch um den Familiennamen und die Telefonnummer von Herrn Heinrich, damit wir ihn gleich am Dienstag erreichen können."

„Selbstverständlich, ich werde gleich übermorgen in der Früh das Büro meines Mannes anweisen, alle Ihre Fragen zu beantworten. Weil – Herr Hofrat, ich will jetzt nicht noch einmal vor Ihnen und den anderen Herren hier zu heulen beginnen, aber ... bitte, Sie müssen dieses Verbrechen aufklären. Auch wenn es im Moment nicht so scheinen mag – es war Mord! Es kann nur Mord gewesen sein, denn mein Mann hat genau gewusst, dass ihm sein letzter Herzenswunsch nie erfüllt werden könnte, wenn er so eine schreckliche Dummheit begehen würde, sich selber ... nein, niemals!"

„Ini, bitte reg dich nicht so auf!" Mit beinahe väterlicher Fürsorglichkeit tätschelte Straka ihre Hand. „Selbstverständlich werden Kollege Halb und sein Team alles tun, um diese scheußliche Tat aufzuklären. Und ja, wir wissen alle ...", während der kurzen, aber umso dramatischeren Pause warf er Monsignore Soumontino einen bedeutungsvollen Blick zu, den dieser mit einem Heben seiner schmalen Brauen quittierte, „dass es kein ... kein Unglück gewesen sein kann."

„Zahlen, bitte!" Halb hatte gefühlstriefende Antworten immer gehasst, aber je öfter er mit echter Verzweiflung zu tun hatte, desto unerträglicher wurden sie ihm.

„Alles auf eine Rechnung." Aumali Traigenbergers samtig-volle Altstimme passte nicht zum Bild der ehemanngeilen Modepuppe, das Straka gezeichnet hatte.

Sonntag, 5. Jänner, 13.05 Uhr

Sieben Menschen, die sich voneinander verabschieden ... das macht insgesamt wie viele Händedrücke? Halb überlegte kurz. Der erste gibt sechs Leuten die Hand, der zweite fünf weiteren, der dritte vier ... insgesamt einundzwanzigmal Händeschütteln. Und das bedeutete ... nein, die Wahrscheinlichkeit, sich dabei einen neuen Verkühlungskeim einzufangen, die wollte – und konnte – er nicht abschätzen.

Um nicht allzu unhöflich zu erscheinen, trat er die Flucht nach vorn an. „Darf ich die Handschuhe anbehalten? Bitte nicht böse zu sein, aber mir ist so elendig kalt, dass ..."

„Das hat auch einen Vorteil. Zumindest für uns drei." Leobert Traigenbergers seltsamer Einwurf ließ alle ihn ihren Ersatzgrußgesten innehalten und ihn anstarren. „Ich meine, dass Sie mit Ihrer etwas angeschlagenen Stimme meinem Vater sehr ähnlich klingen. Also, so, wie er ganz ohne Heiserkeit gesprochen hat. Er hatte immer diesen leicht rauen Tonfall. Und diese Erinnerung, die gefällt uns eben. Meinst du nicht auch, Mutter? Aumali?"

Da beide Damen nur genervt nickten, ergab sich für Halb die Möglichkeit, wieder einmal mit sich zu wetten. Wer würde als erster die peinliche Abschiedsstille ...

Gewonnen! Ernst!

„Ja, also, dann ... ich glaube, dass ihr jetzt doch, so schmerzlich das für euch auch sein mag, nach Hause gehen solltet. Weil es war ja sicher ein sehr anstrengender Tag, und die Umgebung hier, die erinnert euch eben noch sehr an den lieben Leomax. Nicht, dass ihr das nicht wolltet, weshalb ihr eben noch hier bleiben wolltet und auch auf den Turm mit hinauffahren wolltet. Und ich will gar nicht leugnen, dass das sicher auch zu eurer Trauerarbeit beitragen mag, aber andererseits ist das eben ... ja, drum. Nach Hause!"

Manchmal war sich Halb nicht im Klaren, ob Ernst in seiner Rolle als „lieber Opa" tatsächlich so konfus war, oder ob er diese kreisförmigen Wortkaskaden ganz gezielt einsetzte. Auf jeden Fall funktionierten sie glänzend: Einundzwanzig angedeutete Nicken ersetzten das vielfache Handschütteln, nach einigen „Wir telefonieren!" zerstreute sich die Gruppe in alle Richtungen.

Nur Halb blieb stehen. Aber auch nur kurz, dann hatte er sich entschieden. Obwohl Sonntag war, schlug er den Weg zu einem seiner Lieblingsgeschäfte ein. Allein der Ausblick, dessen Auslagen ansehen zu können, ließ ihn fröhlicher ausschreiten. Genüsslich malte er sich aus, welche Bücher er diesmal unbedingt und sofort haben – und lesen – wollen würde. Und morgen würde er sie ganz sicher wirklich kaufen! Oder wenigstens übermorgen!

Ob er sich jemals merken würde, dass morgen der sechste Jänner, „Heilige Drei Könige", ein Feiertag, wäre? Jemals – bis übermorgen?

Grummelnd bog Halb um das letzte Eck vor seinem Ziel – und lief mitten in Straka hinein, der seine Nase an der Scheibe eines Spielzeuggeschäfts platt drückte.

„Entschuldigen Sie viel... Ernst, du? Hier?"

„Ja, Ludwig, das ist nur, weil ... also ich will mich nur schon einmal vorinformieren, damit ich mich mit dem

Wolfi über Modellautos unterhalten kann und nicht wie ein alter Trottel dastehe."

„Wenn ich mich richtig erinnere, ist dein Enkel Wolfgang gerade einmal neun, nein, zehn Monate alt. Und – ich gebe zu, mich mit Kleinkindern kaum auszukennen, aber ich wage die Behauptung, dass in dem Alter Modellautos noch nicht ganz ..."

„Und, wie bewertest du die seltsame Antwort von Frau Traigenberger? Natürlich ist dir aufgefallen, dass sie ..."

Bereitwillig sprang Halb auf Strakas Ablenkungszug auf, erst recht, da er vorhin vergessen hatte, mit ihm über ein paar Details zu sprechen. „Du meinst ihre Worte ‚Aber ob sie zu so etwas fähig wäre, das ...'? Wie du richtig sagst, das war seltsam! Sie hat weder die Frage, wen sie mit dem ‚sie' im Singular gemeint hat, noch, warum dieser Mörder ... oder vielleicht sogar diese Mörderin ... ihren Mann nicht einfach nur erschossen oder überfahren hätte, beantwortet. Jedes Mal, wenn ich vorsichtig nachgehakt habe, ist sie mir ausgewichen."

„Und, was schließt du daraus?"

„Na ja, ...", so sehr es Halb schätzte, dass Ernst in diesem Moment zu hundert Prozent Kriminalist war, so wenig wollte er den Freund der Familie Traigenberger kränken, „man muss ihr zugestehen, dass sie völlig durcheinander ist. Vielleicht war das nur ein Versprecher, und ..."

„Nein, Ludwig!" Straka schüttelte so heftig den Kopf, dass Halb unwillkürlich zurückwich. „Philippine Traigenberger ist nicht der Typ, der, selbst nach einer solchen Katastrophe, derartige Fehler macht. Wenn, dann ist sie aus einem anderen, nicht emotionellen Grund schwer irritiert. Wenn ein Plan vollkommen schief gelaufen ist – ja, das würde sie aus ihrer Bahn werfen. Aber die bloße Trauer ... nein, ganz sicher nicht."

„Dann allerdings ..."

„Hoppala, Verzeihung, die Herr... Oh, Sie sind das! Herr Hofrat, Herr Hofrat." Zögernd streckte Firtussek ihnen seine Hand entgegen. „Mir scheint, diese Ecke hat magische Anziehungskräfte auf alle, die an unserem geheimnisvollen Fall beteiligt sind. Ich bin nämlich erst vorhin ebenfalls genau hier in den Kollegen Straka hineingelaufen."

Vornehm verschwieg Halb, wobei er Ernst gestört hatte.

„Tja, meine Herren, wieder ein Beweis, wie gefährlich es in der Wiener Innenstadt zugehen kann. Aber ... also, wenn ich das so sagen darf ...", Firtusseks freundlich-ironischer Blick galt eindeutig Straka, „vielleicht ist das ja ein Wink des Himmels. Ich bin nämlich gerade am Weg zu meinem neuen Projekt. Und weil ich glaube, dass bisher schrecklich viele Gerüchte herumschwirren, würde ich Ihnen sehr gerne die Vienna City Center Crypts zeigen und ..."

Der Gedanke, gefühlte hunderte – und Jahrhunderte alte – Stockwerke unter die Erdoberfläche steigen zu müssen, ließ in Halb tropische Hitze aufsteigen. „Das kommt nicht in Frage, ich werde doch nicht in die Katakomben ..."

„Nein, nein, Herr Hofrat, da habe ich mich falsch ausgedrückt. Sehen Sie, so entstehen gleich entsetzliche Missverständnisse. Ich wollte Sie nur zu einem abschließenden Kaffee ... und vielleicht einem Stamperl Schnaps ... einladen. Selbstverständlich ins Büro im ersten Stock meines Hauses ‚Zum welschen Felsen'. Im Nebenraum gibt es eine Laserprojektion, da kann man ganz gefahrlos, ohne Dreck und irgendwelche Beklemmungen die kommende Pracht der Vienna City Center Crypts genießen und ..."

„Sehr geehrter Herr Firtussek, wir fühlen uns durch Ihre Einladung durchaus geehrt, aber wir haben leider beide absolut keine Zeit!"

„Doch, Ernst, ich hätte Zeit. Und da wir doch gerade festgestellt haben, dass es noch längerer Ermittlungen bedarf, um diesen geheimnisvollen Sturz vom Südturm aufzuklären, und da ..."

„Ah geh, haben wir das gerade?"

„Wir haben! Und da diese VCCCs eine wesentliche Rolle spielen, sollten wir beide ..." An Strakas erschlaffenden Schultern erkannte Halb, dass Ernst den Widerstand aufgegeben und sich in sein Schicksal gefügt hatte.

Im Gegensatz zu ihm ging durch Firtussek ein Ruck, voller Energie und mit einem „Wunderbar! Wenn Sie mir bitte folgen wollen!" stürmte er los.

Aus diesem Grund bekam er auch nicht mehr Strakas „Notwehrbeleidigung" mit, die dieser zornig vor sich hin murmelte: „Matthäus 5,44: Ich aber sage euch: Liebt eure Feinde und betet für die, die euch verfolgen."

Sonntag, 5. Jänner, 13.45 Uhr

Das Haus „Zum welschen Felsen" war als solches nicht erkennbar. Dass es einst ein eigenständiges Gebäude gewesen war, ließ sich bestenfalls an der Seite erkennen, die auf einen der uralten Innenhöfe hinausging. Allerdings passte der Eingang wie die sprichwörtliche Faust aufs Auge zum authentischen Erscheinungsbild der unmittelbaren Umgebung. Schon die gepanzerte Tür mit den Hightech-Schlössern sowie den zwei Kameras rechts und links harmonierte nicht wirklich perfekt mit den hölzernen „Pawlatschen", den Balkonen, die sich erstaunlich knapp unter dem Dach entlang der drei anderen Seiten des Vierecks zogen. Aber die besondere „Verzierung", die mit Paketband auf der glatten grauen Fläche fixiert worden war, passte noch weniger zur friedlichen Hofstimmung. Eine Sekunde lang fürchtete Halb, dass Firtussek kollabieren könnte, als er die roten Schlieren sah: „Du Drecksau entweist nicht unsern Dom! Kapitalisten-Schwein, wir kriegen dich!"

Panisch drehte sich Firtussek zuerst zu Halb, dann zu Straka, dann wieder zu Halb. „Herr Hofrat, wenn Sie die Polizei rufen, kommt die sicher schneller her! Ich fleh sie an, bitte, tun'S doch was."

Beschwichtigend hob Halb seine Hände. „Herr Firtussek, zuerst einmal ... ruhig durchatmen. Nicht nur tief einatmen, sondern auch schön ausatmen. Ja, genau so, Sie machen das sehr gut. Und zweitens, haben Sie eine Ahnung, wer für dieses ‚Kunstwerk' verantwortlich sein könnte? Ich weiß schon, Sie haben sich mit ihren VCCCs nicht nur Freunde gemacht ... um es vorsichtig auszudrücken. Aber gab es in letzter Zeit echte Drohungen? Vielleicht Briefe oder anonyme E-Mails?"

„Nein, nein, da war nix! Gar nix! Im Gegenteil, der Otto und ich ... also der Doktor Bäuler und ich, wir hatten schon gehofft, den Sturm der Entrüstung hinter uns zu haben und endlich in Ruhe an unserem Megaprojekt arbeiten zu können. Aber ... warum rufen'S denn nicht die Polizei? Die muss doch ..." Plötzlich schien Firtussek ein Licht aufzugehen. „Ah, ich verstehe, Sie wollen sich vorher das Videomaterial ansehen, noch bevor Ihre Leute ..."

„Wohl kaum." Strakas Stimme hatte jeden Anflug ihrer typischen Hysterie verloren, ihre trockene Ironie erinnerte an eine verdorrte Zimmerpalme. „Wenn Sie bitte hinaufschauen wollen! Da, zu den Kameras. Sehen Sie's? Wer immer das war, hat genug Actionfilme gesehen, um vorher eine halbe Spraydose schwarzer Farbe auf die Linsen zu sprühen. Wenn Sie mir das Wortspiel gestatten – ich sehe schwarz, dass wir was sehen werden."

Als Firtussek seine Hände vors Gesicht schlug, griff Halb demonstrativ zum Handy. Nachdem er die zuständigen Kollegen angerufen hatte, bemühte er sich um ein gütiges Lächeln. „Herr Firtussek, immerhin wissen wir schon zwei Details über den ... oder die ... Täter."

„Wieso zwei?"

„Na, zum einen das, was Hofrat Straka gesagt hat – vermutlich war er ein Actionfan. Und zum anderen ..."

„Ja?"

„... kommt er mit großer Wahrscheinlichkeit nicht aus dem unmittelbaren Umfeld von Sankt Stephan. Und außerdem steht er mit der deutschen Rechtschreibung auf Kriegsfuß." Straka hatte sich immer noch nicht zu einem halbwegs freundlichen Tonfall überwinden können.

„Das versteh ich nicht."

„Worauf der Herr Hofrat Straka anspielt, ist, dass ..."

„... dass kein halbwegs gebildeter Mensch einen Dom ‚entweit'! Also, abgesehen davon, dass er das von vornherein nicht macht, würde er es richtig schreiben. Natürlich muss es heißen: ‚Du Drecksau entweihst nicht', nicht ‚Du Drecksau entweist nicht'! Da fehlt ein ‚h'!"

Noch einmal erbarmte sich Halb ihres nicht mehr nur entsetzten, sondern jetzt auch noch verwirrten Gastgebers. „Was mein verehrter Kollege damit sagen will: Unser Actionfan hat vermutlich eine geringe Schulbildung aufzuweisen und vor Kurzem eine Spraydose mit schwarzer Farbe gekauft. Und ...", sanft tupfte Halb mit dem Zeigefinger unter den letzten Buchstaben, bevor er ihn vorsichtig zu seiner Zungenspitze führte, „... und eine Flasche Ketchup."

„Mit einem Wort ... der Täter ist so gut wie entlarvt!" Strakas Stimme klang so trocken, als ob sie gleich zu Staub zerfallen würde.

Sonntag, 5. Jänner, 15 Uhr

„Nur damit ich das auch ganz sicher richtig verstehe: Es geht Ihnen also gar nicht um eine ganz gewöhnliche Nobelgruft ... wie wir das bisher gedacht haben? Sie haben vor, Ihre ... Ihre Kunden beziehungsweise nur einzelne ihrer Organe hier in speziellen Behältern einzufrieren, um sie zu einem späteren Zeitpunkt wieder auftauen zu lassen? Und zwar dann, wenn die Medizin in der Lage sein wird, deren – einstweilen noch tödliche – Krankheiten zu kurieren? Mehr noch – schon in naher Zukunft soll es möglich sein, diese Menschen aus einem einzigen konservierten Organ, aus einigen wenigen Zellen komplett neu zu erschaffen? Wie haben Sie das Verfahren genannt ... ‚PerTE', ‚Personalized Tissue Engineering'? Das klingt in meinen Ohren aber sehr nach einer Mischung aus Horror und Science Fiction."

„Da irren Sie sich, Herr Hofrat! Das ist kein Horror, sondern die Wissenschaft des nächsten Jahrhunderts! Abgesehen davon – Sie haben das natürlich extrem vereinfacht dargestellt, aber im Kern ... ja, doch, da stimmt's."

„Und Sie wollen mir einreden, dass mein lieber Freund Leomax Traigenberger einer der Ersten war, der sich in Ihrer Frankenstein-Tiefkühltruhen-Sammlung einen Platz reservieren wollte?"

Strakas Empörung ließ Firtussek zusammenzucken, offenbar steckte ihm der Schreck von vorhin immer noch in den Knochen. „Ich will Ihnen gar nichts einreden. Aber ja – Doktor Traigenberger war sogar der Allererste, dem ich alle Details der Kryonik erklären durfte. Und er war dermaßen daran interessiert, dass er im Fall eines ungeplant frühen Ablebens unbedingt noch vor dem Bau der Vienna City Center Crypts kryonisch versorgt werden wollte, notfalls auch an einem anderen, selbstverständlich geheimen Ort."

Halb wippte leicht, als er sich in dem höchst bequemen Fernsehsessel nach hinten schob. Nachdem die Kollegen von der Kriminaltechnik abgezogen waren, hatte Firtussek sie händeringend gebeten, doch noch zu bleiben. Der versprochene Kaffee wie auch das winzige Stamperl Schnaps hatten sich als Delikatessen erwiesen, und als er sie stolz in den Vorführraum mit der Laserprojektion geführt hatte, konnte nicht einmal mehr Ernst „Nein!" sagen. Also hatte Firtussek auf ein paar Knöpfe gedrückt und die beeindruckenden Bilder, die um sie herum in der Luft zu stehen schienen, kommentiert. Dabei hatte seine Stimme so glücklich wie die eines Kindes an einem Weihnachtsabend voller Geschenke geklungen.

Halb fehlte zwar nach wie vor jegliche Begeisterung für die Besonderheiten der Kryonik ebenso wie für prunkvolle Grabstätten, deren kost- und haltbare Materialien möglicherweise sogar das Jüngste Gericht überdauern würden, trotzdem war er von Firtusseks Plänen und Detailwissen beeindruckt. Dieser smarte Geschäftsmann und Technikfreak schien wirklich an alles gedacht zu haben – kein Wunder, dass er nun hoffte, Diktatoren und andere größenwahnsinnige Gestalten als Kunden zu gewinnen. Für solche Egomanen musste die Vorstellung, nicht nur nicht zu vergehen, sondern Jahrhunderte später wieder die Welt beherrschen, „beglücken" zu können, das wahre Paradies sein. Ganz abgesehen davon, dass die Vienna City Center Crypts eine der bestbewachten – und damit unverwüstlichen – Grabstätten der Welt sein würden.

Vorsichtig drehte Halb seinen Kopf nach rechts, um einen Blick auf Straka zu werfen – und musste feststellen, wie ablehnend-verkrampft man selbst in einem – laut Etikett – „perfekten Entspannungsmöbel zum Relaxen" sitzen konnte.

„Herr Firtussek, auf die Gefahr hin, mich zu wiederholen ... nach Ihrem Vortrag kann ich mir erst recht nicht vorstellen, dass diese Kryonik, die Sie da propagieren ..."

„Ernst, bitte! Es mag dir – wie auch mir – das ganze VCCCs-Projekt aus verschiedenen Gründen nicht gefallen, aber gerade in Wien, wo in der Loretokapelle die Herzen, in der Herzogsgruft gleich hier unterm Dom die anderen Eigenweide und in der Kapuzinergruft die Körper unserer Kaiserinnen und Kaiser besucht werden können – in so einer Stadt regst du dich über eine ungewöhnliche ..."

„Nein, Ludwig, mir geht's jetzt wirklich nicht um die Geschäftemacherei von diesem sauberen Herrn hier, der mit dem Tod von Massenmördern ein Vermögen verdienen will, der als ach so großzügige Entschädigung dafür, dass er Millionen scheffeln kann, einem Nationalsymbol wie dem Wiener Stephansdom allen Ernstes einen kleinen ‚Horrorvergnügungspark' mit Türkenkriegen, Pest und anderen Grausamkeiten als Sensationen anbietet. Nein, mir geht's jetzt wirklich nur um den Fall Traigenberger! Ich bin mir sicher, dass Leomax' gewaltsamer Tod irgendetwas mit dem hier zu tun hat. Aber was? Und anstatt interessanter Informationen werden wir hier mit räumlichen Hochglanzbildern abgespeist. Dabei hat der Termin gar nicht so schlecht angefangen, die Drohung vorhin ..."

„Das kann ich mir denken, dass Ihnen dieses elende Geschmiere eine richtig schöne große Freude bereitet hat!"

Straka schüttelte angewidert den Kopf. „Ja, Herr Firtussek, das hat es! Aber wieder verstehen Sie mich falsch! Mir hat nicht Ihr Erschrecken gefallen ... nicht wirklich. Mir geht's viel mehr um eine verwertbare Spur. Wer immer Ihr Projekt so hasst, vielleicht hat er zukünftige Kunden abschrecken wollen, indem er gleich den ersten Interessenten – noch dazu dermaßen theatralisch – ermordet? Zwei Tage später folgt die Drohung. Worauf Sie steif und fest behaupten, dass es die erste war. Aber anstatt davor zu zittern, als Nächster umgebracht zu werden, anstatt um Polizeischutz zu winseln, laden Sie uns ..."

„Aber ich habe Sie doch gerade deshalb gebeten, noch zu bleiben! Eben, weil ich seit vorhin schreckliche Angst habe, dass ..."

„Und dann haben Sie die Nerven, uns fröhlich-strahlend Ihr Überdrüber-Projekt zu präsentieren? Außerdem – die Panzertüre und die Videokameras, die haben Sie sich ... vielleicht vor ein paar Wochen ... einfach nur so gekauft, weil sie Ihnen gefallen haben? Herr Firtussek, halten Sie uns bitte nicht für blöd! Offenbar fürchten Sie sich schon seit Längerem, aber Sie wollen uns einfach nicht verraten, wer oder was Sie bedroht. Da lullen Sie uns schon lieber mit goldglänzenden Bildern ein, die wie geheimnisvolle Visionen mitten im Raum aus dem Nichts erscheinen und ..."

„Ernst, es gäbe tatsächlich noch andere Gründe, warum sich Herr Firtussek solche Sicherheitsmaßnahmen leistet – noch lange vor einer ersten Drohung." Als sich Strakas Argumentation in ein Verhör verwandelt hatte, war Halb leise aufgestanden und hinter Firtussek getreten.

Noch einmal schleuderte dessen Kopf zuerst zu Halb, dann zu Straka, dann wieder zu Halb.

„Ludwig, du meinst ..."

„Genau! Wer leistet sich ein Rundum-sorglos-Sicherheitspaket? Jemand, der um sein Leben fürchtet! Oder aber jemand ..."

„... der um sein Hab und Gut fürchtet! Und, Herr Firtussek, haben Sie hier im Haus Wertgegenstände? Vielleicht Pläne oder Gutachten oder ..."

„Die sind alle im Banksafe! Nein, hier ist wirklich nichts, was sich zu stehlen lohnt."

„Dann bleibt wohl nur die dritte Möglichkeit: Sie wollen absolut verhindern, dass jemand etwas findet, das ..."

„... niemand sehen darf. Herr Firtussek, was haben Sie zu verbergen?"

Firtusseks panischer Gesichtsausdruck verzog sich im Bruchteil einer Sekunde zu einer zornigen Fratze. „Raus! Sofort!"

„Oder was? Holen Sie sonst die Polizei?"

„Lass nur, Ludwig, wir gehen freiwillig. Nur eins noch: Danke für Kaffee und Schnaps."

Montag, 6. Jänner, 9.15 Uhr

Immer, wenn er zu wenig geschlafen hatte, war ihm kalt! Und heute fror er bitterlich.

Verstohlen warf er Delia einen Blick zu. Wie schaffte sie es nur, so fröhlich auszusehen?

„Ludwig, das ist ganz, ganz lieb von dir, dass du mich begleitest! Wo du doch gerade heute noch im Bett faulenzen könntest und ..."

„Was heißt ‚du'? Wir könnten! Aber egal! Hauptsache, wir finden rasch dieses Grab, und dann ab nach Haus."

„Dessen bin ich mir sicher, die ‚Dreier-Mama' hat mir ja genau beschrieben, wo es liegt. Nur ... das ist recht weit hinter der Luegerkirche, wir brauchen circa zwanzig Minuten. Blöd, dass wir gerade heute nicht mit dem Auto hineinfahren dürfen."

An einem wärmeren Tag wäre Halb voller Bewunderung vor dem Jugendstilensemble stehen geblieben, aber heute eilte er durch das zweite Tor am Wiener Zentralfriedhof, als ob er zu spät käme.

Zu spät? Auf einem Friedhof, an einem Feiertag? Der Gedanke, gerade an diesem Ort alle Zeit dieser Welt – oder noch mehr – zu haben, ließ ihn kurz verharren.

„Ludwig, was ist denn? Bist du zu Eis erstarr..."

„Entschuldigen'S schon, gnädige Frau, aber der Herr da an ihrer Seite, sind Sie nicht ...", die Gestalt, die aus dem Wärterhäuschen geschossen kam, hätte man auf den ersten Blick für einen ergrauten Schneemann halten können, „... der berühmte Hofrat, der die Verbrecher jagt? Der aus der Zeitung – Ihr Name liegt mir auf der Zunge, aber ..."

„Berühmt, nein! Hofrat, ja! Verbrecherjäger ... na ja, heute nicht, sonst schon."

„Viertel! Jetzt hab ich's! Hofrat Viertel ... oder doch weniger?"

„Halb! Mein Name ist Halb. Hat mich gefreut! Wieder..."

„Gell, Sie sind wegen des Knochenmanns hier? Gibt's einen Toten?"

„Also, ich wüsst von keinem. Habe die Ehre, auf Wiederse..."

„Ich könnt Ihnen Folgendes anbieten. Erstens ..." Plötzlich zauberte der graue Kugelblitz eine Thermoskanne hervor, aus deren Öffnung herrlich heiße Schwaden aufstiegen. „Erstens kann ich einen Kollegen bitten, mich abzulösen, deshalb kriegen Sie – zweitens – von mir einen frischen Kaffee ... aus einer italienischen Espressomaschine, nicht so ein Kapselgebräu. Drittens bekommen Sie diese köstliche Verführung im geheizten Verwaltungsgebäude, da hinter mir, serviert. Und viertens ...", im Bewusstsein, jetzt gleich die ultimative Verlockung zu verkünden, senkte er die Stimme, „fahre ich Sie nachher zu Ihrem Grab. Und wenn Sie mir ganz genau erzählen, was die Polizei schon alles reschierscher..., alles herausgefunden hat, dann fahre ich Sie auch wieder hierher zurück."

Montag, 6. Jänner, 9.35 Uhr

„Diese unheimliche Geschichte hat vor vier Wochen begonnen. Ja, genau heute vor einem Monat. Zu Nikolaus. An dem Tag hab ich am dritten Tor Dienst gehabt. Gleich beim Aufsperren, knapp nach acht Uhr, kommt eine unserer Dauerbesucherinnen ganz entsetzt zu mir. Zuerst hab ich geglaubt, die Frau kriegt einen Herzinfarkt, so, wie die gekeucht hat. Aber ich hab sie gut verstehen können, es war auch wirklich zu schaurig. Nicht weit vom dritten Tor, auf der linken Seite ... das Grab war nicht alt, aber auch nicht frisch. Ein Grab eben. Das hat wer geöffnet und ausgeräumt! Die Knochen sind einfach so in der Gegend verstreut herumgelegen. Aber da war kein Muster oder so was zu erkennen. Kein Ritual von irgendwelchen Satans-Wahnsinnigen! Nix! Das hat auch der Psychologe von der Polizei gesagt. Kein Muster! Also, irgendein Wahnsinniger muss das natürlich schon gewesen sein, aber eben keiner von so irgendeiner Sekte. Wir sind damals von einer Blödheit, einer Mutprobe unter Jugendlichen ausgegangen. Weil es war auch kein Tier, das ist natürlich sofort überprüft worden. Von einer Dame von der Tier-Universität. Da hätte es andere Spuren geben müssen ... Bissspuren – hat die gesagt ... ‚Na gut', haben wir uns gedacht, ‚vergessen wir's halt wieder.' Aber schon ein paar Tage später, ich glaub, das war am Zehnten – der nächste Knochenhaufen! Das haben dann Ihre Kollegen schon etwas ernster genommen. Und genau gezählt – fast fünf Skelette hat der ... der Knochenmann ausgegraben. Zuerst haben sie noch einmal die Tierexpertin kommen lassen. Ob es nicht vielleicht doch ein neues Tier gewesen sein könnte? Keines von den unsrigen! Sondern eines, das aus einem Zoo oder von einem illegalen Sammler ausgerissen ist. Oder so eines, was erstmals in Österreich aufgetaucht ist, eine neue Waschbärenart, irgendein komisches Vieh, das von Sibirien über Polen und die Slowakei und die Donau und ... von dort halt eingewandert ist? Wieder nein, auch beim zweiten Mal keinerlei Fraß- oder Bissspuren. Aber dann ..."

„Ein Toter?"

„Noch nicht ..." Herr Wopelak genoss sichtlich die Dramatik seiner Schilderungen, weshalb er sich mit einem ordentlichen Schluck Schnaps in seine nächste Kaffeetasse belohnte. „Jetzt kommen der Wolf und die sieben Geißlein. Also, bildlich gesprochen. Weil das waren sieben Leute, die am dreiundzwanzigsten

Dezember ihr Familiengrab besucht, aber erst einmal verzweifelt gesucht haben. Die waren so unwahrscheinlich depp... also, naiv: Weil sie vor acht Jahren im Sommer bei dem Grab waren, haben die allen Ernstes geglaubt, sie finden das auf Schlagtreffen wieder. Am dreiundzwanzigsten Dezember, im Nebel! Und plötzlich sind sie über etwas gestolpert – menschliche Knochen. Und dann haben sie auch noch ein grässliches Stöhnen und Keuchen gehört! Lustigerweise waren die Frauen mutiger ... und haben dieses Fellwesen gesehen, das mit bloßen Händen die Erde aufgewühlt und die Knochen hinausgeworfen hat. Dann hat einer gehustet, und da ist dieser Zentralfriedhof-Yeti unter lautem Fluchen weggestürzt ... und so schnell verschwunden, dass man wirklich an einen Geist glauben könnte. Wobei, das kann ich gut verstehen, weil ich glaub ja auch gern an einen Geist ... an einen Himbeergeist." Wopelaks Kichern verriet, dass er vermutlich nicht mehr in der Lage sein würde, sie zu Delias „Zielgrab" zu fahren.

„Aber danach ... ein Toter?" Halb sprach die letzten Silben besonders deutlich aus.

„Nicht ganz ..." Noch einmal stärkte sich Wopelak, diesmal hielt er den Flachmann solange über die Tasse, bis kein Tropfen mehr herauskam. „... aber fast. Den Pocziorek Fridolin hätt's beinahe erwischt. Das müssen Sie sich einmal vorstellen: Der hat jetzt seit drei Tagen keinen Tropfen mehr getrunken. Nur Wasser! Wobei ... im Spital werden die ihm sicher nur Kochsalzlösung zum Trinken geben. Nix Anständiges. Aber trotzdem, wie ich ihn gestern besucht hab, hat der bei allen Heiligen geschworen – und der kennt viele von denen –, dass er das bis an sein Lebensende durchhalten wird. Nie mehr keinen Tropfen nicht! Armer Hund! Zuerst einmal hat ihm natürlich kein Mensch geglaubt, dass er der Erste war, der dem Ungeheuer ins Gesicht gesehen hat. Bitte, ich kann das gut verstehen, weil am Freitag war der Fridolin so hysterisch, dass er alle fünf Minuten seine Erinnerungen anders geschildert hat. Am Schluss hat er sogar behauptet, er hätte gesehen, wie dieses Monster in der Grube gestanden ist und die Knochen aus dem Grab heraus nach ihm geworfen hat. Und dann hätte er dem Pocziorek Fridolin noch dazu einen Totenkopf hingehalten, so, als ob er ihm den Schädel schenken wollte."

„Und? Hat der Mann nur halluziniert oder war an der Geschichte was Wahres dran?"

„Das müssten Sie doch wissen! Weil am Freitag war die Polizei sehr lange da und hat alles genau untersucht. Und in den Zeitungen, da ist es auch schon gestanden ... gestanden ... gestern. Die haben aus dem Knochenmann eine Mischung aus ... aus einer blutrünstigen tierischen Bestie und ... und ... menschlichem ... Wahn... sinnigen ..." Als die Schnarchintervalle immer länger wurden, hob Halb kurz Wopelaks Kopf an, sodass Delia einen der Sitzpölster darunterschieben konnte. „... gemacht." Offenbar hatte es dem „hochprozentigen Schläfer" selbst in diesem Zustand keine Ruhe gelassen, den letzten Satz nicht vollendet zu haben.

Montag, 6. Jänner, 10.10 Uhr

Delia lächelte versöhnlich, während sie sich in den Verkehr einfädelte. „Nein, Ludwig, wirklich! Du brauchst kein schlechtes Gewissen zu haben, dass wir uns nicht mehr bis zum Grab hingezittert haben. Du wirst ja wegen dem Traigenberger-Fall keine Zeit haben, aber ich hab bis Sonntag Urlaub. Komm ich eben im Lauf der

Woche noch einmal her, da darf ich dann wenigstens mit dem Wagen hineinfahren. Und, noch einmal nein – ich finde nicht, dass das ein verlorener Vormittag war. Allein, wie du die wandelnde Schnapsflasche über den Tisch gezogen hast, das war den Weg wert."

„Was meinst du? Ich habe doch gar nichts gesagt."

„Eben! Eigentlich hat uns der nette Herr in Grau Kaffee und Wärme im Austausch gegen Polizeiinformationen angeboten. Und was machst du? Du trinkst und wärmst dich, aber gibst nichts preis."

„Was ich beim besten Willen auch nicht hätte tun können."

„Weil du natürlich keine Geheimnisse verraten darfst."

„Das auch."

„Noch ein Grund? Lass mich raten – weil du ... nein, besser! Weil Wopelak nicht mehr in der Lage war, seinen Lohn einzufordern."

„Auch das."

Delia verdrehte die Augen, als ob sie die alles entscheidende Millionen-Quiz-Frage falsch beantwortet hätte. „Ludwig, warum denn dann?"

„Weil ich schlicht und einfach keine Ahnung hatte. Bis vor einer knappen Stunde hatte ich noch nichts über den ‚gar schröcklichen Knochenmann' vom Wiener Zentralfriedhof gehört. Abgesehen davon, dass das wahrlich nicht in meine Abteilung gehört ... es sind Ferien, daher habe ich seit zwei Wochen weder skurrile Neuigkeiten noch Gerüchte gehört. Vierzehn Tage lang kein einziges Mal ‚Hast schon ghört!' Ich bin quasi im Zustand totaler Informationsentgiftung. Was, am Rande bemerkt, gar nicht so schlecht ist. Allerdings dürfte das nicht auf alle hier Anwesenden zutreffen, nicht wahr, oh du meine Allergeliebteste!"

Noch einmal kullerte Delia mit ihren Augen. „Woran soll ich leiden? An Überinformationitis?“

Halb zögerte merklich. Vorsichtig setzte er zu einer Antwort an, als ob er jedes Wort auf die Waagschale legen würde. „Nun, ich kann mich nicht erinnern, gestern Abend den Namen ‚Traigenberger‘ auch nur ein einziges Mal erwähnt zu haben. Ich hab nur erzählt, dass ich an einem seltsamen Fall arbeite – ein möglicher Mord, der wie ein Selbstmord aussieht. Und über die – ebenfalls ungewöhnlichen – näheren Umstände habe ich erst recht keine Silbe verloren. In den Medien ist auch nichts gestanden. Also, wieso weißt du, dass ich ‚... diese Woche wegen dem Traigenberger-Fall keine Zeit haben‘ werde?“

Die nächsten Sekunden fürchtete Halb um sein Leben – Delia begann dermaßen zu lachen, dass die paar Meter bis zur nächsten roten Ampel ein einziger Blindflug waren. „Also, eines kann man beim besten Willen nicht leugnen: Du bist und bleibst ein Durch-und-durch-Kriminalist! Sogar während einer ‚Informations-Entgiftungs-Kur‘, auch ‚Urlaub‘ genannt, entgeht dir nicht das leiseste verräterische Wort! Wobei, ich sehe mich nicht als Verräterin ... und dich schon gar nicht. Woher ich weiß, dass Doktor Traigenberger vorvorgestern in aller Herrgottsfrüh vom Stephansdom heruntergestürzt ist ... oder wurde? Ganz einfach, mein lieber Ludwig! Ich bin eine moderne Frau, im Gegensatz zu dir nütze ich jeden Tag eine ultramoderne Erfindung namens Computer. Und im Speziellen ...“

„Delia, ich weiß schon, dass ich ein unheilbarer Technikverweigerer bin. Du musst mir das nicht noch extra unter die Nase ...“

„Und im Speziellen eine Einrichtung namens E-Mail. Und da habe ich gestern vom tragischen Ende des ...“

„Und wieso schickt dir wer auch immer die Nachricht vom Tod Doktor ...“

„Dieser ‚wer auch immer‘ war eine Kollegin. Woher sie von diesem tragischen Ereignis gewusst hat, entzieht sich meiner Kenntnis. Aber warum sie diese Nachricht uns allen aus der zweiten und ersten Managementebene geschickt hat, kann ich dir schon sagen! Die AIRIS, die Austro-International Reinsurance, sollte demnächst die Aktienmehrheit ‚meiner‘ Bank übernehmen. Mit anderen Worten: Doktor Leopold Maximilian Traigenberger wäre demnächst mein neuer ‚Oberchef‘ geworden! Und noch etwas ... bitte fall mir jetzt nicht gleich in Ohnmacht. Wie du zur Genüge weißt, rede ich über meine Vergangenheit nur höchst ungern. Aber ausnahmsweise tu ich's jetzt doch, denn ... ich habe Traigenberger schon vor Jahrzehnten gekannt, und ich konnte und kann nichts Schlechtes über ihn sagen. Er war immer ein sehr angenehmer und großzügiger Kunde. Und daher hat es mich ... na ja, ja, schon – irgendwie hat es mich erheitert, als ich vor ein paar Wochen zum ersten Mal gehört habe, wer bei uns demnächst das Sagen haben würde.“

„Und wenn er dich in der Bank gesehen hätte?“

„Dann hätte er mich entweder nicht mehr erkannt, oder aber er hätte gelächelt ... und ganz sicher geschwiegen. Der Mann war nicht der Typ, der sich mit uralten Abenteuern schmückt ... schon gar nicht mit einer ‚Solchen‘, wie ich's damals war.“

Halb schüttelte heftig den Kopf. „Das ist ein Widerspruch in sich. Wenn er ein Herr der alten Schule war, der dich in der Bank in Ruhe gelassen hätte, der seine neue starke Position nicht ausgenützt hätte, der keinerlei anzügliche Bemerkung gemacht hätte, dann ... dann hätte er dich doch damals nicht ... ach Gott, wie soll ich das sagen – er hätte doch niemals deine Dienste in Anspruch genommen!"

„Ludwig, ich bitte dich! Du warst eine halbe Ewigkeit bei der ‚Sitte', ich muss dir doch nicht erzählen, dass wir durchaus auch echte Gentlemen als Kunden hatten. Wir haben uns damals darum gerissen, die ‚Dekoration' nach einem erfolgreichen Megageschäftsabschluss zu sein. Bis zu dieser grässlichen Tragödie mit der Agnieszka ..."

„Liebling, diese Geschichte ist endgültig aus und vorbei! Du ..." Krampfhaft suchte Halb nach einer Möglichkeit, Delia aus ihren Erinnerungen des Jahres 1991 herauszureißen. Vielleicht könnte er Gleiches mit Gleichem bekämpfen? „Du hast also Traigenberger 1991 kennengelernt? Wie war er denn damals? ... Also, ich meine jetzt natürlich nicht, wie ..." Offenbar war er so rot geworden, dass er damit den Hauch eines Lächelns auf Delias trauriges Gesicht zaubern konnte.

„Ludwig, es ist wirklich ein Vergnügen, wie du immer im passendsten Moment ins Fettnäpfchen trittst! Na ja, wie soll ich ihn beschreiben – wie gesagt, persönlich war er durchaus angenehm. Geschäftlich hatte er einen ganz anderen Ruf. Er hat als harter Hund gegolten, der immer nach dem Motto ‚Viel Feind, viel Ehr!' gearbeitet hat. Am liebsten hat er Parteifreunde und sonstige Pseudoverbündete vor den Kopf gestoßen! Soweit ich mich erinnern kann, ist er mit seinen offiziellen Feinden ... Sozialisten, Gewerkschaftern, et cetera ... weit offener umgegangen als mit seinen eigenen Leuten ... was ihn verständlicherweise nicht sehr beliebt gemacht hat. Und, hilft dir das?"

Einen Moment versuchte Halb, überzeugend zu nicken. Aber da er Delias Röntgenblicke allzu gut kannte, blieb er lieber bei der Wahrheit – und damit bei einem schiefen Grinsen. „Jein! Die gute Nachricht lautet: Es gibt demnach genug Verdächtige. Die schlechte Nachricht lautet: Es gibt ..."

„... demnach zu viele Verdächtige." Zweistimmig klang selbst diese ernüchternde Erkenntnis so übertrieben hässlich, dass sie beide herzlich lachen mussten. – Wenn auch nur kurz, denn Delia deutete auf einen elegant gekleideten Herrn, der vor ihnen die Straße überquerte. „Ludwig, ist das nicht ..."

„... tatsächlich, der Schwejk! Kaum zu erkennen in seiner Einserpanier!"

Delia verdrehte noch einmal ihre Augen. „In seiner was bitte?"

„Seit wann verstehst du kein Wienerisch mehr? Seine ‚Einserpanier' – Anzug, Krawatte und nobler Stoffmantel. Und was will er mit dem Edelgestrüpp in seiner Hand?"

Als ob Franz Haschek seinen Chef gehört hätte, zog er den Blumenstrauß vorsichtig aus der Plastikhülle, bevor er ihn formvollendet einer jungen Polizistin in Uniform überreichte, die ihm strahlend entgegengelaufen kam.

Dienstag, 7. Jänner, 10.10 Uhr

„Ihr braucht gar nicht erst eine launische Bemerkung zu machen ... guten Morgen allerseits! Ich weiß, ich bin heute noch um eine gute Stunde später, als ich ansonsten erscheine ... bitte um Entschuldigung! Kommen wir zuerst zum Erfreulichen – guten Morgen, liebe Helli, wie waren deine Ferien? Das ‚Christkind' war brav, deine zahlreichen Lieblinge ebenso?"

„Ja! Beim ‚Christkind' war's ja keine Überraschung, aber dass meine drei Sprösslinge ... und mein Mann! ... aufs Wort gefolgt haben, hat mich schon etwas nervös gemacht. Und deshalb ...", Helli Drobatschnig streckte sich ausgiebig, was angesichts ihrer wallenden roten Locken sowie der Körpergröße von knapp einhundertneunzig Zentimeter ein imposantes Schauspiel bot, „... ist es schön, sich wieder im Dienst erholen zu dürfen."

„Und wie wir alle sehen können, hast du, mein lieber Ingeniöhr, während deines Urlaubs die Sonne nicht nur im Herzen gehabt, sondern auch über dir. Da stellt sich nur mehr die Frage, ob ..."

„Chef, das ist Naturbräune! Thailändische Naturbräune."

Belustigt maß Halb das Technikgenie seiner Ermittlergruppe. Ingenieur Perikles Mayer hatte drei besondere Neigungen, aus denen er keinen Hehl machte. Ob allerdings Computer oder hübsche junge Damen oder seine diversen Wienerischen Ausrufe – im besonderen das „Jööhh!", dem er seinen Spitznamen „Ingeniöhr" zu verdanken hatte – an erster Stelle dieser Hitliste lagen, war nicht bekannt.

„... ob du endgültig Gedankenlesen erlernt hast."

„Chef, das habe ich immer schon gekonnt, und deshalb sehe ich, dass du gleich ..."

„Guten Morgen! Ich wünsche ein frohes neues Jahr! ... das allerdings gleich mit einem sehr delikaten Fall beginnt. Ludwig, ich gehe davon aus, dass du dein Team bereits unterrichtet hast."

„Selbstverständlich, Ernst." Beim – wie fast immer – überfallsartigen Eintreten Strakas hatte sich Halb gerade noch wegdrehen und seinen Mantel unauffällig über einen Sessel legen können. Ein Blick genügte – offenbar hatten Schwejk, Toni und Verena die zwei anderen bereits informiert.

„Das freut mich! Erst recht, weil ich Neuigkeiten habe. Zwei, um genau zu sein. Zwei weitere Drohbotschaften gegen Firtusseks Projekt! Die eine wurde gestern am Abend gefunden. Gleiches Packpapier, aber ...“

„Wieder mit Ketchup beschmiert?“

„... aber diesmal kein Ketchup, sondern Erdbeermarmelade. Offenbar war es derselbe Analphabet, weil er hat allen Ernstes ‚Zeit für einen neuen Kreuzzug! Nieder mit dem Komärz!‘ geschrieben. ‚Komärz‘, wie der Monat. So ein Trottel!“

„Und wo genau war die ‚süße Gemeinheit‘ deponiert?“

Strakas misslauniges Gesicht verzog sich zu einem kurzen Lächeln. „Das entbehrt nicht einer gewissen Ironie, denn dieses Geschmiere ist diesmal beim ‚Zahnwehherrgott‘ hinterlassen worden. Der Legende nach soll diese Statue drei jungen Burschen, die sich über ihre Schmückung lustig gemacht hatten, heftige Zahnschmerzen beschert haben. Na ja, das passt ja wunderbar zur Erdbeermarmelade.“

„Und die andere?“

„Für die hat sich dieser Schmierfink einen makabren Platz ausgesucht. Er hat sie genau auf den Stein gelegt, auf den Leomax aufgeschlagen ist.“

„Ketchup oder Erdbeermarmelade?“

„Weder noch, Wasserfarben aus einem Kindermalkasten. Wieder mit Rechtschreibfehler ... was in dem Fall ein Wunder ist.“

„Wieso?“

„Dem Täter scheint das poetische Vokabular ausgegangen zu sein, die dritte Drohung besteht nur aus einem einzigen Wort: ‚Ketzer!‘ Aber nicht einmal das hat er richtig geschrieben.“

„Lass mich raten, er hat das ‚t' ausgelassen?"

„Ludwig, dein Spürsinn ist beeindruckend! ‚Kezer!', so ein blöder Aff'! Die Papierbögen sind natürlich bereits bei der Kriminaltechnik, ich rechne aber nicht damit, dass darauf irgendwelche Spuren gefunden werden. Womit sich alle meine Hoffnungen wieder auf euch richten. Was habt ihr als Nächstes vor?"

„Wir ..." Obwohl sich Halb und sein Team fast blind verstanden, reichten auch mehrere sprechende Blicke nicht aus, um sich blitzschnell zu verabreden.

„Wir waren schon recht fleißig, Herr Hofrat!" Schwejk wirkte gleich in den ersten Silben so souverän, als ob er sich seit Stunden mit diesem Bericht beschäftigt hätte. „Sie wissen ja, unser Chef hat uns am vergangenen Samstag dankenswerterweise zum ‚Neujahrsempfang' unserer Ermittlergruppe eingeladen. Und rein zufällig haben wir zwischen köstlichen russischen Spezialitäten über die tragischen Ereignisse gesprochen, die zum Tod Doktor Traigenbergers geführt haben. Deshalb haben Kollege Wilt, Kollegin Planner und ich uns erlaubt, vorgestern und gestern unsere Recherchen schon ein wenig vorzubereiten. Ich hoffe, Sie sind nicht böse, weil wir die Ferien widerrechtlich zur Arbeit genützt haben."

Straka war so sehr damit beschäftigt, huldvoll zu nicken, dass ihm Halbs seltsam verkrampfter Gesichtsausdruck gar nicht auffiel.

„Kollege Wilt hat sich für die Katakomben entschieden ... was ich damit sagen will: Er hat die Vor-Ort-Recherche übernommen, um sich – für uns – ein Bild von den vorhandenen Grüften und Katakomben zu machen. Kollegin Planner hat sich vor allem mit der Biografie und dem persönlichen Umfeld unseres Opfers befasst. Und da Kollegin Drobatschnig und Kollege Mayer bis heute ihren wohlverdienten Urlaub genossen haben, habe ich die – etwas ungewohnte – Aufgabe übernommen, mich im Internet nach möglichen Gegnern von Firtusseks Projekt umzusehen."

„Sehr löblich, Herr Haschek! Mein Dank gilt natürlich auch Ihnen beiden, Frau Magistra, Herr Wilt. Ja, und ganz besonders dir, mein lieber Ludwig! Ich weiß es wirklich sehr, sehr zu schätzen, dass du deine geliebte Sonntagsruhe geopfert hast. Und ich freue mich sehr, dass wir beide den eiskalten Ausflug in luftige Stephansdomhöhen ohne schwere Grippe überlebt haben. Apropos – hat wer von Ihnen schon in der Kriminaltechnik nachgefragt, ob die dort oben irgendwelche Spuren gefunden haben?"

„Ja, Herr Hofrat." Wenn Helli Drobatschnig wie ein braves Schulkind aufzeigte, war sie im Sitzen größer als Straka im Stehen. „Also, doppelt ja. Ja, ich habe nachgefragt, und ja, es wurden im Bauaufzug Reste eines Klebebands und einer Paketschnur gefunden. Auf beiden gibt's reichlich Hautzellen, die vom Opfer stammen. Hier, bitte sehr, das sind die bisherigen Unterlagen."

„Sehr gut, sehr gut. Dann will ich Sie nicht mehr weiter stören. Wiederschau'n! ... Und vielen Dank! Mehr noch, doppelt Dank", Strakas zaghaftes Lächeln blieb kurz auf Hellis Gesicht ruhen, „weil ich sehe, dass ich mich ... wie immer ... auf Sie alle glänzend verlassen kann. Und zweitens, weil dieses Gespräch meine Laune merkbar gehoben hat. Noch einmal, Wiederschau..."

„Ernst, du bist in der Früh fast immer schlecht gelaunt. Was ist los? Welche Extralaus ist dir über die Leber gelaufen? ... Weil die zwei neuen Drohbotschaften werden dich ja wohl kaum so erschüttert haben, dass deine Stimmung dermaßen im Keller ist."

„Ludwig, bitte, erwähne nie wieder das Wort ‚Keller' in meiner Gegenwart! Und schon gar nicht ‚Katakomben' oder Ähnliches."

„Oje, ich ahne es. Es hat schon wieder Schwierigkeiten in eurem RaBeWe gegeben. Oder, anders formuliert: Was hat dir Ekkehardt diesmal angetan?"

„... und diesen Namen lässt du bitte in Zukunft auch aus!"

„Gut, versprochen! Ich werde nie wieder den Namen dieses Mannes mit den schlohweißen Haaren und dem Raubvogelgesicht aussprechen. Aber dafür erzählst du uns, was dieser Fischadler diesmal verbrochen hat."

Inzwischen hatten Halb, Toni, Schwejk, Verena, Helli und der Ingeniöhr eine kleine Gasse gebildet, die Straka zum Wiedereintritt in ihr Büro verleiten sollte. Allerdings funktionierte der Trick nicht. Straka setzte sich gleich bei der Tür hin, fast so, als ob er sich durch ihre blockweise Anordnung abgeschreckt gefühlt hätte.

„Es war ja ohnehin zu befürchten, aber wenn es dann noch schlimmer kommt, als man es sich ausgemalt hat, dann ... aber der Reihe nach: Aufgrund der Dringlichkeit der veränderten Situation haben wir vom Rat zur Beurteilung der Bestattungswertigkeit und würdigkeit noch am Sonntagabend beschlossen, trotz des gestrigen Feiertages eine außerordentliche Sitzung einzuberufen. Es waren dann auch wirklich fast alle da. Unsere Doppeldoktorin, Frau Tickentoehl ... also gestern war es wieder ein Vergnügen, neben ihr zu sitzen. Die ist ja eine ehemalige Universitätsprofessorin für Kirchenrecht, und eine entsprechende Emanze dazu. Ich sag's euch, wie die den Ekkehardt zurechtgewiesen hat ... ein Lichtblick im sonstigen Dunkel dieser Sitzung. Apropos Lichtblick ... das kann man vom Karl-Heinz, also von Obermedizinalrat Doktor Karl-Heinz

Nepotal nicht behaupten. Nicht mehr, der war früher ein brillanter Kopf, aber inzwischen ist er fast nur mehr ein etwas konfuser älterer Herr. Ah ja, gleich daneben ist dann Seine Exzellenz Juan Jaéntes gesessen. Obwohl er schon längst nicht mehr im aktiven Dienst ist, besteht er immer noch darauf, dass man ihn eben mit ‚Exzellenz' anspricht, wie es einem ausländischen Botschafter entspricht. Der Mann ist genau so wie sein Spleen ... ein scharfer Geist, der sich aber manchmal in unwesentliche Formfragen geradezu hineintigert. Ihm gegenüber war der Platz von ... genau, von ‚unser aller Sonnenschein', vom Patrick Badernig. Das klingt jetzt ironisch, aber der Mann ist wirklich ein Phänomen – immer derart gut gelaunt, dass es manchmal sogar fast ansteckend ist. Selbst dann, wenn auch Kommerzialrat Katzapitopoulos an der Sitzung teilnimmt. Vielleicht habt ihr schon einmal etwas über diese Familie gehört oder gelesen? Nein? Die Vorfahren Katzapitopoulos sind vor Jahrhunderten ... um genau zu sein, zu Maria Theresias Zeit ... nach Wien eingewandert. Die waren schon damals sehr wohlhabend und haben sich als Musikmäzene etabliert. Na ja, und wie es eben so ist – wo Tauben sind, fliegen Tauben zu. Ärmer sind die Katzapitopoulos auf jeden Fall nicht geworden. Wobei, bei allem Geld ... es ist schon eine gewisse Ironie, dass gerade Eleftherios Katzapitopoulos in diesem Rat sitzt und über Traigenbergers Grabstätte in spe entscheiden muss, denn die beiden Familien sind seit Jahrzehnten nicht gut aufeinander zu sprechen. Irgendeine komische Geschichte in der Vergangenheit ... Ja, die waren alle da! Nur Monsignore Soumontino hat sich wegen Terminproblemen entschuldigen müssen."

„Ich habe gar nicht gewusst, dass der auch in eurem RaBeWe ist."

„Doch, doch, Ludwig! Aber genau deshalb ist es ja eine Tragödie, dass er kaum zu den Sitzungen kommen kann, weil sich ... und damit wären wir beim unaussprechlichen Namen ... eben Sixtus Ekkehardt als Chef aufspielt."

„Ernst, aber du hast doch erzählt, dass es in diesem ‚Rat' keine Hierarchie gäbe. Also ist jetzt Soumontino offiziell euer Vorsitzender oder nicht? Weil wenn ja, ist es noch halbwegs verständlich, dass sich dieser Fischadler als solcher aufspielen will. Im Gegensatz dazu wäre es ..."

„Nein, nein, Ludwig, du hast dich schon richtig erinnert. Wir kennen wirklich keine Positionen, daher auch keinen Vorsitzenden. Aber natürlich haben wir alle von Anfang an Soumontino als ‚primus inter pares' angesehen. Für die Nichtlateiner hier im Raum, als ..."

„Wissen wir auch ohne Latein, Herr Hofrat. Dieser Geistliche ist ein Leithammel, obwohl die Schafe vorher beschlossen haben, eine total basisdemokratische Herde zu sein."

Belustigt sah Straka zu Schwejk, bevor sich sein Blick wieder in den gestrigen Erinnerungen verlor. „Und gestern hat sich Amtsdirektor a. D. Sixtus Ekkehardt wieder einmal selbst übertroffen. Ich hab darüber nachgedacht – man kann das, was dieser Mann predigt, nicht einmal mehr als streng bezeichnen. Das ist nur mehr intolerant, schlimmer noch, gehässig! Ekkehardt hat doch tatsächlich die Ansicht vertreten, dass auch ein Mord ein moralischer Makel wäre ... wohlgemerkt, er hat vom Opfer gesprochen, nicht vom Täter! Weil, ‚... ein anständiger Christ hat nie mit Mördern zu tun'. Und wie bitte soll ich das Ini Traigenberger beibringen?" Die letzten Sätze hatte Straka schon mehr zu sich selber gesprochen, weshalb niemand mehr mit einem echten Abschiedsgruß rechnete. „Ludwig, weißt du, was das Schlimmste ist? Gemessen an dieser Ekkehardt-Kreatur ist mir sogar der Firtussek noch sympathisch! Oder wenigstens sympathischer. Eine einzige Tragödie ... aber dafür in Farbe und 3D! Der Weltuntergang als Lasershow! Habe die Ehre."

Dienstag, 7. Jänner, 11 Uhr

„Wieso zwei weitere Drohbotschaften? Was enthältst du uns vor?"

„Und warum?"

„Genau! Wo wir doch so brav und fleißig waren, nur, um dir zu zeigen, dass wir waschechte ‚Mord-Pfadfinder' und nicht sture Standpunktvertreter sind."

„Und von welcher Lasershow hat Straka gesprochen?"

„Ketchup? Wieso Ketchup?"

„Halt!" Sichtbar genervt unterbrach der Ingeniöhr das Trommelfeuer. „Toni, Schwejk, Verena – ehrlich gesagt, weder Helli noch ich verstehen auch nur ein Wort. Was für Pfadfinder mit Ketchup?"

„Das ist ...", mit leicht erhobener Stimme und besänftigenden Gesten beendete Halb das Chaos, „wohl der Moment, in dem der berühmte Detektiv die Szene betritt und allen alle Details erklärt! Da wir aber leider keinen berühmten Detektiv bei der Hand haben, müsst ihr mit mir vorliebnehmen. Also ... es war einmal, und zwar am Samstag um halb elf in der Nacht, als ich Depp zum Telefon gegangen bin, weil ich wieder einmal mein Handy vergessen hatte. Und so geschah es, dass ..."

Dienstag, 7. Jänner, 11.20 Uhr

Als er zwanzig Minuten später ächzend aufstand, war sich Halb ziemlich sicher, kein einziges Detail der vergangenen Tage ausgelassen zu haben.

... bis auf eines. Allerdings hatte er Schwejks Blumen-Schwingen natürlich nicht vergessen, er hatte es – teils aus Kollegialität, teils aus taktischen Gründen – einfach für sich behalten.

Schwejk selber aber konnte er nicht täuschen. „Und, war auf der Simmeringer Hauptstraße ein Stau? Ich hab nämlich gehört, da wäre gestern gegen halb elf ein schwerer Unfall passiert. Ist euch nichts ... Unerwartetes ... aufgefallen?"

„Nein, dort war nix los. Offenbar hatten wir Glück und waren um ein paar Minuten vor diesem ... diesem Unfall dort."

„Ich frage nur, weil ich zufällig auch dort war und einer jungen Kollegin zum Geburtstag gratuliert habe. Und dabei ..."

„Zum Geburtstag? Einer jungen Kollegin? Wie lieb von dir."

„... habe ich auch von diesem unheimlichen Knochenmann gehört. Und nachgedacht, wie wir dich am besten trösten werden."

Einen Moment war Halb sicher, irgendetwas falsch verstanden zu haben. „Trösten? Mich? Warum? Was habt ihr angestellt?"

„Nichts! Zumindest noch nichts. Nein, es ist nur ... bei deiner Vorliebe für Friedhöfe musst du doch sehr traurig sein, dass wir nicht die Ermittlungen in diesem Fall übernehmen können. Zugegebenermaßen haben wir es – Straka sei Dank! – jetzt auch mit alten Knochen und Gräbern zu tun, aber so eine Katakombe ist natürlich nicht zu vergleichen mit der Faszination eines winterlichen Friedhofs."

„Schwejk, wenn du dich über mich lustig machen willst ..."

„Keineswegs, Chef! Es wäre doch gerade für dich besonders interessant, schon nach vier Wochen wieder am ‚Zentral' ermitteln zu können. Noch dazu, wo dieses Gräber plündernde, Gebeine verstreuende Monster wesentlich spannender zu sein scheint als unser ‚Er-hat-sich, er-hat-sich-nicht, er-hat-sich ... umgebracht!'-Fall."

Etwas besänftigt warf Halb ein: „Schwejk, für Kriminaler im Allgemeinen und uns Mordermittler im Speziellen ist es im Grunde doch ganz normal, dass uns Friedhöfe lieb und wert sind. Immerhin leben dort unsere Kunden ... irgendwie. Wäre ich ein Arzt, würde ich mich weniger geschmeichelt fühlen, in einem Atemzug mit dem Wort ‚Friedhof' genannt zu werden. Aber in unserem Job – kein Problem! Aber genau diese Tatsache – dass wir für ‚tote Leichen' zuständig sind – ist auch der Grund, warum wir uns gar nicht mit dem Knochenmann beschäftigen könnten, selbst wenn wir die Zeit dazu hätten. Denn dieser Reserve-Yeti hat niemanden ermordet! Und da ‚Störung der Totenruhe' eindeutig nicht in unser Ressort fällt, sollten wir uns wieder unserem ‚Vielleicht-doch-Mord' zuwenden. Verena, ich nehme an, du hast schon vor meiner Verspätung den anderen berichtet, was du über unser Opfer herausgefunden hast?"

„Ja, Chef, da gäbe es vor allem ..."

„... und das wirst du mir auf dem Weg zu Traigenbergers berichten. Und ... Toni, spätestens morgen Vormittag freue ich mich auf deine Schilderungen der Gruft. Schwejk, bitte um eine Kurzfassung dessen, was du schon über Firtusseks Gegner weißt. Gibt's da einen harten Kern? Wie ist der organisi..."

„Alles da drin, Chef." Es waren insgesamt elf Blätter, die Schwejk fein säuberlich in einer orangen Mappe geordnet hatte.

„Ausgezeichnet! Wenn ich das so überfliege ... oha, das scheinen ja ziemlich militante Wirrköpfe zu sein. ‚Mit Feuer und Schwert' ... auch nicht schlecht. Und diese Gruppe? Die kommen aus der entgegengesetzten Weltanschauungsecke, oder? ‚Tod dem Kapital' ... ja, das klingt immer gut. Da ist es ja vollkommen egal, ob man überhaupt weiß, was das heißt. Gut ... Toni, Schwejk, das übernehmt ihr. Versucht zu eruieren, wo diese beiden Gruppierungen ihre Hauptquartiere haben ... falls man das überhaupt so nennen kann. Dann schaut ihr hin und macht euch einen ersten Eindruck. Ingeniöhr, du nistest dich wie immer im Internet ein und stöberst nach dem, von dem wir gar nicht wissen, dass es das gibt. Suche das Unauffindbare! ... Und finde es! Und Helli ... eh klar. Fels in der Brandung, Informations-Verteilungs-Knoten! Ah ja, und geh bitte der Kriminaltechnik weiterhin auf die Nerven, falls es zusätzliche Erkenntnisse – von wegen Ketchup mit Erdbeermarmelade – geben sollte ... und bei der Gerichtsmedizin sei bitte auch lästig. Wir wollen alle Ergebnisse ... wie üblich gleich und sofort. Und bitte um ... genau, das mein' ich." Helli Drobatschnig hatte, passend zur orangen, eine blaue Mappe ausgesucht, in die sie die Zettel mit den Klebeband- und Paketschnuranalysen hineingelegt hatte. „Großartig, die nehmen wir mit! Verena, wir gehen. Oder nein, noch zwei Kleinigkeiten: Helli, wenn du bitte bei Familie Traigenberger anrufst und uns für heute nach dem Mittagessen ankündigst. Die Telefonnummer ... ah, sehr gut, da liegt sie schon. Ja, das übliche – wir hätten noch ein paar Fragen, weil sich eine völlig neue Situation ergeben hätte, et cetera et cetera. Und ..." Halb zögerte, irgendetwas hatte er noch sagen wollen. Etwas Wesentliches, etwas – ah ja, genau! „Bitte immer zu bedenken: Unsere Ermittlungen innerhalb der Stephansdom-Hautevolee existieren einstweilen nicht! Zwar müssen wir diesmal die ganze Geschichte wenigstens nicht vor Ernst verstecken, aber nach außen hin ... es gibt keine Causa Traigenberger! Unser Umgang mit der Innenstadt-Gräber-High-Society ist reines Privatvergnügen!"

Dienstag, 7. Jänner, 13.20 Uhr

Selbst die zwölf Stufen bis zum Aufzug ließen Halb etwas schwerer atmen. Vielleicht war es doch keine so gute Idee gewesen, eine „nur ganz kurze" Mittagspause im „Himmelsbeisl" unmittelbar vor ihrem Besuch zu machen.

„Und ... du bist dir ganz sicher, dass Traigenberger nicht nach Salzburg gefahren ist? Er könnte sich doch vielleicht kurzfristig umentschieden haben und in einem anderen Hotel abgestiegen sein."

„Nein, Chef, ich habe wirklich alle Hotels in Salzburg und Umgebung abtelefoniert. Traigenberger hatte nirgendwo ein Zimmer reserviert, geschweige denn dort die Nacht vom zweiten auf den dritten Jänner verbracht. Die einzige Möglichkeit wäre, dass er unter einem falschen Namen eingecheckt hat. Aber warum sollte er ..."

„Weil er nicht alleine war?"

Abrupt blieb Verena stehen. „Chef, du glaubst doch nicht, dass ... der Mann war verheiratet. Und extrem konservativ!"

„Verena, ich bitte dich! Das war noch nie ein Hindernis … denk nur an diesen geheimnisvollen Versprecher von Frau Traigenberger: ‚… ob sie zu so etwas fähig wäre'! Wer ‚sie'? Aber abgesehen davon, ich behaupte ja gar nicht, dass es ein Treffen dieser … wie soll ich sagen, dieser privatesten Art gewesen sein muss."

„Sondern?"

„Ein geschäftliches? Auf jeden Fall ein Termin, von dem niemand, weder die Familie noch sein berufliches Umfeld, etwas wissen durften. Aber umso mehr …"

„… müssen wir herausfinden, wo er sich mit wem getroffen hat. Schon klar, Chef. Und wie?"

„Verena, solche unwesentlichen Feinheiten überlasse ich gerne euch! Wir wissen einstweilen nur – und auch das ausschließlich von seiner Familie –, dass Doktor Traigenberger am frühen Nachmittag des zweiten Jänners seine Familie verlassen hat, um aus beruflichen Gründen nach Salzburg zu fahren. Um zweiundzwanzig Uhr hat er dann noch mit seiner Frau telefoniert … ich nehme an, du hast schon alles in die Wege geleitet, um seine Handydaten zu bekommen?"

„Ja, natürlich. Aber bis wir die haben, dauert's noch. Unter Umständen bis übermorgen."

„Pech! Und der Wagen?"

„Den haben wir noch nicht gefunden, obwohl es ein extrem seltener ‚Nobel-Hobel' ist. Noch dazu lässt er sich nicht orten, weshalb …"

„… wir einstweilen gar nichts wissen! Und Frau Traigenberger wird uns kaum was sagen können. Weil entweder weiß sie wirklich nicht, wo ihr Mann hingefahren ist, oder aber sie wird sich hüten, es uns zu verraten. Und den Herrn Heinrich wirst du noch nicht erreicht haben?"

„Der Herr Heinrich heißt Heinrich Gruber und kommt erst am Sonntag aus Zypern zurück. Wir haben ihn beim Frühstück gestört, aber er war sehr kooperativ ... und er klang wirklich entsetzt, wenn auch nicht überrascht, da ihn die Familie schon verständigt hatte. Allerdings dürfte er zu den Ermittlungen kaum etwas beitragen können, zumindest per Telefon konnte er uns nichts Interessantes bieten. Ah ja, noch etwas: Wir haben auch schon eine Liste vom Büro Traigenberger zugemailt bekommen. Mit all den Namen, die ihn gehasst haben könnten. Aber ich glaube nicht, dass uns die was bringen wird, weil zum einen liest sie sich wie das Who's who der österreichischen, wenn nicht sogar europäischen Versicherungs und Finanzwirtschaft. Und zum anderen ... also der Teil mit den Leuten, die Traigenberger hinausgeworfen oder irgendwie anders fertig gemacht hat – der Teil ist so elendslang, dass ich nur hoffen kann, wir finden den oder die Mörder, bevor ich mich über die Liste machen muss."

Als sie endlich vor dem Aufzug standen, atmete Halb insgeheim erleichtert auf. In diesem Jugendstilhaus hatte er zwar nicht mit seinem absoluten Alptraum eines geschlossenen Käfigs mit Doppelstahltüren gerechnet, aber er hätte auch nicht zu hoffen gewagt, in einer Ganzglaskabine die sieben Stockwerke hinaufschweben zu dürfen.

Dienstag, 7. Jänner, 13.30 Uhr

„Gnädige Frau, danke, dass wir Sie so kurzfristig stören dürfen, aber wir haben leider eine traurige Nachricht, die wir Ihnen nicht am Telefon mitteilen wollten. Und zwar ..."

„Herr Hofrat, weder ich noch meine beiden Kinder sind aus Zucker. Heraus mit der Sprache."

„Nun ...", Halb hielt die blaue Mappe wie einen Schild vor sich, „... die Kriminaltechnik hat oben am Südturm relevante Spuren entdeckt und inzwischen auch analysiert. Also ... es tut mir leid, Ihnen mitteilen zu müssen – Ihr Herr Gemahl wurde das Opfer eines Gewaltverbrechens. Er wurde ermordet."

„Sind Sie sicher?" Ini Traigenberger hob langsam den Kopf, als ob sie auf den finalen Hieb warten würde.

„Ja, ziemlich! Natürlich sind bis zur endgültigen ..."

„Das ist ja wunderbar! Gott sei Dank!" Mit einem Satz war Frau Traigenberger auf- und auf Halb zugesprungen. „Herr Hofrat, Sie wissen ja gar nicht, welche Freude Sie uns machen! Danke, vielen lieben Dank!"

„Gnädige Frau ..." Halb hatte schon die unterschiedlichsten Reaktionen erlebt, aber er hatte noch nie eine frisch gebackene Witwe daran hindern müssen, ihm um den Hals zu fallen. „Gnädige Frau, ich weiß, dass Ihr verstorbener Mann ..."

„Gar nichts wissen Sie! Gar nichts!" Ebenso rasch, wie Frau Traigenberger in Jubel ausgebrochen war, schlug ihr Tonfall in keuchendes Zischen um. „Sie wissen nicht, wie das ist, wenn man jahrelang tagaus, tagein hört, wie schön es sein wird, in hundert, zweihundert, dreihundert Jahren wieder aufgetaut, auferweckt zu werden, um dann endlich ewige Jugend genießen zu können! Wie schön es sein wird, dann endlich eine – wohl auch ewig – junge Frau an seiner Seite zu haben, die einem all das erfüllt, was einem im alten Leben verwehrt blieb. Wie schön es sein wird, dann endlich wieder die Kraft zu haben, um ein Versicherungsimperium von noch nie gesehener Größe schaffen und – natürlich auf ewig – leiten zu können. Wie schön es sein wird ..."

„Warum haben Sie sich nicht scheiden lassen?“ Offenbar hatte Halb das Zauberwort ausgesprochen, der Redeschwall brach ab, Frau Traigenberger fiel in sich zusammen.

„Eine Scheidung? Wissen Sie, Herr Hofrat, zu unserer Ehe hat auch dazugehört, nach außen hin jeglichen Schein zu wahren. Glauben Sie mir, mein Mann hat mich mit Verträgen aller Art – vom Ehevertrag bis zum Testament – dermaßen gefesselt, dass eine Scheidung ...“

„Sie wissen, dass Sie sich gerade um Kopf und Kragen reden? Als Kriminalist freue ich mich über ein Geständnis, aber ...“

„Sie glauben allen Ernstes, dass ich imstande gewesen wäre, meinen Mann auf diesen Turm zu schleppen und diesen Kraftprotz, diesen Inbegriff der Perfektion aus einer wackligen Aufzugsgondel in die Tiefe zu stürzen? Wenn ich dafür noch die Kraft gehabt hätte, hätte ich ihn nicht töten müssen ... denn dann hätte ich mich schon vor Jahren zu wehren begonnen, gegen seinen Größenwahn, gegen die unzähligen Affären, gegen ...“

„Gegen seine Gewalt? Hat er Sie geschlagen?“ Verena war bisher so still gewesen, dass Frau Traigenberger nervös zusammenzuckte.

„Erstaunlicherweise nein! Das brauchte er auch nicht. Aber ...“

„Und Sie? Vielleicht haben Sie sich Jahrzehnte vorgestellt, wie befreiend es wäre, ihn zu schlagen? Und dann, als Sie überzeugt waren, endgültig alle Kraft verloren zu haben, wie sie es sich nicht einmal mehr vorstellen konnten, da hat sich in Ihnen noch einmal alles aufgebäumt. Diese Geschichte mit der Fahrt nach Salzburg ...“

„Nein!“ Kein Brüllen, kein Stöhnen – kaum mehr als ein Hauch. Frau Traigenberger saß da, als ob sie sich in Luft auflösen, sich jedes Recht, je gelebt zu haben, absprechen wollte.

Halb kramte hektisch in seinen Erinnerungen, er hatte vor nicht allzu langer Zeit ein Psychologie-Seminar für leitende Kriminalbeamte besucht. Besuchen müssen, aber es war gar nicht so uninteressant gewesen. Und da hatten sie auch gehört – ja, was? „Strahlen Sie Gefühl aus, aber zeigen Sie wenig Wärme.“ So? Nein, es war genau umgekehrt! „Strahlen Sie Wärme aus, aber zeigen Sie wenig Gefühl.“ Ja, genau – die Kunst bestand darin, prinzipiell Akzeptanz zu signalisieren, aber keine zerstörerischen Emotionen zu verstärken.

Aber wie tun?

Halb nahm sich einen Sessel und schob ihn langsam bis auf zwei Meter an Frau Traigenberger heran. Das Quietschen ließ sie ihren Kopf heben.

„Verhaften Sie mich gleich? Am besten wäre es, mich auch gleich zu verurteilen. Wissen Sie was? Ich selber würde gerne als Angeklagte und Anklägerin in einer Person fungieren. Und als Richterin erst recht. Ich würde mir lebenslang geben – lebenslange Erinnerungen an all die feigen Jahre, in denen ich ...“

„Und als Strafverschärfung die Gedanken an den Moment, in dem Sie nicht mehr anders konnten, in dem der Druck so groß war, dass ...“

„Nein, Herr Hofrat, nein! Ich habe meinen Mann nicht umgebracht! Zumindest nicht am vergangenen Freitag. Nicht in der Realität.“

Halb hasste diese Momente, in denen sein Bauchgefühl aller Vernunft widersprach. Zwar schrie sich das Hirn die Seele aus dem Leib, aber seine Eingeweide sagten ihm ... sie hatte ihren Mann nicht getötet.

„Gut, gehen wir einmal davon aus, dass Sie ihn nicht ermordet haben. Dann … wollen Sie einen Arzt? Sollen wir jemanden anrufen, der sich um Sie kümmert?“

Schon wieder schien Halb den richtigen Ton getroffen zu haben. Durch Frau Traigenberger ging ein Ruck, die Muskeln schienen wieder ihre Arbeit aufzunehmen, lediglich die Mimik hatte noch Ähnlichkeit mit einer Totenmaske. „Nein danke, mein Sohn sollte bald nach Hause kommen. Und diese Zeit könnten wir doch nützen … ich meine, mir ist schon klar, dass ich, auch wenn Sie gerade das Gegenteil behauptet haben, Ihre Hauptverdächtige bleibe. Also geben Sie mir die Möglichkeit, mich ein wenig zu entlasten … im doppelten Sinn, als Verdächtige und psychisch.“

Unwillkürlich musste Halb grinsen. Egal, zu welchem Ergebnis sie kommen würden, die Gespräche – oder gar Verhöre – wären fast ein Vergnügen. „Sie bleiben dabei, dass Sie mit Ihrem Mann noch am Abend des zweiten Jänners, also am vergangenen Donnerstag, telefoniert haben?“

„Ja. Es war genau so, wie ich es gesagt habe. Er hat sehr müde gewirkt, was angesichts der Fahrt kein Wunder war.“

„Welcher Fahrt?“

„Na, der nach … ah, ich verstehe.“ Der Anflug eines Lächelns glitt über ihr Gesicht. „Wo war er? Und, was vielleicht noch wichtiger ist, wie alt war sie?“

„Das fragen wir uns auch … also, nach dem ‚Wo‘.“ Verena hatte sich von ihrem Sitzplatz hinter Frau Traigenberger erhoben und sich im selben Winkel und auf dieselbe Distanz zu Halb hingesetzt, wie sie es aus ihren Verhörräumen gewöhnt war. „Haben Sie eine Ahnung, wo das Auto stehen könnte? Wir haben es noch nicht gefunden, dabei ist so ein Rolls-Royce ja nicht das unauffälligste Vehikel. Also, wo ...“ Frau Traigenbergers hysterisches Lachen ließ Verena sofort innehalten. Ihren „Soll ich weitermachen?“-Blick beantwortete Halb mit einem sanften Kopfnicken. „Eben der Rolls ...“

„Sie müssen noch viel über meinen Mann lernen. Und auch wieder gar nichts, weil Sie dieser Sorte Mann sicherlich schon hundertfach – zumindest als Verbrecher – begegnet sind. Mein Mann war ein Mann ... und musste daher lauter Dinge tun, die ein Mann tun muss. Wie zum Beispiel die teuersten Autos haben. Ich weiß schon, was Sie sich jetzt denken werden ... von wegen Potenzersatz. Aber da irren Sie sich. Mein Mann war so ein Narziss, der wäre gar nicht auf die Idee gekommen, für welche seiner schwindenden Fähigkeiten auch immer einen Ersatz zu brauchen. Nein! Er wollte – und hatte – die luxuriösesten Wägen nur deshalb, weil es klar war, dass nur er sich solche Autos leisten konnte. Wenn er irgendwo einen zweiten Rolls-Royce gesehen hat, ist er explodiert! Denn den zu besitzen war nur sein Privileg! Und daher hat er keine Sekunde zur Kenntnis genommen, dass auch andere Menschen dieses Auto gerne gefahren hätten. Undenkbar! Wir, die Statisten seines Lebens, bestenfalls die anbetenden Götzendiener, hatten nur das Recht, staunend davorzustehen und uns in diversen ‚Ahs!‘ und ‚Ohs!‘ zu ergehen. Selbstverständlich hat er auch kein Wort darüber verloren, wie er oder wo er diese ... diese Nebensächlichkeiten seiner Herrlichkeit zum Service bringen oder parken würde. Das ging uns ja nichts an! Ich würde mich nicht wundern, wenn nicht einmal Herr Heinrich wüsste, wo dieser Wagen jetzt steht.“

„Dann darf ich Sie wieder was fragen. Wobei – ich bilde mir ein, die Antwort bereits zu kennen. Und doch ...“

Frau Traigenberger lächelte nachsichtig. „Herr Hofrat, ich bitt Sie, halten Sie mich doch nicht für so ... naiv. Wir wissen doch beide, dass Sie selbst die Fragen, auf die Sie schon die Antworten kennen, so stellen, dass Sie entweder andere Fakten verifizieren oder – ganz nebenbei – neue Informationen bekommen."

„Gnädige Frau, jetzt überschätzen Sie mich aber – trotzdem danke für das Kompliment! Nein, ich will mich wirklich nur versichern ... und zwar bezüglich einer ungewöhnlichen Antwort, die Sie vorgestern im Café Domschatz gegeben haben. Ich hatte Sie nach mächtigen Feinden Ihres Mannes gefragt, und sie haben gemeint, dass ihn nur jemand aus der näheren Umgebung hätte töten können. Und dann haben Sie etwas Bemerkenswertes gesagt: ‚Aber ob sie zu so etwas fähig wäre ...' ‚Sie' – noch dazu im Singular! Welche ‚Sie' haben Sie da gemeint? Eines der Verhältnisse Ihres Mannes?"

„Nein, ich bin mir sicher, dass er mit dieser Frau nicht geschlafen hat. Nein, nicht mit Sophia Katzapitopoulos-Ledwinka! Ich wage zu bezweifeln, dass überhaupt ein männliches Wesen mit ihr ... aber das müssten Sie schon ihren Gemahl fragen."

„Und warum sollte Frau Katzapo..."

„Katzapitopoulos-Ledwinka."

„... diese Dame Ihren Mann ermordet haben?"

„Ich nehme an, dass Sie mich jetzt für verrückt halten werden, aber ...", ganz langsam kehrte Frau Traigenbergers „Ini-Gesicht" zurück, die tiefe Verzweiflung wich einem leicht frivolen, von tiefgründiger Ahnungslosigkeit getragenen Schmunzeln, „... das ist immerhin noch besser, als gleich verhaftet zu werden. Herr Hofrat, kennen Sie die Mozart-Briefe? Aber was frag ich, natürlich kennen Sie sie, Sie sind ja ein gebildeter Mensch! In einem dieser Briefe ... um genau zu sein, am 16. Jänner 1782, schildert Mozart eine Art Klavier-Wettkampf vor dem Kaiser. Was für ein Kräftemessen: Mozart gegen seinen damaligen Konkurrenten Muzio Clementi! Dieser ... warten Sie, ich hab den Text so oft gehört, dass ich ihn – wie ein braves Volksschulkind – mehr oder minder auswendig aufsagen kann. Clementi ‚präludierte und spielte ein Sonate, dann sagte der Kaiser zu mir: Allons, drauf los! Ich präludierte auch und spielte Variationen. Merkwürdig ist dabei, dass ich für mich das Pianoforte der Gräfin tun gelehnt, das andere war verstimmt und drei Tasten blieben stecken. Flugs eilte ein Lakai herbei, doch ... Es tut nichts, sagte der Kaiser.‘ Und jetzt kommt das Skurrile: Der Grund, warum die Katzapitopoulos und die Traigenbergers seit rund fünfzig Jahren verfeindet sind, ist ... wie gesagt, Sie werden's mir kaum glauben, aber es ist tatsächlich Folgendes: Der Grund hat weder mit Mozart noch mit Clementi zu tun. Zumindest nicht direkt. Es geht um den in diesem Brief erwähnten Lakai: Beide Familien behaupten, beweisen zu können, dass eben dieser Diener einer ihrer Vorfahren wäre. Diesen blödsinnigen Floh hat ihnen einst ein Musikwissenschaftler ins Ohr gesetzt, der sich in Wirklichkeit nur sogenannte ‚private Forschungsgelder‘, also ein zusätzliches – unversteuertes – Einkommen, unter den Nagel reißen wollte. Und eins muss man diesem Mann lassen: Er war wirklich effizient! Weil inzwischen liefern sich ‚das Haus Katzapitopoulos‘ und ‚die Dynastie der Traigenbergers‘ schon über fünfzig Jahre lang einen Kampf um die ebenso fragwürdige wie schwachsinnige Pseudoehre, am Heiligen Abend des Jahres 1781 dieselbe Luft wie Mozart, Clementi und Kaiser Joseph II. geatmet zu haben. Und dieses Miststück Sophia hat sich auf die Fahnen geschrieben, diese Fehde endgültig ... natürlich zu

Gunsten der Familie Katzapitopoulos ... zu beenden. Deshalb hat sie darauf gedrängt, dass ihr Vater auf jeden Fall Mitglied in diesem elenden Rat zur Beurteilung der Bestattungswertigkeit und -würdigkeit wird. Weil sie natürlich wusste, dass sich mein Mann den Schwachsinn in den Kopf gesetzt hatte, der erste nicht verstorbene, nicht begrabene, sondern eingefrorene Kunde der Vienna City Center Crypts zu werden! Ehrlich gesagt, ich habe mit einem Deal gerechnet ... dahin gehend, dass das Oberhaupt der Familie Traigenberger – also mein Herr Gemahl – öffentlich eingesteht, sich geirrt zu haben. Der damalige Lakai wäre einer der Stammväter der Katzapitopoulos gewesen! Im Gegenzug hätte sich der Herr Kommerzialrat als Mitglied des RaBeWe dafür eingesetzt, dass mein Mann die Erlaubnis, sozusagen ‚den Segen' erhält, am vermeintlichen Ende seiner irdischen Tage in seiner ganzen Pracht – oder wenigstens in Teilen – in dieser Tiefkühlbox konserviert werden zu dürfen. Und wie dann auch noch Ernst Straka ebenfalls einen Platz in diesem RaBeWe eingenommen hat, waren wir uns sicher, endlich am Ziel der Traigenberger-Träume zu sein. Aber offenbar war irgendetwas schief gegangen, der Kuhhandel nicht zustande gekommen. Vielleicht hatte mein Mann einen Dreh gefunden, den Herrn Kommerzialrat und seine Töchter über den Tisch zu ziehen? Dann wäre es nur allzu logisch, dass Sophia Katzapitopoulos-Ledwinka wüste Rachepläne gesponnen hätte. Deshalb mein Verdacht, sie könnte meinen Mann ...“

„Ich verstehe. Gut, nur noch eine letzte Frage: Ganz zu Beginn unseres Gesprächs ... warum dieser Euphorie-Ausbruch?“

„Das Testament meines Mannes hat eine Klausel, die, ... nein, ich weigere mich, das genau zu schildern!

Ich kann die entsprechende Passage inzwischen so sehr auswendig, dass sie mich bereits bis in meine Träume verfolgt. Daher nur so viel: Nur dann, wenn seine sterblichen Überreste oder wenigstens ‚... einige Zell-Reserven meines Ichs ...' in den Zustand ewiger Unterkühlung versetzt und in den Vienna City Center Crypts gebunkert werden, tritt dieses verdammte Testament in Kraft! Ansonsten erben meine Kinder und ich so gut wie nichts! Also, quasi nichts – nichts außer dem Pflichtteil."

Halb schüttelte verblüfft den Kopf. „Das hätte doch nur funktioniert, wenn er unmittelbar nach seinem Ableben eingefroren worden wäre. Aber nach dem Sturz aus großer Höhe – wie soll das noch gehen?"

Frau Traigenberger lächelte ironisch. „Ich nehme an, dass sein Leichnam in der Gerichtsmedizin liegt. Und soweit ich diesen Tiefkühl-Schwachsinn verstanden habe, könnten von dort aus einige seiner Organe direkt in die kryonische Konservierung wandern. Damit wäre dem Testament entsprochen! ... Aber das klappt selbstverständlich nur dann, wenn jeglicher Selbstmord ausgeschlossen werden und daher dieser verdammte Rat zur Beurteilung der Bestattungswertigkeit und -würdigkeit der folgenden Prozedur zustimmen kann! Deshalb meine Begeisterung, als Sie mir die Nachricht vom Mord überbr..."

„Entschuldige, ich wusste nicht, dass du Besuch ..."

„Grüß Gott." Verwundert betrachteten Halb und Verena Traigenberger junior, der eine seltsame Mischung aus „Traummännlein" und „abgehalftertem Westernheld" bot. Äußerlich ziemlich verwahrlost, wankte er wie ein Schlafwandler durchs Zimmer. Dazu passte auch, dass er erst nach mehreren „Blick-Versuchen" erkannte, wer da gerade mit seiner Mutter gesprochen hatte. „Ah, die Staatsmacht! Habe ich falsch geparkt oder überbringen Sie uns die Nachricht von der Verhaftung der Mörderbande, die meinen Vater ...“

„Leobert, die Herrschaften von der Polizei waren so freundlich, die Nachricht von der Ermordung deines Vaters persönlich zu überbringen. Es steht jetzt fest, er wurde ...“

„Was heißt ‚jetzt‘? Das weiß ich doch seit ... schon seit ... also, eben schon länger.“

„Tatsächlich? Und woher haben Sie das gewusst?“

„Woher ich das gewusst habe? Das habe ich ... ah ja, ich hab's! Das habe ich aus den Fesselspuren geschlossen.“

„Faszinierend, weil ... wir haben kein Wort von Fesselspuren gesagt. Wir haben nicht einmal erwähnt, dass oben am Südturm Reste einer Paketschnur gefunden worden sind.“

Während Halb und Verena Leobert Traigenberger mit wachsendem Interesse musterten, war seiner Mutter anzusehen, dass sie schon wieder am Rande eines Nervenzusammenbruch entlangwandelte. „Leobert!“

„Ja, Mutter, ich kann das erklären. Und zwar ...“, einen Moment schien es so, als ob Leopold Albert es geradezu genießen würde, im Mittelpunkt der polizeilichen Aufmerksamkeit zu stehen, „... habe ich diese Information von einem Freund. Einem Freund in der Grazer Gerichtsmedizin. Ja, den habe ich gefragt ... weil ich war mir sicher, dass Sie sich weigern würden, uns den Obduktionsbefund zu zeigen. Aber mir hat das keine Ruhe gelassen, ob mein Vater leiden musste. Und deshalb habe ich diesen Freund per Mail gebeten, ihn mir zu schicken. Für den war es natürlich ganz leicht, auf den Universitätsserver zuzugreifen und die paar Seiten herunterzuladen. Aber ich sage Ihnen gleich – und wenn Sie sich auf den Kopf stellen –, ich werde Ihnen seinen Namen nicht verraten! Ich verpfeife keinen Freund – erst recht keinen, der mir einen nicht ganz legalen Gefallen getan hat. Nie und nimmer, weil ..."

„... weil Sie, als Sohn Ihres Vaters, selbstverständlich ein Mann von Ehre sind. Das verstehen wir gut! Keine Angst, wir werden Sie nicht weiter belästigen. Im Gegenteil ... wir dürfen uns verabschieden. Sie gestatten?" Als Halb sich ein letztes Mal Frau Traigenberger zuwandte und den jungen Mann beiseiteschob, machte dieser keinerlei Anstalten sich zu wehren. „Gnädige Frau, falls Ihnen noch etwas einfallen sollte, was Sie für wesentlich erachten – hier, bitte, meine Visitkarte."

Auch Verenas mahnender Blick konnte ihn nicht dazu bewegen, Frau Traigenberger die Wahrheit zu sagen. Dass nämlich Sixtus Ekkehardt beschlossen hatte, auch ein Mordopfer als unmoralisch einzustufen. Dass es daher wohl kaum mehr zu einer kryonischen Konservierung ihres verstorbenen Mannes kommen würde. Dass daher das Testament wohl kaum mehr in Kraft treten könnte.

Die schlechten Nachrichten sollte gefälligst Ernst überbringen!

Dienstag, 7. Jänner, 14.10 Uhr

Langsam gingen die Glastüren zu, wie immer schien sich der Aufzug erst nach einer Ewigkeit in Bewegung zu setzen. Nur bruchstückhaft drangen Verenas „Nachgedanken" durch das Rauschen in seinen Ohren. „Er hat die ganze Zeit durch den Mund Luft geholt. Möglicherweise ist er schwer verkühlt ... oder Allergiker ... und nimmt starke Medikamente, die ihn dämpfen, und deshalb war er so seltsam und ..."

„Nein, Verena, das würde mich wundern! Ich geb dir Recht: Er hat immer wieder durch die Nase hochgezogen. Aber er war sicher nicht gedämpft, und ich glaube auch nicht, dass er an einer Allergie leidet ... höchstens an einer gegen die Realität. Da steckt was anderes dahinter."

„Chef, du meinst aber nicht ..."

„Doch! Es würde mich nicht wundern, wenn der Knabe kokainsüchtig wäre. Aber da wir nicht vom Drogendezernat sind, geht uns das nichts an. Es sei denn ..."

Endlich verkündete die – wie immer blecherne – Aufzugsstimme das Zauberwort: „Erdgeschoss".

„Es sei denn, sein ‚weißes Naserl' hätte etwas mit unserem Fall zu tun – was ich aber stark bezweifle. Weil ..."

„Oh, grüß Gott, Herr Hofrat! Sie haben da aber eine charmante junge Dame an Ihrer Seite. Ich darf mich vorstellen, Badernig. Patrick Badernig."

„Planner, Verena Planner. Danke für das Kompliment, das hören wir vom Bundeskriminalamt selten."

„Sie arbeiten im Bundeskriminalamt? Dann sollte ich mir vielleicht eine schwere Straftat überlegen. Was muss ich denn anstellen, damit Sie mich ..."

„Ich glaube, ich habe dir von dem Herrn erzählt. Herr Badernig ist so eine Art Kollege vom Ernst, er ist ebenfalls Mitglied in diesem Rat zur ..."

„Ach Gott, ja. Wenn ich gewusst hätte, wie viel Elend dieses Ehrenamt bringen würde, dann hätte ich mich sicher davor gedrückt. Andererseits ... man lernt dadurch auch wirklich reizende Menschen kennen."

„Wie zum Beispiel Traigenbergers?"

„Die gerade nicht, mit denen war ich schon vorher gut bekannt. Aber zum Beispiel Ihren ... ja, was ist er denn eigentlich? Weil Ihr Vorgesetzter, Herr Hofrat, kann – bei allem Respekt – der Herr Hofrat Straka wohl kaum sein.“

Da Halb – erstaunlicherweise – gegen jede Form von Schmeicheleien vollkommen immun war, setzte er sofort sein ironischstes Lächeln auf. „Na, so verbraucht sehe ich aber auch wieder nicht aus, dass Sie mich für den Dienstältesten halten müssen! Herr Badernig, das ...“

„Um Gottes willen, nein, nein! Da habe ich mich wohl vollkommen falsch ausgedrückt. Was ich sagen wollte, war, dass ...“ Es war erstaunlich, wie stark Badernig seinen Gesichtsausdruck übertreiben konnte, ohne allzu peinlich zu wirken.

„Und, dürfen wir Sie nach dem Grund Ihres Hierseins fragen?“

„Ein reiner Kondolenzbesuch! Selbstverständlich werde ich Frau Traigenberger und ihrem Sohn mein herzlichstes Beileid übermitteln, aber Aumali ... also, die Tochter, Aurelia Amalia ...“

„Wir kennen Fräulein Traigenberger.“

„Ja, also ... gerade Aumali – sie ist ja ein so weicher und warmherziger Mensch. Ich könnte mir vorstellen, dass sie besonderen Trostes bedarf.“

„Dann wollen wir Sie bei Ihrer edlen Mission nicht stören. Wir wünschen noch einen schönen und erfüllten Nachmittag.“

„Danke, gleichfalls. Und, wie gesagt, Frau Planner, sollte ich einmal die unbändige Lust verspüren, eine Straftat zu begehen, dann ...“

„... sollten Sie einen Psychiater oder einen Psychologen oder, wenn gar nichts mehr hilft, wenigstens einen exzellenten Strafverteidiger aufsuchen. Auf Wiedersehen, Herr Baaa-dernig!“

Kaum, dass sie ums nächste Hauseck gebogen waren, klopfte Halb Verena demonstrativ auf die Schulter.

„Gut gemacht! Die falsche Betonung am Schluss, wo der Herr Ba-DER-nig doch so großen Wert darauf legt, dass die zweite Silbe ... glänzend! Wobei, ganz ehrlich, am Anfang hatte ich schon den Eindruck, dass du für seine Komplimente durchaus empfänglich wärst."

Verena schüttelte genervt den Kopf. „Zu Beginn schon, aber spätestens beim Abschied, da ... nein, danke, wenn wer so dick aufträgt, kann ich das nicht leiden! Noch dazu, wo er uns unmittelbar davor von Aumali vorgeschwärmt hat. Außerdem mag ich es schon gar nicht, wenn ein Scherz noch einmal aufgewärmt wird. ‚Welche Straftat muss ich begehen, um von Ihnen ...' – ha-ha-ha! Da musst du mich aber schon vorher kitzeln, damit ich meine Mundwinkel einen Millimeter hebe."

„Sei nicht unfair! Ich kann mir gut vorstellen, dass er mit dieser Art gerade bei oberflächlichen Narzissten ... oder aber auch bei sehr unsicheren Menschen ... viel Erfolg hat."

„Und, Chef, was willst du mir damit sagen? Soll ich ein oberflächlicher Narziss oder doch lieber ein unsicheres Weibchen werden, damit ich nicht so hart urteile?"

„Um Gottes willen, nein, nein! Da habe ich mich wohl vollkommen falsch ausgedrückt. Was ich sagen wollte, war, dass ..."

Eine Sekunde lang starrte Verena ihren Chef entgeistert an. Aber als sie begriff, dass er gerade Herrn Badernig – wenn auch mit brutaler Übertreibung – nachmachte, brach sie in schallendes Gelächter aus. „Sehr gut, Chef! Solltest du dir je einen Berufswechsel überlegen, dann stünde ‚Charakter-Imitator von Charakterlosen' ganz oben auf der Liste."

„Danke dir! Ich glaub aber, dass ich bis zu meinem ... sag einmal, da drüben, der Herr am Zebrastreifen, das ist doch ..."

Um ja nicht aufzufallen, drehte Verena ganz langsam ihren Kopf in die angegebene Richtung. „Ja, wenn mich meine Erinnerung nicht täuscht, geht dort drüben Doktor Bäuler."

„Und wir haben natürlich überhaupt keine Idee, wohin der Herr Rechtsanwalt unterwegs sein könnte."

„Keinerlei! Und wenn doch ... ist bei Traigenbergers immer so viel los?"

Dienstag, 7. Jänner, 14.25 Uhr

„Oder eine Tasse von diesem neuen Chinesischen Yunnan, den mir Delia zu Weihnachten geschenkt hat. Oder aber ich wandere geschmacklich ein paar Kilometer nach Westen und genieße einen Assam, vielleicht einen Goldspitzen oder eine Ostfriesenmischung. Das werde ich erst im Büro entscheiden, je nachdem, wie kalt mir ist. Allerdings wäre auch eine kleine Kanne nicht zu verachten, schon gar nicht mit einem ..."

„Chef, deine Kleidung klingelt." Fast hätten sie beide Halbs Handy überhört, da seine lüsternen „Tassengedanken" wie auch die beißende Kälte sie beinahe in eine „Zum-Tee-Geh-Trance" versetzt hatten.

Da Halb sich nicht entscheiden konnte, ob er den Mantel mit den dicken Handschuhen öffnen oder sie sich zuerst ausziehen und dann in die Innentasche greifen sollte, endete die Aktion in einem hektischen Gefuchtel, das erst in Ruhe erstarb, als Verena mit nackten, flinken Fingern die obersten Knöpfe öffnete und ihm den elektronischen Unruhestifter herausfischte.

„Halb hier, Himmelherrgottnocheinmal, ja ... oh, Toni, entschuldige bitte! Nein, natürlich habe ich nicht auf dich geschimpft, sondern auf meinen ... egal, das erzähle ich dir später. Nicht dir, sondern euch? Ah so, du bist mit dem Schwejk noch bei den ‚Feuer und Schwert'-Typen. Wie bitte? Und auch bei den ‚Kapitalisten-Killern'? Gleichzeitig? Das darf doch nicht wahr sein! Die haben sich zusammengerottet und sind gemeinsam auf euch losgegangen? Zwei Streifenwägen sind schon da? Ja, und wir auch ... so gut wie. Moment! Toni, noch etwas: Wo genau sind wir gleich?"

Als Halb und Verena einige Minuten später in der Nähe des Stephansdoms ausstiegen, hatten sich bereits vier Streifenwägen in einem Halbkreis aufgestellt, um die gaffende Menge auf Distanz zu halten. Mit einem lockeren „Siehst du, ich bin lernfähig" auf den Lippen, blieb Halb hinter den Menschen stehen, zog sodann seine Handschuhe aus, um mit zusammengebissenen Zähnen die obersten drei Knöpfe zu öffnen. Dann griff er nach seinem Dienstausweis und zeigte ihn mit klappernden Zähnen den zwei Polizisten, die am Rand des Zauns aus Autos standen.

Als der ältere der beiden diese komplexe Leistung aber mit den Worten „Aber Herr Hofrat, lassen'S stecken. Sie brauchen sich doch nicht auszuweisen!" quittierte, wäre beinahe ein fünfter Streifenwagen notwendig geworden. Lediglich das gleichzeitige Auftauchen von Toni und Schwejk schräg gegenüber ließ Halb seinen Wutanfall herunterschlucken.

„Also, zu eurer Linken seht ihr die Rechten, und zu eurer Rechten ..."

„Toni, ich bin im Moment aber so gar nicht in der Stimmung für ein quietschfideles Wortspiel, daher ..."

„Nein, Chef, das ist auch nicht im Geringsten lustig gemeint! Zu deiner und Verenas Rechten, da sind die ultralinken Querköpfe zuhause. Hier, im Achtzehner-Haus. Wenn ihr den Gang entlang..."

„... kommen wir sicher in einen völlig verwahrlosten Keller, den sie ihr ‚Autonomie-Zentrum' nennen und wo es ..."

„... den Gang entlanggeht, kommt ihr zu einem Aufzug, der direkt bis zum Penthouse fährt. Dort oben residiert ihr Anführer, den nennen sie natürlich nur den ‚CEG' und ..."

„Den was bitte? Was bedeutet ‚CEG'?"

„Ganz einfach, ‚Chief Executive Genosse'! Von dort oben haben die ihre ziemlich erfolgreiche ‚Geld erstickt! ... lasst die Toten leben!'-Kampagne gegen – ich zitiere – ‚die finanzielle Ausbeutung unserer Kulturschätze bis auf die Knochen' lanciert. Und als Logo haben sie ein kleines Skelett, das von einem Geldsack erdrückt wird."

„Toni, Schwejk, ihr seid euch wirklich absolut sicher, dass das die Linken sind?"

„Sind wir. Weil die anderen, die haben ihr Parteilokal da hinten, eben zu eurer Linken ... und da sieht es ganz anders aus. Irgendwie gemütlich. Fast biedermeierlich. Davon sollte man sich aber nicht täuschen lassen, weil deren Formulierungen ... wie soll ich sagen: außen Milchschokolade, innen Stahlbeton. Die hätten am liebsten, dass kein einziger Mensch mehr den Stephansdom betreten darf ... außer natürlich die Messbesucher und die Betenden. Aber ich bin mir nicht so sicher, ob sie allen Pfarrern den Zutritt gestatten würden. Weil unter denen soll es doch glatt einige liberale Exemplare geben ... und für die wäre der Dom natürlich tabu."

„Und, habt ihr bei denen wenigstens irgendetwas entdeckt, was uns interessieren könnte? Weitere Drohbotschaften? Irgendein Anzeichen einer kollektiven Rechtschreibschwäche? Eine Liste mit weiteren

Kampfmaßnahmen gegen Firtussek, gegen die VCCCs, gegen den RaBeWe? Packpapier? Ketchup?“

„... und Erdbeermarmelade! Sogar selbst eingekochte. Köstlich! Packpapier haben wir bei beiden gefunden ... was nicht weiter verwunderlich ist, da sie massenweise Pakete mit Broschüren versenden. Ketchup steht auch in beiden Küchen. Nur einen Kindermalkasten, den haben wir weder dort noch dort gefunden.“

„So gesehen war das ganze also ein Flop.“

„Jein! So gesehen ... ja, aber es wäre trotzdem ganz gut, wenn du mit ihnen reden würdest, weil ...“

„Weil?“

„Weil sie uns nützen könnten. Beide Gruppen haben sich jetzt friedlich zusammengefunden, um dir zuzuhören. Wenn du sie halbwegs davon überzeugst, dass wir nicht die ‚Handlanger des Kapitals‘ oder die ‚Büttel der Domschänder‘ sind, könnten sie uns sicher mit der einen oder anderen Information dienen. Vergiss nicht, die haben hier in der Gegend viele Augen und Ohren.“

Halb seufzte gottergeben. „Also gut, wo soll ich mich den Löwen zum Fraße vorwerfen?“

Dienstag, 7. Jänner, 14.45 Uhr

Warum hatte er sich nur darauf eingelassen?

„Ja, meine Damen und Herren, da haben Sie mich schon ganz richtig verstanden! Na und? Vielleicht vertrete ich gerade deshalb, weil ich in Ihren Augen zu liberal bin, die Ansicht, dass eine vernünftige Kommerzialisierung des Doms der Königsweg wäre. Immerhin sollten doch alle Menschen seine Schönheit genießen dürfen, finden Sie nicht? Und ja, das gilt auch für Touristen!“

Als das Gemurmel zu lauten Protesten anschwoll, verlegte sich Halb auf eine andere Strategie: Feuer mit Feuer bekämpfen. Wenn er auch die andere Fraktion provozieren könnte, würden sie vielleicht doch wieder miteinander zu streiten beginnen, sodass er sich aus dem verbalen Kugelhagel zurückziehen dürfte.

„Und, noch einmal ja! Wer immer unter Ihnen die Ansicht vertritt, dass niemand mit dem Sterben anderer eine goldene Nase verdienen sollte ... stimmt! Wobei, das Sterben ist sowieso immer gratis! Aber Sie haben schon Recht, auch dem Ärmsten muss die Gesellschaft ein Begräbnis in Würde ermöglichen! Jedoch! Warum sollten wir von der Polizei die ‚Großkopferten', also diejenigen, denen das Normale niemals gut genug ist, daran hindern, sich um sündteures Geld extra noble – wenn's sein muss, dann eben auch tiefgekühlte – Grabdenkmäler zu leisten? Nein, wir denken gar nicht dran, uns da einzumischen! Immerhin leben davon zahlreiche Berufe ... ganz zu schweigen davon, dass in hundert Jahren zusätzliche Touristenscharen zu uns pilgern werden, um diese High-Tech-Gruften und supergeilen Kryo-Katakomben zu besuchen."

„Wie bitte? Noch mehr trampelnde Horden? Das kommt doch nicht in Frage! Sie können doch nicht ..."

„Natürlich kann er! Besser, als sogar noch im Tod von Kapitalisten ausgebeutet ..."

Na bitte, das hatte doch wunderbar funktioniert! Und jetzt, nichts wie weg hier! Denn Toni musste sich geirrt haben: Von diesem chaotisch-aggressiven Haufen konnten sie keinen einzigen Hinweis erwarten. Wobei, den „Autor" der Drohungen? Nein! Den würden sie hier nicht finden – und den oder die Mörder schon gar nicht.

Langsam und im Krebsgang, Schritt um Schritt nach hinten schlich Halb aus dem Saal.

„Danke!“ Verena stand schon mit dem Mantel bereit, Schwejk und Toni trafen sie beim Ausgang. „Und nun, ab ins Büro. Ich kann mir einfach nicht vorstellen, dass wir hier noch irgendetwas Konstruktives ... wo hab ich’s denn jetzt schon wieder eingesteckt?“ Als das Klingeln ertönte, griff Halb automatisch in sein Sakko.

„Hier, außen, rechts.“ Verena deutete auf die dick wattierte Wölbung.

„Noch einmal danke. Ja bitte, Hofrat Halb hier. Ernst? Ich kann dich kaum verstehen. Was ist denn los, warum brüllst du so? Wie bitte? Das darf doch nicht wahr sein! Mit einem ... ich glaub, ich bin im falschen Film. Ja, ja, die stehen neben mir. Den Ingeniöhr rufen wir an, damit er direkt hinkommt. Von der Innenstadt zum Zentralfriedhof? Ja, lustigerweise stehen die Streifen vor unserer Nase. Selbstverständlich mit Leuchtreklame und Musik ... na ja, in fünfzehn Minuten sind wir da.“

Dienstag, 7. Jänner, 15.25 Uhr

Das Bild strahlte Ruhe und Frieden aus, auch wenn es etwas unordentlich schien. Unter den kahlen Ästen schlafender Bäume lag Sixtus Ekkehardt quer über einem Grab, auf dem sich kleine Erdhaufen sowie die zertrampelten Reste eines Schnittblumenstraußes verteilt hatten. Als herausstechendes Dekor lagen einige menschliche Knochen verschiedener Größe herum, die mit Erde und Schneeresten bedeckt waren.

„Hier, mit diesem Oberschenkelknochen dürfte der Mann erschlagen worden sein.“ Der Kriminaltechniker zeigte Halb ein längliches Gebilde, das an seinem einen Ende einen handtellergroßen rot-braunen Fleck aufwies. Die Blut- und Erdspuren hoben sich auch deshalb besonders deutlich ab, weil der restliche Schaft fast reinweiß war.

Straka stand wie eine Statue vor dem Grabstein, auf dem die goldglänzenden Buchstaben „Maria Ekkehardt, 1950–2011“ zu lesen waren.

„Ernst, bist du ansprechbar, oder ...“

„Ja, Ludwig, ja. Ich denk nur gerade nach und ... eigentlich bin ich verzweifelt.“

„Entschuldige bitte, aber du hast den Mann nicht ausstehen können. Abgesehen davon ist das nicht die erste Leiche deines Lebens. Also ...“

„Nein, ich bin verzweifelt, weil ich ... weil mir die Situation überhaupt nicht nahegeht. Weißt du, Ludwig, manchmal frage ich mich schon, ob wir überhaupt noch etwas Menschliches an uns haben, oder ob uns der Job vollkommen verhärtet.“

„Solange du dich das noch fragst, bist du ein Mensch! Aber, ganz ehrlich, der Mensch Straka steht uns eher im Weg. Also sei so lieb und benimm dich wie der abgebrühte Kriminalist, der du ja bist. Was wissen wir schon? Oder, besser gesagt, wissen wir überhaupt schon was?“

„Ja. Dank der alten ... also, der beiden älteren Semester, die da drüben sitzen. Die haben das Ganze aus der Ferne beobachtet ... behaupten sie zumindest. Aber ich weiß nicht, ob die als Zeuginnen taugen, weil ... schau selber, ob du aus ihnen was Vernünftiges herausbekommst.“

Knapp bevor Halb die zwei erreicht hatte, hielt er kurz inne, winkte den Ingeniöhr zu sich, flüsterte ihm etwas ins Ohr, worauf sich dieser vor den Frauen mit seinem gewinnendsten Lächeln leicht verbeugte. „Meine Damen, entschuldigen’S die Störung, aber unser oberster Chef hat gesagt, dass Sie eine schrecklich wichtige Aussage zu machen haben. Also ...“

„Aber Sie müssen uns ins Kronzeugenprogramm übernehmen! Weil sonst bringt uns dieses Monster ja noch um ... das weiß ich nämlich aus dem Fernsehen!“

„Ja, genau, in den Kronzeugenschutz! Aber den übernehmen dann schon Sie, oder? Weil in den Krimis, da sind diese Bodyguards ja auch immer so gut aussehende junge Männer, so sportlich und so braungebrannt. Eben so wie Sie.“

Als Halb das Kichern der zwei Spätsiebzigerinnen hörte, wusste er, dass sie einen guten Schritt weitergekommen waren – erst recht, da der Ingeniöhr seine Rolle sichtbar genoss.

„Aber selbstverständlich, meine Damen! Wir werden Sie keine Sekunde mehr aus den Augen lassen. Glauben Sie mir, bei uns – und ganz besonders bei mir – sind Sie in den besten Händen. Aber wir können Sie natürlich nur schützen, wenn wir wissen, vor wem. Vor welchem Monster denn?“

„Ja, also ...“, offenbar war die Ältere die extrovertiertere der beiden, zumindest zögerte sie keine Sekunde, entsetzt die Augen aufzureißen, „... das war noch ärger als in einem Horrorfilm. Nicht, dass ich mir sowas anschauen tät, aber mein Enkerl, der Mario, der erzählt mir immer von diesen ...“

„Und wie hat denn dieser ganz reale Horrorfilm ausgesehen?“

„Na ja, die Liesl und ich ... also die Frau Chalak und ich, wir gehen jeden Dienstag auf die Gräber. Weil, also im Sommer, da ist das hier so wunderschön ... das können Sie sich gar nicht vorstellen. Da singen die Vogerln, und wenn man großes Glück hat, sieht man auch manchmal ein Haserl. Aber auch im Winter hat das einen ganz besonderen Reiz, weil wir da nachher ...“

„Meistens gehen wir ja nachher dann in eine Konditorei. Wissen'S, Herr Inspektor ... Sie sind doch ein Inspektor, oder?"

Langsam begann der Ingeniöhr auf Nadeln zu stehen, aber noch behielt er sein Filmstarlächeln. „Gnädige Frau, ich bin beim Bundeskriminalamt! Wir kümmern uns meist um die österreichweite Kriminalitätsbekämpfung. Aber manchmal müssen wir eben eine Ausnahme machen. So wie eben bei diesem Knochenmonster. Wie hat das denn ausgesehen?"

„Na ja, Genaueres können wir Ihnen nicht sagen, weil es war doch recht weit, und ..."

„Liesl, vielleicht kannst du nichts Genaues sagen, weil du hast ja auch die schlechteren Augen, aber ich, ich hab's genau gesehen, wie ..."

„Geh, Anni, jetzt erzähl doch dem Herrn Inspektor ... also, dem Herrn vom Bundeskriminalamt keine solchen Unwahrheiten! Weil, ich hab doch sogar schon den besseren Blick, wegen meinen vielen Weitsichtigkeits-Dioptrien. Schau dir nur ..."

„Verzeihen Sie, wenn ich mich einmische, aber ...", Halb sah, dass es nur mehr eine Frage von Sekunden war, bis der Ingeniöhr entweder vor Lachen explodieren oder an einem Schreikrampf ersticken würde, „... der junge Kollege und ich haben vorher gewettet, dass Sie gar nichts gesehen haben können. Also, jetzt kommt's natürlich auf Ihre Zeugenaussagen an, wer von uns heute eine Flasche Sekt spendieren muss. Daher sind wir schon sehr gespannt, was genau Sie gesehen haben. Also, falls Sie überhaupt was gesehen ..."

„Na freilich haben wir das!" Frau Chalak schien den Gedanken, als Lügnerin dazustehen, noch weniger zu ertragen. „Da drüben war's, eine Grabgruppe vor meinem verstorbenen Gemahl. Zuerst haben wir nur so ein seltsames Geräusch gehört ... gell, Anni, ich hab noch g'sagt, dass ..."

„G'sagt hast, dass du glaubst, die Stimme von deinem Mann zu hören. Dass er dir was zuflüstern würde. Keinen Winterefeu tät er nicht mögen, nächstes Jahr sollst du ihm wieder den teuren Grabschmuck zahlen."

„Aber das mein ich doch nicht. Dieses seltsame Geräusch, das war dann ... ja, schrecklich war's. Wie ein Stöhnen! ... Was es auch war, weil gleich nach dem Hören haben wir ihn gesehen."

„Wen? Frau Chalak, wen haben Sie gesehen?"

„Den Knochenmann! Eine schaurige Gestalt war der, riesig groß, am ganzen Körper behaart wie ein Aff'! Und Arme hat er gehabt, wie ein ..."

„Geh, Liesl, gar nicht schaurig war der. Da noch nicht! Weil, Herr Bundeskriminalamt, ganz ehrlich, zu dem Zeitpunkt haben wir ja nur einen braunen Streifen gesehen. Also, so eine Art Pelz. Erst, wie sich der in dem Grab umgedreht hat ..."

„In dem Grab? Sie meinen das, auf dem wir die Leiche ..."

„Aber nein! Das weiter hinten, da drüben, gleich bei den Birken ..."

„Dieses Knochenmonster hat nicht dort gegraben, wo wir den Toten gefunden haben? Oder wenigstens zu graben begonnen?"

„Nein! Wie gesagt, da hinten, hinter den Bäumen, ist der in einem Grab gestanden und hat mit Knochen um sich geworfen. Und wie der gestöhnt hat ..."

„Und du hast geglaubt, dass das eine trans-dezentrale Botschaft von deinem Mann war. Genau in dem Moment hast du das g'sagt und ..."

„Erstens war das vorher, und zweitens hab ich das nur, weil du behauptet hast, dass du heut die ganze Zeit das Gefühl hast, dass dein Richard in Kontakt mit dir treten will. Drum sind wir doch ..."

„Meine Damen, entschuldigen Sie, aber das ist jetzt enorm wichtig! Bitte, denken Sie genau nach. Sie sind sich also sicher, dass dieses Knochenmonster sich nicht an dem Grab zu schaffen gemacht hat, an dem das Opfer erschlagen wurde beziehungsweise auf dem der Tote jetzt liegt?"

„Nein, aber das sagen wir doch die ganze Zeit! Das Monster hat viel weiter hinten gegraben."

„Ja, aber ...", der Ingeniöhr warf Halb einen verzweifelten Blick zu, „... war es nicht so, dass der Tote, also der Herr, wie er noch nicht tot war, dass der ..."

„Was mein junger Kollege sagen will, ist: Wir sind davon ausgegangen, dass der Herr Ekkehardt das Monster dabei überrascht hat, wie es sein Familiengrab zerstört hat. Daraufhin ist der Knochenmann ausgerastet und hat Herrn Ekkehardt erschlagen. Jetzt aber sagen Sie, dass ..."

„Nein, das war ganz anders! Dieses tierartige Wesen hat da hinten gegraben. Wie wir ihm irrtümlich nahegekommen sind, hat es zwar schrecklich geschnaubt, aber es hat uns nix getan. In dem Moment, in dem wir davongelaufen sind, ist es weggestürzt ..."

„Ihnen nach?"

„Aber wo! In die entgegengesetzte Richtung ist es gestürmt, direkt auf den Herrn zu. Ich glaub, der hat diese monströse Gestalt erst erkannt, wie sie fast schon bei ihm war. Auf jeden Fall hat der Herr gar nicht erst versucht, wegzulaufen. Eine Sekunde später ... na ja, ein Hieb, und dann hat der Knochenmann den Toten auf das Grab und einige der Knochen, die er ausgegraben hatte, drum herum gelegt."

„Woher hat er die denn gehabt? Ich meine, er wird sie sich doch nicht unter den Arm geklemmt haben, als er aus der aufgegrabenen Grube hinaus und direkt auf den Mann zugelaufen ist."

„Doch! Also fast – er hatte eine Decke liegen, gleich neben dem Grab. Auf die hat er seine Schaufel sowie die ausgegrabenen Knochen draufgeschmissen. Dann hat er das zusammengerollt und in die linke Hand genommen. Mit der rechten hat er den einen Knochen geschwungen, mit dem er den Herrn ... na ja, Sie wissen schon."

„Und Sie, wo waren Sie?"

„Erstarrt! Ich glaub, ich hab mich die ganze Zeit, während der den erschlagen, aufs Grab gelegt und die Knochen verteilt hat – währenddessen hab ich mich keinen Millimeter bewegt. Und du, Liesl, du ..."

„Ich war tot. Nicht einmal mehr erstarrt. Einfach nur ... Schluss, aus! Mein Herz hat ausgesetzt. Erst, wie dieses affenartige Gespenst unter lautem Gebrüll zwischen den Bäumen im Nebel verschwunden ist – erst da hat es wieder zu schlagen begonnen. Dafür dann gleich wie blöd! In dem Moment haben wir wirklich den Eindruck gehabt ... das war nur ein Spuk. Ein Alptraum, sonst nicht. Aber jetzt ...", im Bruchteil einer Sekunde kippte Frau Chalak aus ihrem blanken Entsetzen in ein mädchenhaftes Kichern, „... bekommen wir doch von ihnen Zeugenschutz, nicht wahr? So, wie Sie uns das versprochen haben. Oder?"

„Selbstverständlich!" Halbs vertrauliches Blinzeln galt zwar den beiden Frauen, aber auch der Ingeniöhr erkannte die ihm zugedachte Botschaft: Mund halten. „Aber Sie wissen, wir sind die absoluten Profis! Daher – wundern Sie sich bitte nicht, wenn Sie gar nicht merken, dass wir Sie beschützen. Wir sind da ... aber wir bleiben unsichtbar."

„Nur mehr eine Frage." Noch einmal kam Frau Chalak ihrer Freundin Anni um eine Sekunde zuvor. „Wer von Ihnen muss denn jetzt die Flasche Sekt zahlen?"

Dienstag, 7. Jänner, 16.35 Uhr

„Das war kein Zufall!"

„Doch, das war einer! Dabei will ich gar nicht erst behaupten, dass das ..."

„Ernst! Es kann einfach kein Zufall gewesen sein, dass Traigenberger und Ekkehardt – also zwei Männer, die durch nichts außer den Vienna City Center Crypts verbunden waren –, dass die beiden innerhalb weniger Tage getötet worden sind. Diese Morde hängen zusammen, und das Bindeglied liegt irgendwo in den Katakomben von Sankt Stephan."

„Ludwig, nein! Ekkehardts Tod war die Folge eines tragischen Zufalls. Dieses Monster ist durch Ekkehardts Auftauchen in Panik geraten und hat ..."

„Das stimmt ja nicht! Ich hab dir doch gesagt, dass die beiden alten Damen ..."

„Die ganz sicher massive Seh- und Hörprobleme haben! Das sind doch keine zuverlässigen Zeuginnen! Die können in Wirklichkeit weiß Gott was gesehen haben und ..."

„Sie haben übereinstimmend ausgesagt, dass das Monster diesmal eben nicht gestört worden wäre, sondern auf sein Opfer gewartet hätte. Wenn dieser Knochenmann wirklich so schreckhaft wäre, dann hätten ihn ja die beiden schon vorher verscheuchen müssen."

„Ludwig, du hast Ekkehardt nicht gekannt! Zumindest nicht wirklich, du hast ihm nur einmal die Hand geschüttelt. Glaube mir, dieser Mensch hatte eine derart negative Ausstrahlung, mit der konnte er ein Monster selbst auf hundert Meter Distanz erschrecken! Es hat sicher schon genügt, dass er auf dem Weg zum Grab seiner Frau war, um diese wahnsinnige Kreatur noch verrückter zu machen und ..."

„Ernst, bitte sei nicht kindisch! Wir wissen beide ganz genau – das war Mord!" Halbs wohliger Seufzer passte überhaupt nicht zum Thema, aber auf der Rücksitzbank des Streifenwagens kehrte langsam Leben in seine erfrorenen Beine zurück. „Ernst, es muss doch auch dir zu denken geben, dass bisher alle diejenigen, die diesem seltsamen Wesen über den Weg gelaufen sind, unbehelligt geblieben sind. Bisher war es immer dasselbe Muster: Menschen kommen zufällig an Monster vorbei, Monster wird gestört, Menschen erstarren, aber Monster tut ihnen nichts, sondern sucht fluchend das Weite. Warum gerade diesmal ein dermaßen veränderter Tatablauf? Noch dazu ohne ersichtlichen Grund, schließlich war das Fellvieh nicht im Geringsten in die Enge getrieben."

Straka zuckte lapidar mit den Schultern. „Warum wird aus einem bislang ehrbaren Bürger ein Verbrecher? Aus einem Musterschüler ein Amokläufer? So was geschieht eben."

Halb lächelte ironisch. „Ja, wenn du mit dem Zufall argumentierst, dann ... nehme ich an, dass du auch nicht durch eine statistische Überlegung von deinem Standpunkt abzubringen bist? Weil, falls doch, müsste auch dir klar sein, dass bei über dreihunderttausend Gräbern, die es auf dem Zentralfriedhof gibt – dass die Wahrscheinlichkeit minimalst ist, dass das Monster gerade in der Nähe dieses einen ... übrigens, wie oft hat denn Ekkehardt das Grab seiner Frau besucht?"

„Wöchentlich. Und, bevor du fragst, immer am Dienstagnachmittag. Und, um noch einer deiner weiteren Fragen zuvorzukommen: Ja, das war allgemein bekannt. So gesehen ...“

„... bist du endlich wieder vom boshaften Menschen zum logischen Kriminalisten herangereift! Also, so gesehen müssten wir annehmen, dass ...“

„... und der Gedanke gefällt mir gar nicht!“

„Ernst, du glaubst doch nicht, dass es einer aus eurem Rat zur Beurteilung der Bestattungswertigkeit und -würdigkeit war! Nein, umgekehrt, jemand will euch aus dem RaBeWe ...“

„... aus dem Weg räumen? Aber wie passt dann Traigenbergers Tod dazu?“

„Vielleicht ist das Missing Link gar nicht Firtusseks seltsames Projekt, gar nicht der RaBeWe, sondern ... der Dom?“

Straka starrte seinen Freund an, als ob er ihn demnächst in einer Nervenheilanstalt besuchen müsste. „Der ... Stephansdom?“

„Ja! Schau, vielleicht haben sich die Wege von Doktor Traigenberger und einiger Mitglieder des RaBeWe schon früher einmal gekreuzt? Zum Beispiel bei einer Aktivität in und um Sankt Stephan. Und vielleicht ...“

„... werden jetzt schlicht und einfach alte Rechnungen beglichen? Das wär zu schön, um wahr zu sein.“

„Ernst!“

„Ludwig, jetzt reg dich doch bitte nicht gleich auf. Was ich damit sagen will, ist ...“

„... dass du gesellschaftlich aus dem Schneider wärst? ... Ich versteh dich schon! Denn wenn es so wäre, hätte die ganze leidige Geschichte – Traigenberger will unbedingt der Erste in den Vienna City Center Crypts sein, RaBeWe lehnt das ab, du gerätst zwischen die Fronten deiner Traigenberger-Verbundenheit und RaBeWe-Zugehörigkeit – ein Ende. Weil jetzt sind die Chancen, dass der letzte Wunsch deines Freundes doch noch erfüllt wird, massiv gestiegen."

„Ludwig, da hast du gleich doppelt Recht! Ich würde nicht zwischen diesen beiden ‚gesellschaftlichen Mühlsteinen' zerrieben werden, außerdem hätte wohl kaum einer mehr was gegen Leomax' ‚Kryonisierung' einzuwenden. Erst recht nicht, da Ekkehardts bösartigster Satz mit heute Nachmittag eine völlig andere, schreckliche Bedeutung bekommen hat."

„Was meinst du?"

„Na, die Aussage, über die ich mich erst vor ein paar Stunden so aufgeregt habe. Wie Ekkehardt gestern Leomax für alle ewigen Zeiten den Zugang zu den Vienna City Center Crypts verbauen wollte ... mit den gnadenlosen Worten ‚Ein anständiger Christ hat nie mit Mördern zu tun!' Als ob er sein eigenes Todesurteil ausgesprochen hätte."

Dienstag, 7. Jänner, 17.15 Uhr

„Bitte, nimm gleich hier Platz. Du weißt ja, Helli arbeitet nur am Vormittag."

„Danke, Ludwig!" Ernst Straka sich auf Frau Drobatschnigs Sessel fallen. „Komisch, mir ist noch nie aufgefallen, wie schön ihr es hier habt. Euer Büro ist so ..."

„Klein?"

„... so heimelig! Viel gemütlicher als meins. Woran liegt das?"

„Vielleicht daran, dass ...", beinahe wäre Halb „hier gearbeitet wird" herausgerutscht, „... dir dein Büro schon auf die Nerven geht? Ich meine, als unser Vorgesetzter sitzt du natürlich viel mehr an deinem Schreibtisch als wir. Das ewige Recherchieren lässt uns kaum Zeit, die Wärme und Geborgenheit dieses Raumes zu genießen. Und selbst in meiner Funktion als Leiter des Referats für Gewaltkriminalität bin ich ...", Halb bemühte sich, möglichst viel Groll in seine Stimme zu legen, „... viel weniger hier, weil ich ..."

„Ludwig, du kannst dir das Jammern sparen, ich weiß schon, was jetzt kommt. Das übliche Lamentieren – dass du es bitter bereust, diese Position übernommen zu haben, weil du dir nur mehr als Repräsentations-Affe vorkommst. Dass du viel lieber nur Leiter deiner Ermittlergruppe hättest bleiben sollen, erst recht, als du dieses Haus geerbt hast. Übrigens – wie viele Wohnungen hast du denn schon vermietet?"

„Nach wie vor nur zwei. An Korbers und an Doktor Lirtscherer."

„Ah ja, unsere verehrte Gerichtsmedizinerin ist ja auch bei dir untergekommen."

„Bei mir im Haus, ja. Bei mir, nein! Aber Ernst, versuch gar nicht erst abzulenken, weil den Aufschrei einer von zahlreichen Sitzungen, Konferenzen und sonstigem sinnlosen Zeitvertreib gequälten Kreatur – also mir – kannst du nicht unterdrücken."

„Ludwig, mir kommen die Tränen! Wenn ich an all die köstlichen Buffets bei den verschiedenen Empfängen denke ... also nein, was ich dir an Scheußlichkeiten zumute – wie bin ich doch grausam."

„Ja, ja, spotte nur! Aber wundere dich bitte nicht, wenn du eines schönen Tages dann ..."

„Was denn? Ein großes Packpapier mit lauter Rechtschreibfehlern bekomme? Wahlweise im Ketchup- oder im Erdbeermarmelade-Stil?"

„Ernst, was bitte soll denn das jetzt?"

„Ganz einfach – ich habe nachgedacht!"

„Na dann."

„Ludwig, jetzt spottest du ... und das Schöne daran ist, dass wir das beide wissen. Und warum wissen wir das? Weil diese Sätze so übertrieben klingen. Genau wie diese seltsamen Drohbotschaften. ‚Du Drecksau entweist' ohne ‚h'. Dann der ‚Komärz'. Zuletzt mein Favorit ‚Kezer' ohne ‚t'. Allein schon die Wortwahl, und dann noch diese Rechtschreibfehler. Da hat sich doch jemand einen – zugegebenermaßen äußerst geschmacklosen – Scherz erlaubt! Oder? Bitte, korrigiert mich, wenn ich völlig daneben bin. Vielleicht habt ihr ja schon etwas herausgefunden, was meine Überlegungen ad absurdum führt?"

„Nein, Ernst! Im Gegenteil, sowohl die linken als auch die streng konservativen Firtussek-Gegner haben sich in der Diskussion als wirr und ..."

„Ludwig, ich versteh kein Wort! Und das ist in dem Fall besonders schade, denn ... du wirst mir glauben, dass mir jegliche Firtussek-Gegner lieb und wert sind! Aber gerade deshalb würde mich besonders interessieren, von wem du sprichst?"

Demonstrativ sah Halb auf seine Uhr, bevor er sich durch Blicke mit seinen Teamlingen verständigte. Dann zuckte er mit den Schultern. „Ich hab gehört, der Kaffeeautomat im dritten Stock soll ganz passabel sein. Mit oder ohne Milch, Ernst?"

Dienstag, 7. Jänner, 17.35 Uhr

„Na gut, Ludwig – gehen wir einmal davon aus, dass du recht hast ... die Morde an Traigenberger und Ekkehardt hängen zusammen, aber das Bindeglied sind nicht diese obskuren Vienna City Center Crypts, sondern irgendeine üble Geschichte in der Vergangenheit. Und dass die Drohungen gerade jetzt auftauchen, ist ein unglücklicher Zufall. Die haben nichts mit den Gewalttaten, wohl aber mit den VCCCs zu tun."

Halb lächelte müde. „Genau! Also, soweit ich mich noch daran erinnern kann, was ich gemeint habe."

Mit einer ebenso matten, aber trotzdem ungeduldigen Handbewegung deutete Straka an, dass er noch lange nicht fertig wäre. „Aber ist es gerade dann nicht zwingend logisch, dass dieser Ketchup- und Erdbeermarmeladen-Fan sehr wohl aus dem Kreis dieser beiden Gegnergruppen kommen muss?"

„Nicht unbedingt. Der Themenkomplex – sterben, eingefroren, aufgetaut und wieder erschaffen werden – stellt doch sicher für viele den absoluten Horror, für ein paar andere die schöne neue Zukunftswelt dar. Entsprechend wird es nicht nur die ‚Feuer und Schwert'- und die ‚Tod dem Kapital'-Spinner, sondern zahllose andere Menschen mobilisieren. Und in Zeiten des Internets kannst du gar nicht so schnell schauen, wie sich etliche weitere Pro- wie Kontra-Fraktionen organisiert haben."

„Die uns aber egal sein können, weil uns nur der Mörder interessiert!"

„Aber auch erst, wenn wir wieder frisch und munter sind." Noch einmal wollte sich Halb bei seinen Teamlingen moralische Unterstützung holen, aber auch Verena, Schwejk, Toni und der Ingeniöhr waren für ein heftiges Nicken zu erschöpft.

Straka verdrehte verzweifelt die Augen. „Diese Jugend von heute ... und du auch, Ludwig! Ihr haltet alle nichts mehr aus! Aber ... na gut, ich beuge mich der

Mehrheit, machen wir Schluss für heute – nachdem ihr mir die letzte Frage beantwortet habt: Wie sehen eure nächsten Schritte aus?"

„Ganz einfach, Ernst: Du und die anderen Mitglieder des RaBeWe werdet unter Polizeischutz gestellt. Wir können es nicht riskieren, dass der Täter noch wem aus dem Dunstkreis ..."

„Das kommt doch gar nicht in Frage!" Plötzlich war Straka wieder hellwach. „Wir alle sind hochaktive Berufsträger! ... oder zumindest Pensionisten – die sind noch mehr unterwegs. Da kann ich doch nicht acht Polizisten ..."

„Sieben, Ernst, sieben."

„Der Rat zur Beurteilung der Bestattungswertigkeit und -würdigkeit hat acht Mitglieder ... ach so, nein, jetzt nicht mehr. Na gut, dann eben sieben. Aber ich kann auch keine sieben Kollegen einfach so abstellen! Erst recht nicht, wenn diese Maßnahme nicht nur zur Abschreckung dienen soll. Also, wenn das nicht Kollegen in Uniform, sondern echte Personenschützer sein sollen, solche, die unerkannt bleiben. Und wenn ich nicht Personendeckung, sondern bestimmte räumliche Ziele sichern lassen sollte, dann ... dann darf ich gar nicht daran denken! Ein Alptraum – hinter jeder Säule des Stephansdoms ein Polizist! Ich sehe schon das Überstundenbudget der Republik Österreich kollabieren, nur weil du ..."

„Ernst, jetzt denk bitte einmal nicht als Vorgesetzter, der sich mit Personalkosten herumschlagen muss, sondern als Gefährdeter, der dringend unter Polizeischutz gestellt ..."

„Nein! Ludwig, nein, nein und nochmals nein! Meine Mitstreiter ... und meine Mitstreiterin ... aus dem RaBeWe werden nicht unter Polizeischutz gestellt! ...

Und ich auch nicht! Und überprüft werden wir bitte auch nicht! Wir sind tabu! Es tut mir leid, dass ich jetzt so emotionell reagiere, aber ..."

„Ernst, du bist nicht emotionell, du bist hysterisch. Aber von mir aus ... ich werde mich nicht darüber aufregen, sondern mir meinen Teil denken."

„Der da wäre?"

„Du wirst schon einen guten Grund haben, um nicht bewacht werden zu wollen. Jeder Mensch hat ein dunkles Geheimnis, und dass ..."

Jetzt war es an Straka, zynisch zu lächeln. „Ludwig, bitte erspar dir – und mir – deine Laienpsychologie! Nur, weil ich dagegen bin, auf Schritt und Tritt begleitet zu werden, muss ich nicht gleich ein ‚dunkles Geheimnis' verbergen. Aber es ehrt mich sehr, dass du mir ein solches zutraust. Womit ...", Straka erhob sich mit so viel Schwung, dass ihn Halb einen Moment lang beneidete, „... ich mich verabschiede und noch einen schönen Abend wünsche ... oder sollte ich lieber ‚Gute Nacht!' sagen?"

Mittwoch, 8. Jänner, 8.15 Uhr

„Guten Morgen allerseits!"

„Guten Mor... Chef, du hier? Also, ich meine, um diese Uhrzeit, zu nachtschlafender ..."

„Möchtest du English Breakfast oder lieber eine Ostfriesen-Mischung? Und vielleicht ein paar Kekse?" Hellis „soziale Schlagfertigkeit" lenkte Halbs grimmigen Blick ab, sodass sich Verena gleich wieder hinter ihrem Monitor verstecken konnte.

„Bitte mach mir eine kleine Kanne Ostfriesen-Mischung. Und ja, bitte Kekse. Und nein, nicht auf meinen Schreibtisch, sondern gleich alles auf den Besprechungstisch. Und dann hurtig ans Werk, allerdings erst, wenn wir ..."

„Guten Morgen." Der Ingeniöhr gähnte so herzzerreißend, als ob er erst vor Sekunden aus dem Bett gefallen wäre.

„... wenn wir vollzählig sind."

„Sind schon da, Chef." Toni und Schwejk hielten ihre dampfenden Kaffeebecher mit nach vorne ausgestreckten Armen, als ob sie dadurch schneller zurück ins Büro kämen.

„Sehr gut! Dann wollen wir hoffen, dass Ernst mich nicht so früh erwartet und uns daher keinen Besuch abstattet. Denn: Ab heute haben wir wieder unsere gewohnten Arbeitsbedingungen. Mit anderen Worten: Er darf kein Sterbenswörtchen erfahren!"

„Aber weshalb, Chef? Wir können den Herrn Hofrat und seine ‚RaBeWe-ler' doch ohnehin nicht beschatten, also warum ..."

„Das nicht, Toni, aber wir können – und werden – sie natürlich genauestens überprüfen. Und da Ernst uns auch das dezidiert untersagt hat ..."

„Höchste Straka-Geheimhaltungsstufe!" Offenbar war der Ingeniöhr so weit aufgewacht, dass er die kommende Herausforderung in seiner kuriosen Kürzelsprache zusammenfassen konnte.

„Und, wer von uns soll wen von denen übernehmen?"

„Ganz einfach: Das machen Helli und der Ingeniöhr allein. Bitte, ihr seht euch vor allem Badernig ganz genau an. Dann wäre da noch ... na ja, was Frau Professor Doktor Doktor Tickentoehl anlangt, werdet ihr vermutlich nichts Relevantes aufstöbern. Dasselbe gilt für den spanischen Ex-Botschafter und den Herrn mit dem griechischen Namen."

„Katzapitopoulos.“

„Genau. Ah ja, Doktor Nepotal dürfte – laut Ernst – nicht mehr ganz auf der geistigen Höhe sein, weshalb er wohl kaum als Doppelmörder in Frage kommt. Last, not least, unser Meister der kühlen Leichen, Michael Firtussek. Von dem und unserem zweiten Toten und der Familie Traigenberger – von denen will ich wirklich alles wissen. Vielleicht könnt ihr sogar noch etwas über Maria Ekkehardt herausfinden ... wenn ich mich richtig erinnere, waren auf dem Grabstein die Lebensdaten 1950 bis 2011 zu lesen. Und in den Biographien von Traigenberger und Ekkehardt, da konzentriert ihr euch bitte auf Parallelen! Vielleicht hat es in grauer Urzeit ein Ereignis gegeben, bei dem beide einem Dritten so gewaltig auf die Zehen getreten sind, dass sich der jetzt rächt ... so in der Art. Hab ich wen vergessen? Ja, natürlich, bitte durchleuchtet auch den feinen Herrn Rechtsanwalt Bäuler. Ich nehme zwar an, dass der alles Belastende fein säuberlich versteckt hat, aber vielleicht haben wir Glück.“

„Noch was, Chef?“

„Ja ...“, trotz seiner hartnäckigen morgendlichen Misslaune musste Halb grinsen, „den Ernst, den braucht ihr nicht zu überprüfen. Weil, selbst wenn er ein dunkles Geheimnis hätte, ist das garantiert dermaßen bürgerlich-bieder, dass er uns höchstens leid tut. Und leid tun – das sollte einem der eigene Vorgesetzte niemals! Ah, wunderbar, danke!“ Selbst ein Mensch ohne Geruchssinn hätte an Halbs Gesicht ablesen können, dass Helli soeben die wohlduftende Ostfriesen-Mischung serviert hatte.

„Und wir, was machen wir? Heimgehen und uns vom Urlaub erholen?“ Verenas innere Uhr tickte offenbar noch immer etwas zu „ferial“.

„Gehen, ja. Heim, nein. Und euch vom Urlaub erholen ... na ja, wenn ihr das am Zentralfriedhof könnt – bitte gerne."

„Wir sollen uns also um das Fellmonster kümmern?"

„Natürlich. Weil ... es ist schon erstaunlich, wie viele Menschen so eine blöde Kostümierung blenden kann. Mit wem auch immer wir gesprochen haben – den alten Frauen, dem ..."

„Chef! Bitte, sei nicht so politisch unkorrekt!"

„... den beiden rüstigen Seniorinnen, dem Herrn Wopelak, aber selbst – und ich wage es kaum zu sagen – Ernst, keiner von denen hat die einzig richtige Frage gestellt!"

„Und die wäre?"

„Wer um Himmels Willen steckt in diesem ‚Kuschelmörder-Dress'? Die, die an den Knochenmann glauben wollen, überlegen und diskutieren, woher dieses knochenschwingende Ungetüm kommen könnte! Vielleicht stammt es doch aus ‚ganz-wo-weit-weg-her'? Oder ist es ein Nachfahre einer gequälten Kreatur, der aus irgendwelchen obskuren Erdhöhlen herausgekrochen ist? ... Und natürlich lassen sich mit solchen Horrorstories auch glänzende Reichweiten erzielen. Und die anderen, die, die für knochenschwingende Fellträger nichts übrig haben, die ..."

„Leute wie wir."

„... die drehen sich nur pikiert um, wenn sie von solchen Schauermärchen hören."

„Was wir aber eben jetzt nicht mehr tun."

„Du sagst es, mein lieber Schwejk! Wir ... oder besser gesagt, Verena, Toni und du, ihr wendet euch dem Knochenmann zu und ..."

„Und wenn wir ihm begegnen, werfen wir ihm einen Knochen zu?"

„Verena, dein schwarzer Humor in Ehren, aber ..."

„Nein, im Ernst, was sollen wir dort machen? Gerade weil die Leute von dieser Gestalt fasziniert sind, werden wir doch keine verwertbaren Aussagen bekommen! Und von denen, die ‚es' ... wen auch immer ... sogar wirklich gesehen haben, bekommen wir schon gar nichts Vernünftiges zu hören. Weil, je länger das her ist, desto größer, schauriger, tödlicher, gefährlicher, unheimlicher ... und jetzt könnt ihr euch alle Eigenschaften denken, die Monster üblicherweise so an sich haben ... desto schrecklicher wird ‚Knochi' gewesen sein. Konkrete Fakten dürfen wir uns keine erwarten, nur hysterische ..."

„Verena, ihr könntet zum Beispiel beim Friedhof ansetzen. Ich meine, irgendwie muss das Monster doch in den Friedhof gekommen sein ... und wir sind uns sicher einig, dass es eben nicht durch Erdgänge und diverse Kanalisationen von Sibirien hergekrochen ist. Also, wie ist unser Mörder an den Tatort gekommen? Weil, auch wenn der Ernst noch so oft betonen sollte, dass es ein Zufall war, dass diese angebliche Kreatur gerade Herrn Ekkehardt erschlagen hat – nein, das halte ich für einen vollkommenen Blödsinn! Selbstverständlich hatte es der Mann im Fellkostüm auf Ekkehardt abgesehen. Natürlich hat er, wie auch schon etliche Male zuvor, das schüchterne Monster dargestellt, aber in Wirklichkeit hat er ihm aufgelauert und ihn gezielt erschlagen."

„Aber wieso ist er dann schon einige Male vorher gesehen worden? Waren das quasi nur Proben für seinen großen, tödlichen Auftritt?"

„Jein, Toni. Du magst recht haben, dass er sich erst an die Verkleidung gewöhnen wollte, ausprobieren wollte, wie er sich darin bewegen kann. Aber der wichtigste Grund für die Vor-Mord-Szenen war einzig und allein, sich ein Alibi zu verschaffen. Ein Monster, das nur einmal auftritt, um jemanden zu töten, ist kein Monster – da ist jedem klar, dass das ein maskierter Mörder ist. Aber wenn dieses Fabelwesen über einen längeren Zeitraum schon etliche Male aufgetaucht ist, jedes Mal etwas Furchtbares getan – ein Grab geplündert, die Knochen herausgeworfen –, aber niemandem etwas angetan hat, sondern nur fluchend und polternd wie ein Geist verschwunden ist, dann war der Mord eben kein Mord, sondern ein tragischer Zufall. So hirnrissig das ganze Szenario auf den ersten Blick zu sein scheint – in Wirklichkeit steckt ein ebenso raffinierter wie bösartiger Kopf dahinter."

„Und, Chef, was glaubst du, wie ‚Knochi' den Friedhof betreten hat?"

„Na ja, ...", auch die nächste Tasse verklärte Halbs Gesicht aufs Neue, sodass seine Mimik überhaupt nicht zu seinen Gedanken passte, „er wird ja nicht in seiner Kostümierung durch das Zweiertor spaziert sein. Am wahrscheinlichsten ist leider, dass er mit dem Auto hineingefahren ist und sich dann auch im Wagen umgezogen hat. In dem Fall hätten wir wenig Chancen. Aber ...", Halb trank so gierig, als ob ihm der nächste Schluck die Lösung verraten würde, „... vielleicht haben wir Glück, und unser Mörder ist mit der Straßenbahn gekommen. Dann könnte sich einer der Portiere an jemanden mit einer großen Reisetasche erinnern. Groß genug, um darin das Kostüm zu transportieren. Oder über den Zaun? Vielleicht ist der Friedhofsverwaltung irgendwo ein Loch in der Mauer, eine Baustelle bekannt? Oder gibt es eine andere Möglichkeit, die übermütige Jugendliche gerne nützen, um mitternächtliche Mutproben zu bestehen? ... Weil die könnte unser Mörder ja auch gekannt haben. Dann fänden sich dort vielleicht Spuren ... vom echten Monster. Dem menschlichen!“

Behutsam schob Verena den Teller mit den Süßigkeiten über den Tisch. „Chef, du hast doch eine Vermutung, wer könnte denn in dem Kostüm stecken?“

Halb nahm sich ein Keks, dann wedelte er damit wie mit einem Dirigentenstab durch die Luft. „Nein, leider, dafür wissen wir noch zu wenig. Und das Schlimmste ist: Es könnte ja auch ein ‚gedungenes Monster‘ sein. Ein Auftragstäter – das würde den Kreis der Verdächtigen noch erweitern. Andererseits ...“

„Andererseits?“

„... habe ich so ein unbestimmtes Gefühl, dass die ganze Geschichte viel einfacher gebaut ist, als wir glauben. Wir interpretieren nur zu viel hinein, und deshalb sehen wir den Wald vor lauter Bäumen nicht. Wieder einmal. Aber egal, wir ...“

„Chef! Verzeih, wenn ich deine wie immer faszinierenden Gedankengänge störe, aber ... möchtest du nicht noch ein Keks?“

Halb zögerte einen Moment, dann griff er nach der süßen Versuchung – und legte sie auf seine Untertasse.

„Ingeniöhr, ich ahne Schlimmes! Was willst du?“

„Eigentlich nichts Besonderes, aber ... wie soll ich sagen, bei deiner doch sehr kritischen Position gegenüber allem Technischen könnten auch die kommenden Minuten ...“

„Du weißt, dass ich mich selbst gegen mein Handy jahrelang mit Händen und Füßen gewehrt habe. Ich gebe zu, dass ich es inzwischen des Öfteren benütze, aber das heißt noch lange nicht, dass ich irgendeine andere technische ...“

„Chef, ich hab mir das nicht als Schikane ausgedacht! Glaube mir, bitte, es ist ... ja, eine Art Befehl von oben, dass wir ab heuer ein Messenger-Programm verwenden sollen. Damit können wir ...“

„Was immer das ist, es kommt für mich nicht in Frage! Also Ende der Diskussion, Schluss, Au...“

„Aber Chef, das ist nur ein Programm, mit dem wir einander Textnachrichten, Bild- oder Video- oder andere Daten zuschicken können. Das erspart uns in Zukunft wahnsinnig viel Arbeit, weil wir müssen dann nicht jede Info jeweils den anderen vieren in vier einzelnen SMS senden. Das geht dann in einem, wortwörtlich auf Knopfdruck. Schau, wenn du jetzt irgendeine Information an uns alle verschicken willst, dann ...“

„Dann ruf ich Helli an und sag ihr, dass sie euch anrufen soll!“

„Aber was machst du am Nachmittag? Da ist Helli nicht im Dienst und ...“

„Dann rufe ich Verena an und sag ihr, dass sie euch anrufen soll!“

„Aber wenn du Verena zum Beispiel ein Foto schicken willst, dann kannst du das logischerweise nicht per Anruf! Aber über unsere neueste Messenger-App funktioniert das sehr wohl, und noch dazu ganz einfach. Daher mein Vorschlag: Ich lade dir das Programm auf dein Handy, dann definiere ich eine Gruppe. Die besteht natürlich aus uns fünf. Und dann gebe ich ihr einen Namen ... sagen wir die ‚Ermittlergruppe Halb‘. Und dann ...“

„... werde ich diesen Blödsinn genauso wenig verwenden wie all die anderen Dinge, die du mir schon zu erklären versucht hast.“

„Chef, bitte, jetzt sei doch nicht so stur! Dieses IMS ...“

„Wie bitte? IMS? Ingeniöhr, du musst dich irren, das heißt sicher ‚IM-T-S‘ und ist die Abkürzung für ‚Ich meide technischen Sch...marrn!‘ So und nicht anders ...“

„Chef, ‚IMS' steht für ‚Instant Messaging Service'."

„Sagtest du ‚instant'? Ingeniöhr, ‚instant' ist und bleibt ein dünner Kaffee, aber das ist doch kein Ausdruck für miteinander reden! Doch? Moderne Zeitgenossen kommunizieren neuerdings auch ‚instant'? Da kann ich nur hoffen, dass nicht noch andere zwischenmenschliche Tätigkeiten demnächst schon ‚instant' ausgeübt werden. Schreckliche Zeiten sind das, ganz schreckliche!"

Auf einen Außenstehenden hätte Halb wohl den Eindruck eines zutiefst gescheiterten, an der modernen Technik schier verzweifelnden Charakters vergangener Zeiten gemacht. Seine Teamlinge aber kannten seine – gerade in solchen Situationen outrierende – Schauspielkunst zur Genüge, weshalb sie die letzte Minute freundlich lächelnd an sich abperlen ließen.

„Dürfen wir dir wenigstens zeigen, wie du eine Gruppen-SMS verschicken könntest? Wir würden dir unsere ‚SMS-Gruppe EG Halb' selbstverständlich fix und fertig auf deinem Handy einrichten, sodass du nur auf einen Knopf mehr als sonst drücken müsstest, um gleichzeitig an uns vier eine Nachricht loszuschicken und ..."

„Verena, ich weiß eure elektronische Fürsorglichkeit wirklich zu schätzen, aber das ist eben ‚instant' mit mir nicht möglich! Vielleicht bin ich morgen irgendwie ‚messaging-offener'. Seid so lieb und probiert es mit eurem ‚Service' ... ja, eben in einiger Zeit noch einmal." Halbs Blick schien dermaßen vor Güte überzugehen, dass sich keiner der Anwesenden mehr den Gefühlssturm der letzten Minuten erklären konnte. „Und jetzt wollen wir uns nicht mehr mit solchen technischen Unwichtigkeiten herumspielen, sondern ..."

So leicht wollte sich der Ingeniöhr aber nicht geschlagen geben: „Chef, was heißt hier, ‚wir uns nicht'? Du dich nicht, wir uns schon!"

Halb zögerte nur eine Sekunde, dann wechselte sein Blick von „lieber Papa" zu „strafendem Göttervater". „Ingeniöhr, reiz mich nicht ... weil sonst nehme ich dir deinen Computer weg und schicke dich auf Aktensuche ins Archiv!"

„Gnade, Chef, Gnade!"

„Sie sei dir gewährt! Aber dafür will ich auch heute Nachmittag definitiv nichts mehr von diesem Blödsinn hören. So, und jetzt ... auf zur Arbeit! Helli und Ingeniöhr, an die Tastaturen. Schwejk, Verena und Toni – zieht euch warm an. Und ich – ich suche göttlichen Beistand ... und ich habe so eine Ahnung, dass das selbst für einen Ketzer wie mich höchst vergnüglich sein wird."

Mittwoch, 8. Jänner, 9.09 Uhr

„Herr Hofrat, auch so sportlich? Dabei haben Sie das doch gar nicht nötig! Außerdem sollten Sie in Ihrem Alter vielleicht nicht mehr ganz so schnell die Treppen hinunterstürzen. Nicht, dass ich Sie noch bei mir auf dem Tisch wiedersehe." Da das Lachen der Gerichtsmedizinerin Ähnlichkeit mit einer Explosion hatte, hallte das Stiegenhaus so laut, dass Halbs ironische Antwort akustisch unterging. „Ach Gott, ja, aber genug der zwischenmenschlichen Scherze. Ich darf gleich den angenehmen Zufall unserer Begegnung nützen und Ihnen danken! Sie versorgen mich wieder mit Arbeit, dass es nur so eine Freude ist! Weil dieser erste ..."

„Frau Doktor, so gerne ich sonst mit Ihnen rede oder auch nur plaudere, im Moment bin ich in fürchterlicher Eile. Also, wenn es etwas Wichtiges ist, dann ...

„Ach Gott, ja, verzeihen Sie, ich bin immer so in meiner ganz eigenen Welt gefangen, dass ich oft die sozialen Botschaften meiner Mitmenschen gar nicht so richtig wahrnehme. Dann ... ja, im Steno-Stil: Zuerst zur Traigenberger-Obduktion ... die ist ja richtig schön ergiebig! Fesselspuren an Handgelenken und Beinen, außerdem war der Mund verklebt. Noch etwas? Ah ja, noch etwas! Eine Tragödie ..."

„Das ist Mord immer."

„Aber er ist nicht immer so ... so unnötig. Denn: Doktor Traigenberger hat nicht nur an einem Hirntumor, sondern auch an Lungenkrebs gelitten. Also ..."

„Wer immer das getan hat, hatte keine Ahnung, dass er nur noch kurze Zeit hätte warten müssen." Halb begann plötzlich zu frösteln. Zwar blieb Mord Mord, egal, wer das Opfer war, aber irgendwie hatte Doktor Lirtscherer schon Recht – ein Mord an einem Todkranken war noch schwerer zu verdauen als ein „normaler" Mord. „Danke, Frau Doktor! Wie gesagt, ich muss jetzt rennen. Wiederschaun!"

„Auf Wiedersehen, Herr Hofrat! Und denken Sie daran: Nicht zu schnell zu laufen, weil Ihre Beine sind auch nicht mehr ..."

Mitten im Wegstürzen drehte sich Halb noch einmal um, als ob er die Gerichtsmedizinerin vom Gegenteil überzeugen wollte. „Danke für das Stichwort – ‚Beine', ich wollte Sie nämlich noch um etwas bitten. Etwas Seltsames, aber ..."

„Ach Gott, ja, das bin ich gewöhnt, in der Gerichtsmedizin ist meist das Gewöhnliche das Unerwartete. Und zwar?"

„Bei der Obduktion von Herrn Ekkehardt, bitte sehen Sie sich die Mordwaffe genau an. Dieser Oberschenkelknochen war zwar genauso wie die anderen Knochen voller Erde – und logischerweise auch mit Blut verschmiert –, aber trotzdem ... er ist mir irgendwie fester und breiter vorgekommen. Und heller. Ich nehme zwar an, dass das ganz natürliche Ursachen haben kann, trotzdem ...“

„Gerne, Herr Hofrat, ich werde mir den knöchernen Prügel genau ansehen. Und vielleicht können wir auch noch einen DNA-Vergleich mit den anderen Knochen machen, die dieses Fellvieh ausgegraben und verstreut hat. Das wäre doch eine Überraschung, wenn gerade das Femur ...“

„Das ist ...“

„... ach Gott, ja, entschuldigen Sie meine Fach-Fremdsprache. Eben der Oberschenkelknochen – vielleicht stammt der ja gar nicht aus dem Grab der verstorbenen Frau Ekkehardt. Aber jetzt, Herr Hofrat, eilen Sie dahin, aber fallen Sie nicht da hin!“ Doktor Lirtscherers Lachen dröhnte so laut, dass es Halb noch in den Ohren klang, als er bereits zur Straßenbahn lief.

Mittwoch, 8. Jänner, 10.08 Uhr

„Aber es ist mir doch immer ein Vergnügen, wenn ich der Polizei helfen kann. Und wenn die Staatsmacht ein anregender Gesprächspartner – und noch dazu Teetrinker – ist, dann wäre es ja eine Sünde, einen anderen Termin ernster zu nehmen. Vielleicht etwas Milch in den Darjeeling?“

„Danke, nein! Und Sie sind absolut sicher, dass Sie wirklich nicht unter Personenschutz gestellt werden wollen?“

Monsignore Soumontinos Mundwinkel bogen sich ganz leicht nach oben. „Nein, danke, Herr Hofrat. Auch wenn das in Ihren Ohren kitschig klingt: Auf mich wird sehr gut aufgepasst! Wobei das natürlich keine Kritik an Ihren weltlichen Maßnahmen sein soll."

„So hätte ich das auch nicht verstanden." Auch Halb hob seine Augenbrauen nur ganz wenig. Die Vorstellung eines Wettbewerbs im subtilen Lächeln – noch dazu mit einem Mann der Kirche – erheiterte ihn mehr, als er zeigen wollte. „Ich habe nur die Erfahrung gemacht, dass sich manche Menschen gar nicht vorstellen können, wie sehr sie in Gefahr schweben. Gerade bei einem Bedrohungsszenario wie diesem kann man gar nicht vorsichtig genug sein."

Soumontinos Lächeln erstarb im Bruchteil einer Sekunde. „Auch wenn ich am vergangenen Sonntag zeitweise unbeschwert und heiter gewirkt haben mag, bin ich mir durchaus des Bösen bewusst, das sich in und um Sankt Stephan eingenistet hat. Es ist natürlich einem katholischen Priester nicht gestattet zu fluchen, aber sollte es jemals eine Sekunde geben, in der ich mein Dasein vergäße, dann ... würde ich vielleicht auf die Idee kommen, jenen Tag zu verfluchen, an dem die Bohrmaschinen diese ‚neuen uralten' Katakomben freigelegt haben. Ich bin wahrlich kein Freund des Pathos, aber an dem Tag hat das Unglück begonnen!"

„Nun, dafür sind wir ja da, um ..."

„Für's Fluchen?" Soumontino hatte es tatsächlich geschafft, einen zarten Rotschimmer auf Halbs Wangen zu zaubern – aber nur ganz kurz.

„Falls es die Ermittlungen vorantreiben sollte, können wir selbstverständlich auch kräftig fluchen. Aber unsere Kernkompetenz liegt doch eher im Verhindern und, wenn es sich nicht vermeiden ließ, Verfolgen von Verbrechen. Und daher ...", vorsichtig nippte Halb an der edlen Porzellantasse, „... würde ich mir gerne ein umfassendes Bild der Geschehnisse machen. Ein sehr umfassendes, am besten beginne ich gleich bei Adam und Eva."

Diesmal fiel Soumontinos Lächeln deutlicher aus. „Womit wir bei einer unserer Kernkompetenzen wären, der Sünde."

„... und einer weiteren, dem Tod! Wie ist das möglich, dass eine oder gar mehrere Katakomben derart in Vergessenheit geraten konnten?"

„Ganz einfach, Herr Hofrat: Allein bei der Pestepidemie 1381 hat man in Sankt Stephan etwa 15.000 Tote gezählt. Wohlgemerkt, die sind nicht alle hier begraben worden ... im Gegenteil, kaum einer davon. Aber natürlich hat es immer wieder Ausnahmen für hochangesehene Bürger gegeben. Und die hat man dann in eigenen Katakomben bestattet, welche – aus Angst vor der Infektion – etwas entfernter angelegt und dann gleich zugemauert wurden."

„Danke für das Stichwort ... ‚aus Angst vor' – ganz ehrlich, Monsignore, warum wurde der Rat zur Beurteilung der Bestattungswertigkeit und -würdigkeit wirklich gegründet? Und erzählen Sie mir bitte nicht, dass Firtussek die Entscheidung des RaBeWe, wen er bei sich in den Vienna City Center Crypts bestatten beziehungsweise kryonisch versorgen lassen darf und wen nicht, auch nur eine Sekunde lang akzeptieren würde. Schon gar nicht, wenn er die ersten zahlungskräftigen Kunden hätte. Wir beide wissen, dass in einem solchen Fall sowohl Firtusseks Einverständniserklärung als auch ein etwaiger RaBeWe-Beschluss binnen Sekunden nicht einmal mehr das Papier, auf dem sie stehen, wert wären! Also, wozu dieses Theater um den Rat?"

Einen Moment lang schien Soumontino mit sich selber uneins zu sein, aber dann siegte die Vernunft der Offenheit. „Herr Hofrat, ich bin mir sicher, dass Sie ein Geheimnis als solches zu behandeln wissen ... und daher will ich Ihnen eine ehrliche Antwort geben: Ja, der Rat zur Beurteilung der Bestattungswertigkeit und -würdigkeit war eine reine Verzögerungstaktik. Wobei, es ging uns gar nicht um den RaBeWe selber, sondern um die Präliminarien seiner Gründung. Sie allein haben uns schon die Zeit verschafft, die wir gebraucht haben, um einige rechtliche Fragen zu klären. Ganz offen gesprochen: Wir hätten nie geglaubt, dass der RaBeWe seine Tätigkeit dermaßen ernst nehmen und sich in Sitzungen vertiefen würde. Unsere Absicht war schlicht und einfach, die Möglichkeiten auszuloten, die uns ein ‚Abdrehen' dieses obskuren Projekts – sterben neben der Tiefkühltruhe, auferstehen in einer paradiesischen Zukunft – erlauben würden."

„Und, verraten Sie mir auch, welche Wege Sie gefunden haben?"

„Letztlich war alles erstaunlich einfach! Das juristische Zauberwort dürfte ‚Betriebsanlagengenehmigung' heißen. Denn eines ist gewiss: Bei der Kryokonservierung wird mit flüssigem Stickstoff gekühlt. Dieser aber hat eine sogenannte Expansionsrate, die enorme Kräfte entstehen lässt. Im Klartext: Die Gefahr einer Explosion ist gegeben ... und wenn so ein Tank in die Luft fliegt, kann das verheerende Folgen haben. Natürlich kann das Risiko durch bauliche und sonstige Sicherheitsmaßnahmen sehr gering gehalten werden, aber diese ..."

„... kosten vermutlich Unsummen, weshalb sich Firtusseks VCCCs derart verteuern würden, dass er sie erst gar nicht bauen könnte."

Diesmal lächelte Soumontino frei von jeder taktischen Überlegung. „Bravo, Sie haben es auf den Punkt gebracht! Und? Haben Sie sonst noch Fragen?"

„Doch, ja, mich würde noch der RaBeWe, besser gesagt, seine Mitglieder interessieren ... und ich verspreche Ihnen hoch und heilig, dass ich meinem verehrten ‚vorgesetzten Freund' kein Sterbenswort von Ihrer Verwunderung, wie ernst Ernst und Konsorten ihre – eigentlich nur als Alibihandlungen gedachten – Pflichten nahmen und nehmen, erzählen werde."

„Bitte! Unbedingt! Auch hier gilt: Bewahren Sie dieses Geheimnis tief im Inneren ihres ..."

„... Gehirns! Gerne, das vergleiche ich am liebsten mit meinem Schreibtisch. Und die oberste Schublade ist das Gedächtnis. Blöderweise klemmt die seit Jahren. Aber gerade deshalb kann ich Ihnen getrost versichern, dass Geheimnisse bei mir auf ewig verborgen bleiben. Aber es geht mir ja gar nicht um den bereits allzu oft genannten Kollegen Straka, ich würde viel lieber etwas über die anderen Herrschaften – Tickentoehl, Jaéntes, Nepotal, Katzapitopoulos, Badernig und natürlich Ekkehardt – hören."

„Ich fürchte, da werde ich Ihnen keine große Hilfe sein. Das Auswahlverfahren haben andere übernommen, ich hatte mich lediglich bereit erklärt, als eine Art ‚primus inter pares' zu agieren und den nicht vorhandenen Vorsitz zu übernehmen. Denn offiziell ist dieser Rat eine Gruppe aus gleichberechtigten Mitgliedern, daher gibt es weder einen Schriftführer, noch einen Kassier, geschweige denn einen Vorsitzenden ..."

„... oder eine Vorsitzende."

„Selbstverständlich! Da wir gerade von unserer lieben ‚Dottoressissima', wie ich sie nennen darf, sprechen: Sie ist – von mir abgesehen – die einzige im RaBeWe, die eine theologische Qualifikation mitbringt. Am Rande bemerkt, Friedas Arbeiten über einige der Auswirkungen des zweiten Vatikanums auf den CIC sind ..."

„Wie bitte?“

„Pardon! ... des zweiten Vatikanischen Konzils auf den CIC, den Codex Iuris Canonici. Vereinfacht formuliert: das Gesetzbuch der römisch-katholischen Westkirche. Also, Friedas kirchenrechtliche Publikationen gehören zum Lesenswertesten, was es gibt.“

„Dessen bin ich mir sicher!“ Als Halb auch das letzte Zucken seiner Gesichtsmuskulatur im Griff hatte, setzte er fort: „Und über Nepotal, Katzapitopoulos, Ekkehardt ...“

„Nein, leider. Wie gesagt, die kenne ich alle kaum. Lediglich über Badernig ... aber nein, da kann ich Ihnen auch nichts Substantielles berichten. Ich könnte Ihnen nur etwas schildern ... allerdings auch nur einen sehr persönlichen Eindruck.“

„Und der wäre?“

„Na ja, das ist mir jetzt fast peinlich, weil das grenzt an Klatsch und Tratsch.“

„Eines meiner dezidierten Lieblingsgebiete!“

„Na gut – aber Sie müssen mir versprechen ...“

„Monsignore! Wie erwähnt, meine Gedächtnisschublade klemmt! In dem Moment, in dem ein Fall abgeschlossen ist, vergesse ich alles, was ich im Zuge der Ermittlungen erfahren habe. Daher, bitte um alle Gerüchte!“

Offenbar hatte Halb den richtigen Nerv getroffen, auf jeden Fall lehnte sich Soumontino zum ersten Mal wirklich entspannt zurück. „Das ist kein Gerücht, mehr ein befremdender Eindruck. Weil ... es ist schon auffällig, wie freundlich Badernig ist. Nein, mehr noch, er strahlt eine Offenheit aus, die ...“

„Ja?“

„... die manche animiert, immer mehr von sich zu erzählen. Aber wenn man nur ein bisschen genauer hinsieht, merkt man bei ihm einige Unstimmigkeiten.“

„Welche?“

„Seine Mimik! Er hat sieben Masken, das war’s. Wenn er zum Beispiel erstaunt aussieht, ist es jedes Mal haargenau derselbe Ausdruck. Jeder noch so kleine Muskel ist gleichermaßen angespannt, immer in derselben Position. Als ob er vor dem Spiegel geübt hätte.“

„Vielleicht hat er das. Und dann haben sich diese ‚genormten Gesichter‘ derart eingeschliffen, dass er gar nicht mehr anders kann. Was ist er denn von Beruf, Schauspieler?“

„Das ist der zweite Punkt: Er lässt zwar seinen Wohlstand immer wieder durchblicken, aber kein Mensch weiß eigentlich genau, womit Herr Badernig sein – offenbar gutes – Geld verdient.“

„Oh, da könnte ich ...“, eine Sekunde lang war Halb versucht, einige Erinnerungs-Schmuckstücke seiner Kriminalistenlaufbahn zum Besten zu geben, aber dann verwarf er den Gedanken und schnitt stattdessen ein anderes Thema an, „... wohl auch ganz selten erzählen, womit ich mein Brot verdiene. Zwar lieben die meisten Mord und Totschlag, aber nur in der Nähe ihrer Fernbedienung. Zur Not kann man immer noch auf einen anderen Sender umschalten. Von einem echten Mord – oder Selbstmord – will keiner was hören ... und selbst die Opfer lehnt man ab. Zumindest im Namen des RaBeWe ... und auch in Ihrem?“

Soumontino seufzte beinahe lautlos. „Wie gesagt, weder habe ich Herrn Ekkehardt gefördert noch ihm nahegelegt, sich wie ein fleischgewordener ‚erhobener Zeigefinger‘ zu benehmen! Diese moralinsaure Rechthaberei ... schrecklich! Abgesehen davon, dass der Rat zur Beurteilung der Bestattungswertigkeit und -würdigkeit ohnehin keinerlei rechtliche Bewandtnis hatte ...

und hat. Wir hätten Traigenberger auch kirchlich begraben, selbst wenn er sich umgebracht hätte! Schließlich leben wir im 21. Jahrhundert ... zumindest die meisten von uns! Und wenn er lieber in einer Tiefkühlbox bis zum jüngsten Gericht warten wollte ... bitte nicht in den Vienna City Center Crypts, aber im Prinzip hätten wir ihm auch das nicht verboten oder ihn deshalb exkommuniziert! Lediglich der Herr Ekkehardt ... bekanntlich soll man über Tote nicht schlecht reden, aber ..."

„Vielleicht passt an dieser Stelle Matthäus 5,44 ganz gut?" Selten hatte es Halb dermaßen genossen, sich mit vollkommen fremden Federn zu schmücken.

„Matthäus 5,44? Das ist ..."

„Ja, genau: ‚Ich aber sage euch: Liebt eure Feinde ...'"

„‚... und betet für die, die euch verfolgen.' Herr Hofrat, ich hätte Sie nicht für so bibelfest gehalten!"

Eine Sekunde lang war Halb versucht, die „Komödie der Selbstbeweihräucherung" weiterzuspielen, aber sogleich wurde er wieder vernünftig. „Nein, das bin ich auch nicht! Ich habe diesen Satz erst vor drei Tagen aufgeschnappt, und weil ich gewöhnt bin, mir alles ganz genau einzuprägen, was mein ‚befreundeter Vorgesetzter' Ernst Straka spricht, habe ich mir auch dieses Zitat gemerkt."

Soumontino schien fast erleichtert zu sein. „Gut, dann muss ich mein Weltbild nur ein klein wenig korrigieren! Weil ... ich sähe Sie als kritischen Kopf, der der Katholischen Kirche doch sehr reserviert gegenübersteht – wie das ein moderner Mensch eben so tut, oder?"

Halb schüttelte dezidiert den Kopf. „Nein, Monsignore, Sie irren. Was Religion angeht, bin ich nicht rational genug, um sie zu verachten. Nein – eigentlich bin ich ihr nur neidig."

„Neidig?“

„Ja! Spätestens seit der qualvollen Zeit, in der ich regungslos im Streckverband gelegen bin, die ganze Zeit die Querschnittslähmung vor Augen – spätestens seit damals bin ich der Katholischen Kirche neidig. Wohlgemerkt, ich bin ihr nicht böse, dass sie für sich in Anspruch nimmt, Realität gewordene Hoffnung zu sein. Dafür habe ich Verständnis! Wer zwei Jahrtausende die mächtigste Organisation werden – und bleiben – will, der muss viel von sich behaupten. Aber ... die Tatsache, dass – in meiner damaligen Situation – sogar ich zeitweise zu glauben begonnen habe, die hat mich später beinahe in Neid ertrinken lassen! Diese gnadenlos überwältigende Erkenntnis, dass Kirchen – selbst für mich! – offenbar tatsächlich die Oberhoheit über die Hoffnung haben, an der beiß ich mir noch heute die Zähne aus.“

Monsignore Soumontinos ohnedies hageres Gesicht straffte sich noch ein wenig mehr, bevor es in heiterer Gelöstheit zerfloss. „Herr Hofrat, es tut mir leid, Ihnen das sagen zu müssen ... Sie werden nie wieder ein bequemes Taufschein-Katholiken-Leben führen können. Aber, wie immer Sie mit Ihren Erkenntnissen und Gefühlen noch umgehen mögen – Danke!“

Mittwoch, 8. Jänner, 13.13 Uhr

Alt! Alt und rührselig war er geworden. Er durfte gar nicht daran denken, dass ein simples „Danke!“ schon genügt hatte, ihn vollkommen aus der Alltagsbahn zu werfen. Nur, weil dieses „Danke!“ am Ende eines interessanten und sehr persönlichen Gesprächs stand! Zu persönlich – Halb konnte sich nicht erinnern, wann er je so offen über seine dunkelsten Zeiten gesprochen hatte. Aber gut, so ein Missgeschick konnte auch ihm passieren. Nur, dass er deshalb sogar darauf vergessen hatte, einen Abstecher in eines der adäquaten Mittagslokale zu machen, das war bedenklich.

Aber vielleicht war es gar nicht sein Seelen-Geschwätz gewesen, das ihn abgelenkt hatte? Nein, ganz sicher nicht! Halb beschloss, dass es einige von Soumontinos Formulierungen gewesen sein mussten, die ihm die ganze Zeit durch den Kopf gegangen waren und dadurch sein Hungerzentrum blockiert hatten.

„To Leberkäse or hot two Leberkäse, that is the question", murmelte Halb vor sich hin. Das gnadenlos kindische Wortspiel ließ in ihm köstlich duftende Bilder erstehen, die ihn gleich wieder versöhnlicher stimmten.

Als er gute zwanzig Minuten später die Türe zu seinem Büro öffnete, kämpfte er mit den letzten Bissen der dritten Semmel.

„Chef, wie war's beim Herrn Pfarrer Somutino?"

„Soumontino! Monsignore Soumontino. Und: Soweit ich mich erinnere, habe ich mit keinem Wort erwähnt, dass ich zu ..."

„Chef!" Es war immer wieder verblüffend, wie viel Überlegenheit Schwejk in diese vier Buchstaben legen konnte. „Vergiss nicht, wir sind Detektive! Und zwar großartige. Und wenn du sagst, dass du dir ‚göttlichen Beistand' suchst, dann ..."

„... wäre es doch logisch gewesen, von einem Besuch bei Straka auszugehen! Oder gar bei unserem ‚Zuoberst-Vorgesetzten', beim Polizeipräsidenten. Aber nein, du hast schon Recht, ich war im Churhaus."

„Und?"

„Und? Später! Was habt ihr herausgefunden?"

„Wir ...“ Halb war nicht klar, ob sich hinter dem betont gelassenen Ausdruck seiner drei „Friedhofs-Musketiere“ totale Erfolglosigkeit oder eine Überraschung verbarg.

„Wir waren am Friedhof und ...“

„... und haben mit fast allen sprechen können, die vor und während ‚Knochis‘ Auftritten Dienst hatten, sodass wir ...“

„... erfahren haben, dass ...“

„... dass an diesen Tagen eine Menge Autos hineingefahren sind. Ganz normale Fahrzeuge mit ganz normalen Insassen.“

„Mit einem Wort, ihr habt nichts!“ Also doch, totale Erfolglosigkeit!

„Ja! ... Was den Ansatz betrifft, von dem wir uns am meisten erwartet hätten. Aber!“

„Wir haben die Gräber gesucht, die das Monster geschändet hat ... haben soll, weil interessanterweise sind die kaum beschädigt. Also, woher die dekorativ verstreuten Knochen stammen ...“

„Toni, willst du mir weismachen, dass die nicht schon längst in der Gerichtsmedizin gelandet und untersucht worden sind?“

„Chef, ich will ... leider ja. Weder die Kriminaltechnik noch unsere Mediziner wüssten von irgendwelchen früheren Zentralfriedhof-Tatortfunden. Natürlich abgesehen von den Spuren, die nach dem Mord an Ekkehardt gesichert worden sind.“

„Und?“

„Und wie wir so zwischen den Gräbern herumgestreift sind, haben wir ein kleines unscheinbares Gerät gefunden ... um genau zu sein, ist die Verena gegen diese in Tarnfarbe angemalte Schachtel ...“

„Und?“

„... das hat uns stutzig gemacht. Also sind wir wieder in die Friedhofsverwaltung marschiert."

„Und dort haben wir erfahren, dass es innerhalb der Wiener Friedhöfe ein Jagdverbot gibt."

„Aber trotzdem beschweren sich immer wieder Grab-Eigner, dass ihre Blumenpracht von verirrtem Wild beschädigt worden sei."

„Weshalb die Veterinärmedizinische Universität Wien vor einigen Wochen ein Projekt bewilligt bekommen hat."

„Die dürfen jetzt den Wildbestand erheben, und zwar sowohl in intensiv genutzten Naherholungsgebieten ..."

„Und dazu gehören Friedhöfe?"

„... wie auch auf Friedhöfen. Deshalb sind insgesamt knapp über fünfhundert sogenannte ‚Wildtier-Fotofallen', also Kameras mit Bewegungssensoren, in diesen Bereichen verteilt worden. Dazu muss ..."

„Verena, Schwejk, Toni, genug der Folter! Was hat das Ding fotografiert? Hoffentlich den Herrn XY, wie er sich gerade als Knochenmonster verkleidet?"

„Das leider nicht. Außerdem mussten wir zuerst denjenigen auf der Veterinärmedizin finden, der für das Projekt zuständig ist. Diese Schachteln senden nämlich die Fotos automatisch an einen Computer, der mit einem Server gekoppelt ist, der ..."

„SCHWEJK!"

„... und weil die Universitäten noch Ferien haben, hat das etwas gedauert. Aber dafür hatten wir Glück, erfreulicherweise haben diese Dinger inzwischen eine brauchbare Auflösung, die ganz beachtliche Vergrößerungen erlaubt."

„Und, wer war's?" Nachdem Halbs Stimme den Siedepunkt überschritten hatte, war sie zu einem Klumpen Eis gefroren.

„Hier!“ Triumphierend zog Verena drei Fotos aus der Tasche. „Das erste Bild zeigt ‚Knochi‘ in all seiner Pracht und Grässlichkeit. Und wenn du diesen Grabstein hier links ... den grauen hier, wenn du den als Maßstab nimmst, dann ist das seltsame Wesen inklusive Kostüm nur knapp zwei Meter groß. Es ist zwar keine nennenswerte Überraschung, aber hier haben wir den endgültigen Beweis, dass die verschiedenen Angaben, von denen wir bisher ausgehen mussten ... dass das Monster mindestens vier Meter gemessen hätte, ‚so groß wie ein Dinosaurier‘ gewesen wäre, dass das alles Fantasieprodukte waren. Und hier sieht man, wie er noch einmal, diesmal offenbar von links nach rechts, durch den Bildausschnitt stapft. Und hier: Das dritte Foto zeigt eine Vergrößerung seines Rückens in Höhe der Brustwirbelsäule. Darauf kann man nicht nur den Zippverschluss genau erkennen, sondern auch ein kleines Wäscheetikett, ‚100 % Polyester‘. Vor einer Stunde haben wir den Ingeniöhr gebeten, diese Bilder mit allen Monsterkostümen, die du über das Internet kaufen kannst, abzugleichen. Und ...“

„Welcher Händler? Wie heißt der Käufer?“

„Ersteren kennen wir, Zweiteren noch nicht, weil ‚International Horror Costumes‘ mit Sitz in Wasagamack, Manitoba haben bis kommenden Montag geschlossen. Weihnachtsferien ... offenbar ist das große Faschingsgeschäft schon vorbei. Und trotz deiner internationalen Kontakte wird es nicht leicht werden, deren Geschäftsunterlagen ...“

„Oh doch, es wird! Also gleich am Montag um neun Uhr früh ...“

„... wirst du in Kanada niemanden erreichen, weil zu der Zeit ist es dort zwei Uhr in der Nacht.“

„Also gleich am Montag am Nachmittag lasse ich Dich, lieber Ingeniöhr, bei den Kollegen in ..."

„In Winnipeg, der Hauptstadt von Manitoba."

„... eben dort in Kanada anrufen. Bei deinen Englischkenntnissen haben wir den Namen des Käufers im Nu, also vielleicht im Laufe des Dienstags. Wenn wir es schaffen, bis dahin auch den Mörder von Doktor Traigenberger entlarvt zu haben, hätten wir dann zwei Verhaftungen am selben Tag. Das wiederum böte den unschätzbaren Vorteil, dass ich die Lösung beider Fälle in nur einer Pressekonferenz bekannt geben könnte. Nein, halt – möglicherweise könnte ich sogar die vermeiden ... ich werde dem Ernst einfach sagen, dass ich diesen Medienrummel endgültig nicht mehr mitmache und ..."

„Chef, es schmerzt mich wirklich in den Tiefen meines Herzens, dich in deinen so wunderschönen rosaroten Zukunftsfantasien bremsen zu müssen, aber ..."

„Ingeniöhr, deine Herzenstiefen sind nicht dazu geschaffen, dir weh zu tun. Abgesehen davon, warum rosarot?"

„Weil es sehr wahrscheinlich ist, dass unser Ekkehardt-Mörder das Monsterkostüm unter falschem Namen bestellt hat. Wenn er nur ein bisschen raffiniert war, hat er das Geld von einem anonymen Konto aus überwiesen und sich das Paket an eine Postfachadresse schicken lassen. Mit einem Wort ..."

„Rosarot ist tot, wir sind so schlau wie bisher!"

„Nicht ganz, Chef! Denn ...", mit einer dramatischen Geste zog Verena noch ein viertes Foto aus ihrer Tasche, „... auf beiden Bildern kann man im Hintergrund ein Auto erkennen, auf das unser Verkleidungskünstler zugeht. Dank der Genialität ... nein, diesmal nicht von dir, Ingeniöhr, sondern von unseren Kollegen in der Kriminaltechnik war es möglich, die Nummerntafel so sehr zu vergrößern, dass man Teile des Kennzeichens entziffern kann. Wir haben die lesbaren Zahlen und Buchstaben natürlich gleich mit dem Fabrikat sowie der Wagenfarbe abgeglichen ... und da sind nur fünf mögliche Fahrzeuge übriggeblieben. Vier davon scheiden definitiv aus, aber das letzte, das ...“

„... ist schon bei der Untersuchung, wir werden Fingerabdrücke am Lenkrad finden und ...“

„... das müssen wir erst finden, weil es am Tag vor dem Mord an Ekkehardt als gestohlen gemeldet worden ist.“

„Das war’s? Oder ...“

„Gestohlen! Aus dem Fuhrpark der Erzdiözese Wien!“

Mittwoch, 8. Jänner, 14 Uhr

Halb pfiff leise durch die Zähne. „Womit wohl endgültig bewiesen sein dürfte, dass Ekkehardts Ermordung kein tragischer Zufall war, sondern in irgendeinem Zusammenhang mit seinen kirchlichen Aktivitäten gestanden ist. Wissen wir übrigens schon, wann genau dieser unglücksselige Rat zur Beurteilung der Bestattungswertigkeit und -würdigkeit seine Tätigkeit aufgenommen hat? Nein? Erinnert mich bitte, Ernst zu fragen. Es würde mich nicht wundern, wenn das um den sechsten Dezember herum gewesen wäre.“

„Du meinst ...“

„Zur selben Zeit, als auch ‚Knochi‘ die Bühne betreten hat. Ja, genau! Der Knochenmann und der RaBeWe, das sind zwei Seiten derselben Medaille. Nur, wie sieht die aus? Na ja, vielleicht finden wir ja in Ekkehardts Biografie das entscheidende Detail. Ingeniöhr, dein Auftritt bitte – was hast du herausgefunden?"

„Leider nichts ...", Mayers Gesicht nahm einen kläglichen Ausdruck an, als ob er gerade bei einem Streich erwischt worden wäre, „... also, was Ekkehardt betrifft. Der Mann hat ein stinknormales, langweiliges Leben geführt. Mit Ausnahme zweier Details: Zum einen hatten Ekkehardts keine Kinder – das war laut einer ihrer Bekannten, mit der ich telefoniert habe, vor allem für Frau Ekkehardt ein Anlass, sich zeit ihres Lebens zu kränken. Zum anderen ... ja, vielleicht hat das mit ‚erstens' zu tun gehabt – und zwar ihr früher Tod. Im einundsechzigsten Lebensjahr, Krebs."

„Und dann gibt es noch ein drittes Detail, das nicht zu einem stinknormalen langweiligen Leben passt."

„Was meinst du, Chef?"

„Seine Ermordung!"

Der Ingeniöhr wurde rot. „Ja, die natürlich auch. Aber der Rest ... klassische Beamtenlaufbahn, keinerlei Lebenssprünge oder Zacken, nichts. Da war Doktor Traigenberger schon viel ergiebiger. Seinen Lebenslauf findet man natürlich auf den verschiedensten Homepages. Ich hab ihn euch ausgedruckt und in eure Mappen gelegt. Aber was nirgends steht ... zumindest nicht offiziell, ist durchaus erstaunlich. Und zwar ...", sein schlechtes Gewissen war nur von kurzer Dauer gewesen, jetzt war der Ingeniöhr wieder ganz der Alte, „... war der Herr Vorstandsvorsitzende a. D. nach außen hin ganz klar im streng katholischen Lager verankert, aber in seinem Privatleben soll er kein Kind von Traurigkeit gewesen sein. Im Gegenteil, man murmelt von zahlreichen nebenehelichen Affären ... was ist denn los, Chef, hast du Zahnweh?"

„Ich? Wieso? Nein! Schau ich so aus? Mir ist nur ein Gedanke sauer aufgestoßen und ... na, egal. Auf jeden Fall – über Traigenbergers eher unchristlichen Lebenswandel habe ich schon erfahren, aber fragt mich bitte nicht, von wem."

„Und, weißt du auch schon, dass sich Firtussek zwar eine sauteure sogenannte ‚NOSUCCOMINCE' leistet, aber ..."

„Eine was bitte?"

„Eine ‚NOSUCCOMINCE', eine ‚Non-Success Compensation Insurance', also eine Versicherung, die im Falle eines ‚Nichterfolgs' ausbezahlt wird."

„Und warum nennen die das ‚Nichterfolg' und nicht schlicht und einfach ‚Scheitern'?"

„Weil es besser klingt! Kein Mensch scheitert gerne, aber ein Nichterfolg kann schon einmal passieren."

„Wo um Himmels Willen kann man so eine Versicherung abschließen?"

„Zum Beispiel in China, bei der ‚CHISILI', der ‚Chinese International Special Insurance Limited'."

„Das muss ich mir aber jetzt nicht merken, oder?" Halbs Blick pendelte zwischen blanker Resignation und aufrührerischer Ironie. „Ingeniöhr, ich will gar nicht wissen, wie du dir diese Information besorgt hast, aber mich würde schon interessieren, was daran so besonderes sein soll? Ich meine, es ist doch normal, dass ein gewiefter Geschäftsmann wie Firtussek möglichst alle Risiken abzudecken versucht und deshalb ..."

„Genau das ist ja das Komische! Er zahlt eine geschmalzene Prämie in diese Projektausfalls-Haftungsversicherung ein, aber leistet sich keine Lebensversicherung! Nicht die klitzekleinste – dabei könnte er auch die von der Steuer absetzen."

„Vielleicht …“ Halb überlegte einen Moment, dann nickte er. „Ich hab mir nur gerade gedacht, der Firtussek hat ja eine leise Neigung zum Größenwahn. Vielleicht hat er deshalb keine Lebensversicherung abgeschlossen, weil es für ihn undenkbar ist, dass ihm irgendetwas zustoßen könnte?“

„Möglich! Aber seltsam ist das schon! Weil …“

„Ingeniöhr, jetzt sei doch nicht so stur! Ein Mensch, der glaubt, dass er nach Jahrzehnten ein paar Organe wieder auftauen und daraus deren ‚neuen alten‘ Menschen basteln kann, der braucht nicht so was Banales wie eine Lebensversicherung. Der fürchtet sich nicht vor dem Tod, höchstens vor einer Erhöhung der Strompreise, weil das könnte seine Tiefkühltruhen-Sammlung erheblich verteuern.“ Verenas trockener Humor rang sogar dem Ingeniöhr ein spitzes Lächeln ab.

„Gut, gut, ich gebe mich geschlagen! Was mir zugegebenermaßen gerade jetzt besonders leichtfällt, denn: Ladies and gentlemen, we proudly …“

„Ich hoffe, jetzt kommt wirklich eine Sensation, denn sonst …“

„Oh ja, Chef, ich habe mir das Beste für den Schluss aufgehoben: We proudly present … ich bin mir ziemlich sicher, dass Badernig ein Betrüger ist!“ Huldvoll neigte der Ingeniöhr seinen Kopf, um eine Verbeugung anzudeuten, doch …

„Nein, das ist er nicht!“ Zufrieden sah Halb in die kleine Runde, endlich hatte er wieder die volle Aufmerksamkeit ganz für sich allein. „Er ist nämlich ein Erpresser!“

„Aber wieso … ich meine … ich hab doch … und du kannst doch nicht …“

„Doch, er kann das behaupten, weil … er ist unser Chef! Abgesehen davon hat er erfahrungsgemäß tatsächlich immer Recht, wenn er mit solch dezidierten Behauptungen um sich wirft. Weil das tut er erst, wenn er weiß, was er tut. Aber bei dir, oh Ingeniöhr ... also, wir wollen jetzt wirklich nicht andeuten, dass du diese Beschuldigung grundlos ausgesprochen hättest, aber es täte uns schon sehr interessieren, wie du auf diese Idee ... von wegen Betrüger ... gekommen bist?" Ausnahmsweise hatte sich Toni zum „Klassensprecher" aufgeschwungen, offenbar war ihm als Ruhigsten des Trios Mayers Angeberei am meisten auf die Nerven gegangen.

„Ganz einfach! Badernigs Firma, die gibt es nicht! Den ersten Verdacht habe ich geschöpft, als ich seine Homepage gesucht habe. Die war kaum zu finden, und als ich sie endlich auf dem Bildschirm hatte, hat sie ... wie soll ich sagen ... sie hat überhaupt nicht zu ihm gepasst – zumindest nach dem, was ihr erzählt habt. Es war die unscheinbarste und simpelste Internetseite, die mir je untergekommen ist. Ich glaube, dass heutzutage jeder Siebenjährige mühelos etwas Ansprechenderes designen kann. Er braucht ja nur irgendein Template herunterladen und ..."

„Bitte kein Fachchinesisch, in meinen Ohren klingelt immer noch die ‚NOSUCCOMINCE ' von der ‚CHISILI'!"

„Keine Angst, Chef, ich hör schon auf! Also, jedes Kind kann das heute besser! Dann stellt sich aber die Frage: Warum könnte jemand so eine total nichtssagende Homepage überhaupt haben wollen? Ganz einfach: um etwas zu verschleiern. Je langweiliger, desto schneller wird sie weggeklickt werden. Das gilt allerdings natürlich nicht für mich! Ich bin ja sogar bereit, meine letzten Nerven für die Aufklärung ..."

„Ingeniöhr, sagen dir die Worte ‚Akten im Archiv' etwas?" Offenbar hatte Halb die – an und für sich ironisch gemeinte – Drohung irrtümlich so kalt klingen lassen, dass Mayer ganz kurz erbleichte.

„Also habe ich mir dieses Elend einer Homepage näher angesehen. ‚Einzelhandel Patrick Badernig, Wien'. Dann habe ich im Firmenbuch geblättert. Und ... doch, ja, es gibt dort ein Unternehmen auf den Namen Patrick Badernig, aber interessanterweise ist das laut den dortigen Angaben eine Pferdezucht mit Reiterhof ... in Oberösterreich. Allerdings hat dieser Reiterhof überhaupt keine Homepage ... und das in der heutigen Zeit! Mit einem Wort: Offenbar sind das alles reine Briefkastenfirmen. Vielleicht braucht Badernig entsprechende Adressen, um mehrere Konten bei verschiedenen Banken eröffnen zu können. Auf jeden Fall riecht das heftig nach Betrug. Wobei ... das Beste hätte ich jetzt fast vergessen! Stichwort ‚Adresse'. Jetzt ratet, wo – laut Impressum – der ‚Einzelhandel Patrick Badernig, Wien' offiziell sein Büro hat. Darauf kommt ihr nie."

„In den Katakomben vom Stephansdom."

„Fast ... im Haus ‚Zum welschen Felsen'!" Automatisch setzte der Ingeniöhr zu einer zweiten „huldvollen Verbeugung" an, besann sich aber noch rechtzeitig.

„Das passt! Jetzt ist mir endlich klar, warum dem Firtussek sein Haus wie Fort Knox gesichert ist ... oder, nein, doch wieder nicht. Solange wir nicht wissen, warum der Badernig gerade dort sein Scheinbüro hat, haben wir auch keine Ahnung, was so dringend geschützt werden soll. Möglicherweise hat ..."

„Chef, nicht ablenken! Jetzt bist du dran: Warum bist du dir so sicher, dass dieser Badernig kein Betrüger, sondern ein Erpresser ist?" Verblüfft maß Halb Schwejk, der auch diesmal wieder mit seinem etwas zu direkten Charme eigentlich nur das ausgesprochen hatte, was sich alle vier Teamlinge dachten.

„Wenn mir so viele sagen, dass einer ein ausgesprochen netter und guter Mensch ist, dem man alles anvertrauen kann, macht mich das prinzipiell sehr misstrauisch! ... Noch dazu, wenn derjenige in Wirklichkeit ein unangenehmer Schleimer ist, wie Verena und ich feststellen konnten ... oder mussten. Und auch Soumontino hat eine Andeutung in dieser Richtung – ziemlich unverblümt – gemacht. Badernig hätte keine Mimik, sondern Masken. Aber die würde er sehr geschickt einsetzen, um seinen Mitmenschen zu suggerieren, dass er wahnsinnig interessiert wäre – an allem, was sie ihm zu erzählen hätten. Na ja, ich könnte mir gut vorstellen, dass dieser Typ ‚glänzender Zuhörer' gerade bei einem bestimmten Menschenschlag großen Erfolg hat. Aber wenn so jemand überhaupt kein guter Mensch, sondern eine Drecksau ist, dann nützt er seine ‚Grabstein-Begabung' gnadenlos aus und macht daraus ein blendendes Geschäft ... eine ‚Agentur für Erpressung und sonstige Hässlichkeiten'. Natürlich braucht er dafür keine Homepage, seine ‚Kunden' lukriert er ganz ohne Werbung."

„Chef, wenn du Recht haben solltest ... woran wir natürlich keine Sekunde zweifeln, hätten wir plötzlich eine Unmenge an Verdächtigen, denn Erpresser haben naturgemäß viele Feinde ... zumindest die erfolgreichen."

„Verena, entschuldige bitte, aber das scheint mir nicht zu Ende gedacht! Denn in solchen Fällen bringt sich entweder das Erpressungsopfer selber um oder aber es wird der Erpresser getötet. Aber Traigenberger und Ekkehardt, wie passen die in dein Szenario?"

„Na ja, Toni, vielleicht ... stimmt, gar nicht! Schade, es wäre plötzlich alles so einfach gewesen." Enttäuscht zuckte Verena mit den Schultern.

„Außerdem – selbst wenn Badernig ... aus welchem Grund auch immer ... Traigenberger hätte töten wollen, hätte er wohl als Erpresser herausgefunden, dass er sich diese Tat sparen kann. Denn ... ah, das hab ich euch noch gar nicht erzählt: Auf dem Weg zu Soumontino bin ich unserer Frau Doktor in die Arme gelaufen und ...“

„Chef, das war nicht zu überhören, das Stiegenhaus hat bis zu uns herauf gehallt.“

„Na gut, dann wisst ihr ja schon alles, und ich muss euch nichts mehr berichten.“ Wie immer in solchen Situationen fiel es Halb sehr schwer, mit ernstem Gesicht den Beleidigten zu mimen.

„Und wenn wir vier auf die Knie fallen und dich um Verzeihung bitten?“

„... würde ich höchstens vor Lachen einen Herzanfall bekommen! Also, laut Lirtscherer hatte Traigenberger nur mehr kurz zu leben, er hat an Lungenkrebs gelitten und an einem Hirntumor. Das heißt ...“

„... wer immer ihn umgebracht – oder umbringen lassen – hat, ist ihm wohl nicht sehr nahegestanden, denn ansonsten hätte er ... jetzt versteh ich das, was du vorhin gesagt hast. Wer Traigenberger und seinen Zustand gekannt hat, der hat auch gewusst, dass er sich nicht mehr die Mühe machen muss, ihn zu ermorden.“

Alle drei Männer nickten Toni zu, nur Verena schüttelte irritiert den Kopf. „Nicht unbedingt! Und diesmal glaube ich, dass ich keinen Denkfehler mache. Was wäre, wenn der- oder diejenige sehr wohl über Traigenbergers Krankheiten Bescheid gewusst hätte und ihn gerade deshalb noch vor seinem Tod töten wollte? Weil er zum Beispiel drauf und dran war, sein Testament zu ändern.“

„Dann hätte wohl am ehesten seine Familie ein Motiv. Aber auch diese Überlegung würde weder Ekkehardts Tod noch ‚Knochis‘ Identität erklären. Verena, so klug dein Gedankengang war … wir tappen immer noch im Nebel, dabei stehen wir vermutlich nur ein paar Zentimeter neben der Lösung.“

„Hoffentlich fällt keiner von uns auf sie drauf – das überlebt keine Lösung.“

„Oder hinein, bricht sich dabei das Bein.“

„Oder ich klaube sie auf, koche sie und zwinge euch, diese ‚Lösungssuppe‘ auszulöffeln! Sagt's einmal … Schwejk, Ingeniöhr, mir scheint, ihr seids vom ‚Infantilitäts-Virus‘ befallen!“

„Wundert dich das?“ Ausnahmsweise war Schwejk noch schneller mit dem Wort als sein jüngerer Kollege. „Die Verena, der Toni und ich rennen durch einen Friedhof, um ein Yeti-Monster zu jagen, das mit menschlichen Knochen einen Mann erschlägt, dessen Ansichten aus dem Mittelalter stammen könnten. Und der Ingeniöhr und die Helli durchstöbern das Internet, um unter anderem einen Verhaltensgestörten mit Rechtschreibschwäche zu finden, der lustig-rote Plakate großteils mit Lebensmitteln vollschmiert. Und das alles tun wir, weil es irgendeinen Wahnsinnigen zu stören scheint, dass ein geldgeiler ‚Reserve-Frankenstein‘ glaubt, mit einer Nobelgruft inmitten einer sich selbst gern zur Weltstadt emporstilisierenden einstigen Kulturmetropole die Megamillionen schaufeln zu können! Mit einer Nobelgruft, in der er manche ebenso schwachsinnige wie steinreiche Zeitgenossen bei minus zweihundert Grad Celsius ‚nur mal kurz‘ auf die Ewigkeit warten lässt, damit sie wann auch immer in frisch geklonter Jugendlichkeit den Tiefkühlbottichen entsteigen mögen. Mit einem Wort: Wir schlittern zwischen ‚Knochi‘ und ‚Kloni‘ herum … und das tun wir zwischen Gruften und Friedhöfen. Und da sollen wir nicht kindisch werden? Chef, das ist unsere einzige Chance, normal zu bleiben! ... Falls wir das in den letzten Jahren überhaupt je waren."

„Nun denn ...", Halb hatte Schwejks „verbale Sintflut" mit stoischer Miene über sich ergehen lassen, „wenn ihr euch zu dieser Meinung durchgerungen habt, dann gibt es wohl nur mehr zwei Möglichkeiten: Entweder ihr wendet euch an Ernst Straka mit der Bitte, uns von dieser todbringenden traumatisierenden Tragödie abzuziehen, oder aber, Himmelherrgott noch einmal, wir lösen diesen Fall aber sowas von flott, damit wir schon nächste Woche den Sonderurlaub, den ich euch im ‚B/Allerlei/ka' versprochen habe, antreten können! Soweit kommt's noch, dass wir uns von ein paar herumliegenden Knochen den Spaß an den Mördern verderben lassen! Nix da, jetzt wird munter weiterermittelt, und dann gleich wieder ab in den Sonnenschein. Ingeniöhr, du kannst gerne nach Hause gehen ... wenn du dich dort motivierter fühlst, noch so eine exzellente Leistung wie vorhin zu vollbringen. Wie du das mit dem Badernig seinen falschen Adressen herausgefunden hast ... glänzend! So einen unerwarteten Anhaltspunkt will ich auch von unseren anderen Verdächtigen hören. Wenn wir schon von so viel morbidem Schnickschnack umgeben sind, dann betätige dich doch als ‚virtueller Totengräber': Grab mir sämtliche Leichen aus, die du in den Kellern von Firtussek, Bäuler, Traigenberger, Ekkehardt und wem auch immer noch finden kannst!

Toni, Schwejk ... dieser verdammte Rolls-Royce muss doch wo zu finden sein! Wo war Traigenberger vor seinem Tod? In Salzburg? Kaum! Vielleicht findet ihr den Wagen auf verwackelten Bildern von Verkehrsüberwachungskameras. Egal ... wo auch immer, wie auch immer – findet ihn! Und du, Verena, du kommst mit mir mit. Ich glaube, dass Firtussek bei einer hübschen jungen Dame gesprächiger sein wird als bei alten Deppen wie Ernst und mir. Vielleicht singt ja unser mysteriöses Vogerl etwas heller, wenn wir ihn nach ‚NOSUCCOMINCE' von ‚CHILISILI' …"

„‚CHISILI', Chef."

„… eben dem befragen. Und, warum Badernig gerade bei ihm seine Erpresserzelte aufschlagen durfte. Ah ja, noch etwas: Ihr wisst, ich pflege nicht das große Wort, wenn es ums Loben geht. Aber … sowohl Helli und du als ‚Informations-Suchhunde' als auch ihr, die ‚drei Friedhofs-Musketiere', also … das war heute eine ganz ausgezeichnete Arbeit! Danke! Und … ja, Toni, bitte, was gibt's?"

„Na ja, weil du nach dem ‚B/Allerlei/ka' doch irgendwie … sagen wir, nicht ganz so gut aufgelegt gewirkt hast, haben wir uns am vergangenen Sonntag und dann noch am Feiertag Fleißaufgaben vorgenommen. Die meinen waren die Katakomben, glücklicherweise hab ich eine tolle Führung mitmachen können. Die war nicht nur spannend, sondern auch sehr informativ … und deshalb würde ich euch gerne darüber berichten. Aber ich nehme an, dass jetzt kein passender Zeitpunkt wäre, oder?"

„Du sagst es, Toni. Nicht jetzt, bitte. Aber morgen auf jeden Fall! Danke! Verena, ich nehme an, du fährst mit dem Aufzug. Ich nehme wie immer die Treppe … ich muss ja was für meine Gesundheit tun! Wir sehen einander unten. Und wir … Ingeniöhr, Schwejk, Toni – morgen! Und ich verspreche euch, dass ich weder so spät wie gestern noch so früh wie heute komme. Also dann, viel Erfolg und einen schönen Abend!"

Kaum, dass sich die Tür zum Stiegenhaus hinter ihm geschlossen hatte, blieb Halb stehen und atmete tief ein. Dann spannte er seine Muskeln an und zählte langsam bis fünf, bevor er auch das letzte Quäntchen Luft aus seinen Lungen herausblies. Dieses Prozedere wiederholte er fünfmal, erst dann hatte er den Eindruck, dass seine Muskulatur nicht mehr ganz so verkrampft war.

Die vergangene Viertelstunde – war das wirklich er gewesen? Er, der bisher davon ausgegangen war, dass die Lösung der Fälle Belohnung genug – für alle! – war. Gut, er war immer schon ein Zyniker gewesen, aber er hatte gedacht, dass sein Lob zwischen den Zeilen trotz – oder gerade wegen! – seiner ironischen Formulierungen gut erkennbar gewesen wäre.

Musste plötzlich wirklich alles viel greller sein? Dickes Lob ... aber bitte systemorientiert? Positive Verstärkung ... selbstverständlich energetisch relevant?

Aber in Wirklichkeit knallten heute viel mehr die Peitschen! Aber da sie schön bunt und geschmeidig formuliert waren, schienen sie selbst beim lautesten Knall ein lustiges Liedlein zu trällern.

Wollte er das? Und: Konnte er das überhaupt?

Nein, er würde sich nicht mehr ändern!

Ein zögerndes Grinsen schlich über Halbs Gesicht. Wie hatte er doch so treffend gesagt? „Munter weiterermitteln“ und „sowas von flott den Fall lösen“ – vielleicht sollte er wirklich überlegen, ob er bis ans Ende seiner Berufstage als „Kriminal-Hofrat“ einigen der abartigsten Verbrecher nachrennen und dabei noch dazu seine Seele an die modernen Zeiten verkaufen sollte.

Als Besitzer eines Mietshauses in guter Wiener Lage mit zehn Wohnungen, von denen er noch acht zu vermieten hätte, könnte er sich selbst so eine Zäsur leisten.

Verena! Sie würde sicher schon unten auf ihn warten!

Leise vor sich hin schimpfend polterte Halb die Stiegen hinunter ... wobei er zwar an Doktor Lirtscherers Mahnung, in seinem Alter nicht mehr ganz so schnell die Treppen hinunterzustürzen, denken musste, aber gleichzeitig wusste, dass er solche wohlgemeinten Ratschläge solange nicht beherzigen könnte, solange er im Dienst bliebe.

Knapp vor der Ausgangstüre kam Halb ein Gedanke, der ihn in diesem Moment der Zerrissenheit trotz seiner Endgültigkeit etwas tröstete: Vielleicht würde sich die Frage nach einem frühzeitigen Ausscheiden aus dem Dienst auf – für ihn irgendwie typische Art – erledigen? Wenn er in Ausübung seiner Pflicht stürbe, bräuchte er sich wenigstens nicht mehr den Kopf zu zerbrechen, was er mehr verabscheute: neue Mieter zu suchen oder als moderner, bunt glitzernder Peitschenknaller seine Teamlinge anzuleiten. Immerhin waren schon mehrere Anschläge auf ihn verübt worden. Und den vor eineinhalb Jahren hatte er wirklich nur um Haaresbreite überlebt. Wer weiß ...

Mittwoch, 8. Jänner, 16 Uhr

„Beachtlich!" Ehrfurchtsvoll betrachtete Verena die gepanzerte Eingangstüre, auf der sich etliche Hightech-Schlösser wie silberne Blumen verteilten.

„Dabei sind dir noch gar nicht die Videokameras aufgefallen, die sind nämlich auch nicht von schlechten Eltern ... und wie ich sehe, erneuert. Keine schwarze Sprayfarbe mehr. Es täte mich nicht wundern, wenn er nach dem Vorfall vom Sonntag noch weitere elektronische Sicherungssysteme installieren lassen hätte. Wenn ich die Hälfte des Geldes hätte, das dem Firtussek seine Alarmanlagen gekostet haben, könnte ich in Frühpension gehen!“

„Gott bewahre, Chef! Wer sollte denn dein Nachfolger werden? Am Ende würde noch der Herr Hofrat Straka auch diese Aufgaben übernehmen ... wo er doch schon jetzt so ein Postensammler ist.“

„Na, wie wär’s mit ... Schwejk? Als Dienstältester ...“

„Nein, ich will nicht einmal darüber reden, geschweige denn daran denken. Du bist der ‚Chef‘, und du bleibst unser Chef, bis du ...“

„Herr Hofrat, treten Sie ein. Ah, diesmal haben Sie eine charmante junge Dame mitgebracht Bitte, Sie kennen ja den Weg.“ Die blecherne Stimme aus dem Lautsprecher klang zwar nicht nach Firtussek, aber als Halb und Verena zum Vorführraum im ersten Stock vorgedrungen waren, hantierte er an der Espressomaschine.

„Danke vielmals! Kaffee nehmen die Frau Magistra und ich gerne, aber diesmal bitte keinen Schnaps! Oder werden wir einen brauchen?“

„Herr Hofrat, das fragen Sie mich? Ich weiß ja noch gar nicht, weshalb Sie mir die Ehre Ihres Besuchs erweisen.“

„Lassen Sie es mich so sagen: Sie sollten in den nächsten paar Minuten keinen Kaffee trinken – zumindest nicht, wenn er stark ist. Und hinsetzen wäre auch nicht schlecht.“

„So schlimm?“

„Ja, haben Sie’s denn noch nicht gehört?“

„Was denn?“ Langsam begann Halb das Spiel der Andeutungen Spaß zu machen.

„Mein Gott, was für eine Nachlässigkeit der Kollegen! Dabei habe ich extra darum gebeten, Sie als einen der Ersten ... ganz besonders, da Sie doch erst vor drei Tagen bedroht worden sind.“

„Worum gebeten? Herr Hofrat, jetzt machen Sie mir langsam wirklich Angst!"

„Na, Sie unter Polizeischutz zu stellen! Weil ... und Sie spielen uns jetzt nicht nur den Helden vor? Obwohl Sie schon wissen, dass ... und trotzdem bleiben Sie so ruhig?"

„Was wissen? Herrgott noch einmal – Herr Hofrat, jetzt lassen Sie sich doch nicht alles aus der Nase ziehen! Warum sollte ich unter Polizeischutz gestellt werden? Was ist geschehen?"

„Ekkehardt wurde ermordet ... Hoppala, ich hab doch gleich gesagt, dass Sie sich setzen sollen!" In der ersten Sekunde war Halb nicht ganz klar, ob Firtusseks Straucheln zu dessen Selbstinszenierung gehörte, aber die plötzliche Blässe sprach doch für einen Minikollaps.

„Ermordet? Schrecklich! Wie? Wo?"

„Am Zentralfriedhof. Erschlagen. Mit einem menschlichen Oberschenkelknochen. Apropos, was ich Sie schon seit Tagen fragen wollte: Wie sichern Sie eigentlich die von Ihnen als Eigentum beanspruchte Katakombe? Ich mein', kann da nicht jeder einfach so hineinspazieren ... zumindest wenn er keine Platzangst hat?"

„Herr Hofrat ..." Firtusseks Versuch, sich erbost aufzusetzen, scheiterte kläglich.

„Sie sollten einstweilen rasche Bewegungen lieber vermeiden. Können wir Sie zu einem Lehnsessel oder einer Couch bringen? Da rüber vielleicht? Nein? Bitte, wie Sie wünschen. Was wollten Sie gerade sagen?"

„Ich ... ja, also nein, es kann natürlich nicht ein jeder dahergelaufene Depp in meine Katakombe einbrechen! Und, Herr Hofrat, Sie brauchen gar nicht so süffisant die Worte ‚... als Eigentum beanspruchte ...' zu betonen. Sie ist mein Eigentum! Punktum!"

„Ja, ja, schon gut, jetzt regen Sie sich nicht gleich wieder so auf. Und, wie?"

„Was wie?“

„Na, wie sie gesichert ist? Bei Ihrem Sicherheitsbedürfnis ... wer weiß, vielleicht haben Sie da unten eine infrarotgesteuerte Selbstschussanlage? Oder genügt Ihnen Panzerstahl?“

„Sagen Sie, warum interessiert Sie denn das so plötzlich? Weil bisher ...“

„Bisher ist auch noch niemand mit einem Knochen erschlagen worden! Vielleicht stammt er ja aus Ihrem ‚Arsenal‘?“

„So ein Blödsinn!“ Firtussek erhob sich noch recht mühsam aus dem Sessel, aber da seine Gesichtsfarbe nicht mehr an ein Leintuch in der Waschmittelwerbung erinnerte, sahen Halb und Verena keinen Grund, ihm unter die Arme zu greifen. „Warum sollte ich Ekkehardt erschlagen?“

„Weil er Ihr größter Gegner war! Er konnte alle ihre potentiellen Gruft-Kunden quasi im Alleingang vergraulen. Ohne seine Zustimmung hätten Sie Ihre ‚Einfriersärge‘ an einen Supermarkt vermieten können ... als Lager für deren Tiefkühlgemüse.“

„Das ist vollkommener Unsinn! Glauben Sie wirklich, dass mich dieser vertrottelte Rat zur Beurteilung der Bestattungswertigkeit und -würdigkeit auch nur eine Sekunde daran hätte hindern können, meine genialen Pläne umzusetzen, wenn ich meinen ersten Kunden gehabt hätte? Ich ...“

„Danke! Das war eines der Dinge, die ich hören wollte! Ich könnte jetzt so etwas wie ‚Ich hab’s ja immer schon gewusst!‘ sagen, aber das tu ich nicht. Im Übrigen können Sie sich glücklich schätzen, dass nicht Hofrat Straka an meiner statt hier sitzt. Der würde Sie nämlich jetzt gleich erschlagen. Oder ... noch besser, verhaften und in einer uralten, schön feuchten

Kerkerzelle vermodern lassen. Sein biederes Äußeres täuscht – dahinter verbirgt sich ein glänzender Jurist, ein Strafrechtler, um genau zu sein. Der fände den richtigen Paragrafen im Nu, der ihm das ermöglichen würde. Schlimmstenfalls würde er sich auf irgendeinen Gesetzestext aus dem Kirchenrecht berufen, auf so eine Stelle, die seit der spanischen Inquisition nicht geändert worden ist."

„Na und? Er ist nicht hier! Und Sie, Sie und Ihre Polizeihündin, die sicher schön brav ..."

„Vorsicht, Herr Firtussek, Vorsicht!"

„Was wollen Sie mir vorwerfen? Beamtenbeleidigung? Na, da fürchte ich mich aber zu Tode, da zittere ich geradezu und ..."

„Ein schönes Stichwort! Wollen Sie jetzt Polizeischutz oder nicht? Weil, wer immer es ist, der sich als aktueller Sensenmann betätigt, er scheint nach einer Liste vorzugehen, einer Art Todesliste."

„Wieso?" Einen Moment musste Halb an eine verkehrte Österreichflagge denken, denn Firtusseks Gesicht hatte von einem zarten „Leichenblass" über ein „Zornesrot" wieder zu einem kräftigen „Käseweiß" gewechselt. „Das liegt doch auf der Hand: Zuerst Traigenberger – der erste Exponent aus dem Kreis der potentiellen Vienna City Center Crypts-Kunden. Dann Ekkehardt – der Exponent schlechthin der VCCCs-Gegner. Daher wäre es doch logisch, dass an dritter Stelle dieser Liste der ideale Exponent der VCCCs-Betreiber, also Sie, stünde. Daher, zum letzten Mal: Polizeischutz ja oder nein?"

„Mmh!" Firtusseks kindlich-eckiges Kopfschütteln passte gut zu seiner trotzigen Lautmalerei.

„Von mir aus, aber dann möchte ich keine Beschwerde hören, wenn auch auf Sie ein Mordanschlag verübt wird. Also ... natürlich nur dann, falls Sie sich dann überhaupt noch beschweren könnten."

„Raus!"

„Lustig, dass unsere Termine hier bei Ihnen immer mit demselben Wort enden. Wobei, am Sonntag haben Sie auch noch ..."

„Raus! Sofort!"

„Genau! Genau das waren auch am Sonntag Ihre Worte! Und ich habe darauf geantwortet ..."

„Wenn Sie nicht sofort gehen, verklage ich Sie wegen Hausfriedensbruch und ..."

„Ist ja schon gut! Wir gehen ... gleich, wenn Sie uns noch eine Frage beantworten: Wieso haben Sie Herrn Badernig ein Büro vermietet? Auf seiner Homepage steht als Adresse Ihr Haus ‚Zum welschen Felsen'. Wieso? Immerhin ist auch Herr Badernig Mitglied in dem von Ihnen so vielgeliebten Rat zur ..., na, Sie wissen schon."

„Aber wir kennen einander seit Jugendtagen. Und nur, weil wir derzeit in verschiedenen Lagern stehen, müssen wir einander ja nicht bekämpfen. Als er vor einiger Zeit zu mir gekommen ist, um mich nach einer repräsentativen, aber leistbaren Adresse für sein Büro zu fragen, da habe ich ihm einen kleinen Raum oben im dritten Stock angeboten. Rein aus Freundschaft, ich berechne ihm keine Miete, und er ..."

„Herr Firtussek, Sie werden ja schon begriffen haben, dass wir nicht von der Steuerfahndung kommen. Ob Ihnen der Herr Badernig eine monatliche ‚Benützungsgebühr' überweist, die Sie in Ihrer Steuerklärung anzuführen leider vergessen haben ... das ist uns völlig egal. Was wir wissen wollen – und zwar dringend! – ist: Wo ist Herr Badernig jetzt? Und wenn Sie auch nur eine Idee haben, wo er sich aufhält, sollten Sie sie uns mitteilen, denn – auch er könnte auf dieser Liste stehen, auch er sollte unter Polizeischutz gestellt werden. Und zwar besser gestern als heute! Also, wo ist er?“

Noch einmal nahm Firtusseks Gesicht einen hellen Farbton an, der Halb an zertretene Eierschalen erinnerte. „Ich weiß es nicht! Wirklich, ich würde es Ihnen sagen.“

„Danke. Und ... bemühen Sie sich nicht, wir finden allein hinaus.“

Mittwoch, 8. Jänner, 16.15 Uhr

„Domschatz?“

„Nein, danke, Chef, du weißt, ich hab’s nicht so mit der Religion.“

„Verena, nicht ‚der‘ Domschatz, sondern ‚das‘ Domschatz. Ob du in das Café Domschatz gehen willst? Die haben eine Torten- und Mehlspeisenauswahl, die selbst für Wien rekordverdächtig ist. Selbstverständlich bist du mein Gast!“

„Da sag ich nicht nein! Aber ich muss dich warnen: Ich habe seit dem Frühstück vor zehn Stunden nichts mehr gegessen. Weil rund um den Friedhof waren alle Lokale zu, und danach warst du schon im Büro, und wir ...“

„Dann erst recht! Gleich da drüben.“

Allerdings hätte Halb beinahe zu viel versprochen, denn das Kaffeehaus war brechend voll. Nur ganz hinten in einer Fensternische schien noch ein Platz frei zu sein.

„Herr Hofrat, so eine Überraschung! Aber wieso hier? Also nicht, dass ich mich nicht freuen würde, Sie nach längerer Zeit wieder einmal bedienen zu dürfen, aber ...“

„Na ja, hier ist es doch wunderschön, und die Speisekarte ist ...“

„Herr Hofrat, von mir aus können Sie's gerne zugeben! Na, dass Sie keine Ahnung haben, wer ich bin."

Erleichtert lächelte Halb den Mann mit dem silbernen Tablett an. „Und, bin ich schon senil? Seien Sie bitte nicht höflich, sagen Sie es mir schonungslos!"

„Aber um Gottes willen, nein, Sie sind sicher nicht ... also, zumindest nicht deswegen, weil Sie nicht mehr wissen, wer ich bin. Auch wenn ich im tiefsten Inneren meiner Oberseele etwas gekränkt bin, ..."

„Ich bitte auf jeden Fall um Entschuldigung."

„... weiß ich doch, dass Sie mit so vielen Menschen zu tun haben, dass Sie sich nicht an den ehemaligen Lehrling vom Herrn Franz erinnern können."

„Von meinem Herrn Franz? Vom Urgestein aller Wiener Kaffeehauskellner? Doch, natürlich ... Sekunde, ich hab's gleich."

„Sie müssen sich natürlich ein paar Kilos und ein Kinn wegdenken, aber meine Frisur ist immerhin immer noch eine Frisur und hat daher nach wie vor eine gewisse Ähnlichkeit mit ..."

„Der Herr Eduard! Sie haben Eduard geheißen! ... Und das tun Sie vermutlich immer noch. Stimmt's?"

„Meine Hochachtung, Herr Hofrat!" Mit einer eleganten Vierteldrehung wandte sich Herr Eduard zu Verena. „Gnädige Frau, Sie halten den Herrn Gemahl glänzend in Schuss!"

„Oh nein!" Verena bog sich vor Lachen. „Der Herr ist nicht mein Gemahl, sondern mein Vorgesetzter! Und das ist auch gut so, weil ... also, ich weiß nicht, ob ich ihn als meinen Mann ebenso respektieren würde wie als meinen Chef."

„Ah so ... ja, dann ... da drüben wird gerade ein schöner Tisch frei. Bitte folgen Sie mir unauffällig. Und, Herr Hofrat, immer noch einen Darjeeling oder einen Assam, auf keinen Fall irgendeinen ‚bergamottigen' Tee? Und für die gnä... die Frau Kollegin einen Kaffee?"

Als ihre „Melange" kam, schien sich Verena vollkommen auf das Umrühren zu konzentrieren ... und umzurühren ... bis sich Halb ihrer und der zerschlagenen Milchhaube erbarmte.

„Nein, Verena, ich bin nicht gekränkt! Ich schätze dich und deine Meinung sehr, daher hätte mich dein Satz von vorhin zwar durchaus beleidigen können, aber ..."

„Chef, es tut mir wirklich leid, was ich da gesagt hab! Aber der Herr Eduard hat uns total überrascht, und dann sind mir die Worte einfach so herausgerutscht und ... und der Gedanke war ja doch ... schon, eben ..."

„Abstrus? Keine Angst, ich bin dir wirklich nicht böse! Wenn, dann ..."

„Was immer es ist, ich möchte mich in aller Form dafür entschuldigen."

„... dann ärgert es mich, dass der Herr Eduard dich nicht automatisch für meine Enkelin gehalten hat! Weil du bist hübsch, klug, schlagfertig – da wäre es doch nur logisch gewesen, dich ..." Der Rest von Halbs unverschämtem Selbstlob ging in Verenas befreitem Gelächter unter.

„So, aber jetzt stell mir endlich die Frage, auf die ich seit Firtusseks Türschwelle warte."

„Warum du ihn nicht nach der fehlenden Lebensversicherung gefragt hast?"

„Genau! Und, warum habe ich ihn nicht gefragt?" Die Augen betont ahnungslos aufgerissen, zuckte Verena mit ihren Schultern. „Weil ich schlicht und einfach drauf vergessen habe! Seine Präpotenz und Unverschämtheit haben mich dermaßen gereizt, dass ..."

„... dir eine der Grundregeln, die du vor allem dem Ingeniöhr und mir seit Jahren predigst, kurzfristig entfallen ist: ‚Lasse dich nie von deinen Gefühlen leiten ... schon gar nicht beim Verhör!' Ich glaube, das war das zweite der ‚geheiligten Halb-Gesetze'."

„Und das erste?"

„'Nur wer die Fakten kennt, weiß zu beweisen.'"

„Sehr gut, setzen!" Es war gar nicht so einfach, ein Tortenstück in einen grinsenden Mund hineinzuschieben.

Mittwoch, 8. Jänner, 23.20 Uhr

Das Geräusch verhieß nichts Gutes. So wie vor vier Nächten. Und es hatte sich nicht verändert – das Telefon klang immer noch hässlich. Mühsam stemmte sich Halb aus der kauernden Leseposition empor – und hielt inne. Wenn er einfach nicht abhob? Diesmal war es ganz sicher nicht Delia. Und sein Handy lag ausnahmsweise auch neben ihm, mit aufgeladenem Akku, und er hatte es sogar aufgedreht. Wer würde ihn am Festnetz anrufen? Um diese Zeit? Doch wohl nur jemand, der wirklich dringend Hilfe brauchte. Seine Hilfe? Oder? An einen bösen Scherz dachte er weniger, aber wenn es ein Idiot wäre, der sich verwählt hatte? Vermutlich auch noch betrunken?

Fluchend hievte er sich endgültig aus seinem „Faultiernest-Lehnsessel". Nicht aus Neugier, aus Pflichtbewusstsein wankte Halb zum Apparat. Wenn er wenigstens so ein Kastl mit Display hätte, das die Nummer des Anrufers anzeigt. Vielleicht sollte er – ausnahmsweise – sein Geld in die technische Modernisierung, in den Fortschritt investieren? Wenn man ein Telefon mit

Nummerndisplay überhaupt als „technische Modernisierung“ bezeichnen konnte.

Aber vermutlich würde er sich diese Ausgabe sparen können. Halb war sich sicher, auch ohne optische Überprüfung zu wissen, wer gleich am anderen Ende der Leitung losbrüllen würde.

Gottergeben nahm er den Hörer ab. „Ernst, was willst du? ... Bitte nicht schon wieder so zu schreien, ich versteh kein Wort. Vor meiner Tür? Ein Streifenwagen? Aber anziehen darf ich mich schon noch, oder?“

Mittwoch, 8. Jänner, 23.55 Uhr

Als Halb beim „welschen Felsen“ eintraf, hatten die Sanitäter Firtussek bereits in den Rettungswagen gehoben. Aus dem Gewirr von Decken ragte eine seltsam fleckige Hand hervor, die Halb kraftlos zu sich winkte.

„Herr Hofrat, ich hätte besser auf Sie hören sollen. Polizeischutz, warum hab ich nur nicht ...“

„Regen Sie sich nicht noch zusätzlich auf. Wir können's sowieso nicht mehr ändern. Versuchen Sie mir zu schildern, was passiert ist? ... Also, wenn's der Herr Doktor erlaubt.“

„Zwei Minuten, dann fahren wir los.“

„Das geht sich aus. Also, was ist geschehen?“ Als Halb nach Firtusseks Hand greifen wollte, fuhr der Notarzt dazwischen.

„Nicht anfassen, die Verätzungen tun ihm ziemlich weh.“

„Verätzungen?“ Entsetzt trat Halb einen Schritt zurück.

„Ja, unser Patient hier hat großes Glück gehabt. Wenn ... aber das soll er Ihnen selber berichten. Ich glaub, dass ihm das ganz guttut."

Vorsichtig beugte sich Halb zum Häuflein Elend vor ihm auf der Bahre, wohlbedacht, ihn nicht zu berühren. „Ich verspreche, Sie diesmal nicht zu beleidigen. Die Chance sollten Sie jetzt nützen. Also, erzählen Sie mir, wer Ihnen das angetan haben könnte."

Im Scheinwerferlicht wirkte Firtusseks Lächeln noch verzerrter. „Das Geräusch ... nein, der Straßenkehrer, der hat mich gerettet. Dem gebührt ein Orden. Weil das Geräusch ... das Ding war ganz leise, erst, wie es unmittelbar über mir gekreist ist, hab ich's gehört. Oder eher gefühlt. Wie einen leisen Windhauch. Gott sei Dank war es völlig still, weil sonst ..."

„Was für ein Ding?"

„Diese Drohne, Chef." Der Gegenstand, den ihm Toni zeigte, hatte Ähnlichkeit mit einem Gerippe. „Ein sogenannter Quadrocopter. Das kannst du heute in jedem Internetshop kaufen. Die Fernsteuerung ist üblicherweise gleich dabei, aber für wahre Könner gibt es natürlich Spezialgeschäfte, in denen du deine Drohne aufpimpen ..."

„Pi...?"

„Pimpen eben ... aufmotzen, aufbessern ..."

„Frisieren?"

„Ja, genau, Chef. Spezielle Elektronikläden, in denen du jedes Teil kriegst, dass dein Spielzeug noch schneller, geiler, schärfer fliegen lässt."

Kopfschüttelnd wandte sich Halb wieder Firtussek zu. „Und dieses elektrische Insekt hier hat ... was getan?"

„Das weiß ich nicht so genau, aber plötzlich hab ich den Straßenkehrer brüllen hören. Deshalb hab ich mich instinktiv von dem Luftwirbel über mir weggedreht und dann ... hat alles so scheußlich wehgetan. Zum Glück war ich dick in meinen wattierten Mantel eingepackt, aber ich hatte noch keine Handschuhe an, weshalb ... am Anfang hab ich gar nichts gespürt, aber so nach ... ich weiß nicht, wie lange es gedauert hat, bis meine Hände ... als ob sie in Flammen gestanden wären, so stark haben sie mir weh..."

„So, das war's. Wir fahren. Meine Herren, wenn Sie bitte vom Fahrzeug zurücktreten."

Knapp bevor die Wagentüre zuknallte, unternahm Halb einen letzten Versuch, Firtussek wenigstens ein bisschen aufzumuntern. „Den Polizeischutz kriegen Sie ... spät, aber doch. Ich stell natürlich einen Mann vor Ihr Krankenzimmer hin. Und ... ja, gute Besserung!"

Als das blaue Blinken verschwunden war, fixierte Halb das Chaos des Ameisenhaufens aus Kriminaltechnikern, Polizisten und einigen Feuerwehrleuten. Straka und Toni standen bei einem Mann in schmutzigorangener Uniform, der noch sichtbar erschüttert an seinem Straßenkehrerkarren lehnte.

„Da seid ihr ja! Und Sie sind ... ich nehme an, der Lebensretter? Wie war Ihr Name? Herr Tschochaev? Zuerst einmal: Danke! Haben Sie meinen Kollegen schon alles erzählt? Nein? Ah, Sie haben auf mich gewartet. Fühlen Sie sich überhaupt schon in der Lage, uns die Ereignisse zu schildern? Ja? Sehr gut! Also dann, was haben Sie gesehen, was haben Sie gehört? Wenn's geht, bitte der Reihe nach."

Ruslan Tschochaevs panischer Blick schoss zwischen den drei Kriminalisten hin und her, da ihm aber alle drei besonders freundlich zulächelten, beruhigte er sich. „Ja, ist nicht schwer zu sehen, ich bin Straßenkehrer. Ich mach gerne Job als Straßenkehrer. Sauber machen ist was Schönes – kann man Menschen Freude machen. Was ich gesehen habe? Fast nichts. Wie ich hier in Innenhof gekehrt, da drüben Licht. Aus diesen Fenstern, da, hier, ist Licht gekommen. Und wie ich so schau in Himmel ... heute schöner Himmel, Sterne ... da ist plötzlich so schwarzes Ding in Luft. Mit Licht in Rücken war gut zu sehen. Und unter dem Ding war so ... so Ball. Komisch, wieso da oben Fußball? Und dann ist der Mann da aus Haus gekommen. Und ich noch sehe, wie plötzlich Ball fällt. Herunterfällt. Auf Mann fällt. Ich schreie. Er springt noch weg, dann schlimmer Lärm. Glas, Krach. Und aus Ball spritzt ... nicht Wasser, aber ..."

„Eine Flüssigkeit?"

„Ja, Flüssigkeit. Und dann schreit der Mann. Schrecklich schreit. Hat starke Schmerzen. Das Ding von Luft fällt herunter gleich neben Mann. Und Licht ... da, in vielen kleinen Stücken von Glas ... war schrecklich schön zu schauen. Und dann hab ich Handy genommen und Polizei gerufen."

„Herr Tschochaev, da haben Sie vollkommen richtig reagiert." Offenbar hatte sich Ernst Straka soweit vom ersten Schreck erholt, um wieder ganz in seiner Leicht-von-oben-herab-Position aufzugehen. „Auch von mir vielen Dank! Ich will Ihnen noch nichts versprechen, aber ich könnte mir vorstellen, dass Sie vielleicht ... ja, möglicherweise sogar einen Orden bekommen."

Plötzlich war in Tschochaevs Augen wieder Panik zu sehen. „Orden? Ist das was gefährlich?"

Nur mühsam unterdrückte Halb ein Lachen. „Nein, nein, ein Orden, das ist ... so etwas." Vorsichtig nahm er seine Uhr vom Handgelenk und hielt sie mit der Rückseite nach vorn an den Mantelkragen.

Erleichtert atmete der Straßenkehrer tief durch. „Ah, kenn ich von Bonzen aus Kommunismus. Ich soll tragen? Na gut, wenn Sie wollen."

„Wie gesagt, das werden wir erst sehen. Aber jetzt einmal ... die Kollegen bringen Sie selbstverständlich nach Hause. Und Ihren Straßenkehrerkarren fahren wir natürlich auch, wohin Sie wollen. Und morgen, da kommen Sie bitte auf die Polizei. Das ist nichts Schlimmes, wir brauchen nur Ihre Unterschrift. Ja, dann ... gute Nacht!"

Noch während Halb auf eines der Autos deutete, starrte Tschochaev verwirrt auf Straka, als dieser seinen rechten Handschuh auszog. Als er begriff, lächelte er verschämt. „Meine ist aber schmutzig."

„Na und? Noch einmal: In unser aller Namen, Danke!"

Bevor Tschochaev in den bereitstehenden Polizeiwagen einstieg, wandte er sich noch einmal an Halb. „Wissen Sie, erst am Freitag ist armer Mann von Stephansdom-Turm gestürzt. War ich auch dabei. Jetzt hab ich wegen Vorsicht Abendschicht übernommen ... und da gibt es auch Anschlag. Wien ist sehr gefährlich!"

Donnerstag, 9. Jänner, 00.20 Uhr

„Leider haben wir nur Kaffee. Wollen Sie trotzdem?" Der junge Polizist hielt ihnen eine Thermoskanne und eine Stange mit Plastikbechern geradezu fordernd entgegen.

„Danke!" Gierig trank Halb einen ersten Schluck. „Sehr gut ... dass ich kein Kaffeetrinker bin, weil dieses Gebräu hier schmeckt ... warm! Aber das reicht ja für den Anfang ... den du, Ernst, machst. Von wem bist du verständigt worden?"

„Die Streife, die als Erste vor Ort war, hat sich gleich bei ihrem Stadtpolizeikommando gemeldet. Die wiederum haben im Landeskriminalamt angerufen. Und dort hat einer von meinem derzeit ... wie soll ich sagen, gesteigerten Interesse an Vorgängen rund um Sankt Stephan gewusst und ..."

„Ich versteh schon, ihr habt ‚Stille Handy-Post' gespielt."

„So ähnlich. Und ich hab dann bei dir angerufen. Und eben ..."

„Und wieso nur den Kollegen Wilt? So sehr ich mich freue, Toni hier zu sehen – wo sind Verena und Schwejk? Oder der Ingeniöhr?"

Straka zögerte, die Antwort war ihm offensichtlich peinlich. „Ludwig, das sollte aber bitte unter uns ..."

„Schade, dabei wollte ich es morgen ins Intranet stellen. Ernst, du weißt doch, nichts Menschliches ist uns fremd. Also, red schon."

„Meine Frau ist doch nach dem Wolfi so verrückt und ..."

„Euer Enkel?"

„Ja, genau. Ich finde ihn ja auch ... ganz nett. Aber natürlich habe ich längst vergessen, was es bedeutet, so einen Winzling daheim zu haben. Zum Beispiel keine technischen Geräte in erreichbarer Höhe liegen zu lassen, weil sonst ..."

„Was hat er mit deinem Handy angestellt?"

„Na ja, er sieht zwar noch nicht über den Badewannenrand, aber er kann schon erstaunlich flink krabbeln und seine Wurfleistungen sind wirklich ..."

„Lass mich raten: Die Wanne war voll, und auf dem Handy waren alle unsere Nummern gespeichert? Und wie die meisten Zeitgenossen hast du keine Kopie davon. Daher warst du auf das Telefonbuch und ..."

„... mein Gedächtnis angewiesen, genau. Kollege Wilt steht im Telefonbuch, und deine Festnetznummer habe ich im Kopf."

„Und damit zum Wesentlichen: Also, soweit ich das begriffen habe, wurde auf Firtussek ein Attentat mit so einem ‚Fliegen-Dings', so einem ..."

„Einem Quadrocopter, einer Drohne mit vier Propellern."

„Toni, wie immer du das nennen magst ... also einem elektronischen Bienenmännchen verübt. An dem Ding hing einen gläsernen Ball voller ... ja, was eigentlich? Eine Säure – wegen der Verätzungen?"

„Möglicherweise ‚Königswasser', ein Gemisch aus Salpeter- und Salzsäure. Die Drohne, die Säuren und das Glas kannst du problemlos ..."

„Ich weiß schon, problemlos im Internet kaufen. Also brauchen wir gar nicht erst versuchen, den Käufer zu ermitteln."

„Leider nein. Das einzig Interessante ist die Vorrichtung, die den gläsernen Ballon gehalten hat. Wobei, die Fixierung ist noch nicht so kompliziert, aber hier, der Mechanismus zum Ausklinken ..." Das Bild auf Tonis Smartphone zeigte ein Gewirr aus zarten Hebeln und dünnen Metallärmchen. „... wer immer den eingebaut hat, hat sich schon etwas besser ausgekannt."

„Unser Mörder ist also ein Hobbybastler ... das engt den Kreis der Verdächtigen natürlich ganz gewaltig ein." Halb bemühte sich redlich, seinen Tonfall nicht allzu verzweifelt klingen zu lassen. „Aber, woher hat der Täter überhaupt gewusst, wann genau er das Ding runterfallen lassen muss?"

„Chef, der Quadrocopter hat doch eine Kamera eingebaut. Noch dazu in HD-Qualität. Auf dem Display der

Fernsteuerung hat unser Flugmeister jeden Pflasterstein erkennen können. Nur ein Detail passt nicht ganz."

„Das da wäre?"

„Wieso ist die Drohne abgestürzt? Eigentlich sollte sie doch nur ihre tödliche Fracht abwerfen und wieder abschwirren – das hätte uns vor noch größere Rätsel gestellt."

Tapfer leerte Halb den Plastikbecher bis auf den letzten Schluck. „Vielleicht war unser Technikfreak doch kein Mechanikergenie. Oder aber es hat ihm noch an Flugpraxis gemangelt. Egal, diese Überlegungen bringen ohnehin nichts. Damit die letzte Frage – und ich gestehe, dass ich mich vor der Antwort fürchte: Was wäre gewesen, wenn ..."

Toni Wilt zögerte eine Sekunde, bevor er Firtusseks „Beinahesterben" beschrieb. „Der Ball hat vermutlich zwei Kilo gewogen, allein der Aufprall hätte Firtussek schon erheblich verletzt. Die Säure selber ... schwer zu sagen. Wenn er noch keine Kopfbedeckung aufgehabt hätte, und wenn er sogar in der letzten Sekunde hinauf, also in Richtung der Drohne gesehen hätte, dann ... die Augen wären wohl kaum mehr zu retten gewesen. Und das Gesicht ... na ja, wie das ausgesehen hätte, kannst du dir vorstellen. Und, wenn er vor Schreck auch noch etwas von dem Zeug geschluckt oder eingeatmet hätte ... laut Notarzt hätten wir dann gar nicht mehr die Rettung rufen müssen."

„Tja, Ludwig, jetzt schaut's so aus, als ob doch du recht gehabt hättest." Straka konnte sich nicht entscheiden, ob er angriffslustig oder resignativ klingen wollte. „Offenbar gibt es wirklich diesen Wahnsinnigen, der einen perversen Kreuzzug gegen Befürworter und Gegner der Vienna City Center Crypts führt. Und er scheint auch keine Kosten und Mühen zu scheuen, um uns alle auf – aus seiner Sicht wohl sehr – originelle Art und Weise aus dem Weg zu räumen. Also, soll ich mir selber Personenschutz geben oder bekomme ich einen Schatten zugeteilt? Oder, hatte ich am Ende schon ...“

„Nein, Ernst, noch bist du nicht bewacht worden. Das hätt ich mich doch nie getraut, gegen deinen ausdrücklichen Wunsch zu handeln!“

„Falls das stimmen sollte, dann ...“

„Ab wann?“

„Morgen früh? Ich gehe davon aus, dass inzwischen auch ‚unser aller Psychopath‘ in seinem warmen Bett liegt und den Schlaf der Ungerechten schläft.“

„Einverstanden! Setzt du die Maschinerie in Gang oder soll ich das übernehmen?“

„Danke, Ludwig, das mach schon ich. Es wird mir ja auch nicht erspart bleiben, die anderen ‚RaBeWe-ler‘ auf den neuesten Stand zu bringen und ihnen gut zuzureden, dass auch sie sich den Luxus eines menschlichen Schutzschildes gönnen lassen sollten. Mein Gott, das wird morgen ein mühsamer Tag werden!“

Halb warf einen wehmütigen Blick auf seine Uhr. „Ernst, er ist es schon. Seit einer guten dreiviertel Stunde. Daher ... ich nehm mir jetzt ein Taxi, weil sonst heißt's noch, der Halb gibt sein ganzes Geld im Casino aus, drum muss er sich immer im Streifenwagen herumkutschieren lassen.“

Donnerstag, 9. Jänner, 08.20 Uhr

„Helli, guten Morgen! Ist der Toni schon ...? Ah, dann wisst ihr bereits von unserer etwas unruhigen Nacht ... Wie bitte? Wann ich komm und welchen Tee ich will? Gar keinen! Aber sehr lieb, dass du fragst ... Nein, ich hab eine andere Bitte. Zwei, um genau zu sein: Erstens, eruiere mir, in welches Spital man den Firtussek gebracht hat. Und zweitens, schick mir die Verena dorthin. Ich komm direkt von zuhause."

Als Halb den Hörer aufgelegt hatte, begann er fröhlich zu rechnen. Helli würde sicher mindestens eine Viertelstunde herumtelefonieren. Eher sogar mehr. Und wenn die Rettung Firtussek in eines der großen Krankenhäuser am Stadtrand gebracht hatte, würde Verena frühestens in – ja, ein ausgiebiges Frühstück müsste er sich schon noch leisten können! Und auch ein kurzes, aber umso intensiveres „Liebling, guten Morgen!"-Telefonat mit Delia sollte sich ausgehen. Genüsslich tappte er in die Küche, um ...

Wo hatte er das verdammte Handy liegen lassen? Halb kam sich schön langsam wie ein „akustischer Bluthund" vor, der nicht Gerüchen, sondern Klingeltönen nachhechelte. „Helli, wieso rufst du nicht ... ach so, du bist's, Verena ... Nein, nein, natürlich bin ich nicht enttäuscht, dich zu hören ... Was heißt hier, ich klinge so? Um die Uhrzeit klinge ich immer so! Auch wenn mir die Lottobehörde zum Millionengewinn gratulieren würde, klänge ich enttäuscht ... Wo? Im Magdalenen-Krankenhaus, schau, schau. Na, da bin ich ja froh, dass ich diesmal nur auf Besuch dort bin ... Ja, ich weiß, dass ich gleich wegfahren sollte, weil du schneller dort bist ... Wie lange ich noch brauch? Das kann ich dir jetzt nur ganz schwer ... Ja, von mir aus ... Selbstverständlich weiß ich, welche Konditorei du meinst – die bei der Straßenbahnstation ... Wie gesagt, ich hab nichts dagegen – setz dich ruhig noch auf eine Viertelstunde dort hinein, ein Tortenstück nebst Einspänner geht sich locker aus ... Was ich mag? Ah so, nein, danke, mir musst du nichts mitbringen ... Ja, natürlich habe ich schon gefrühstückt!"

Als Halb vierzig Minuten später das Krankenzimmer betrat, knurrte sein Magen so erbärmlich, dass er versucht war, eine der Schwestern um ein Scheibe Brot zu bitten.

„Guten Morgen, Herr Firtussek! Also, ich will Ihnen ja jetzt wirklich nicht schmeicheln, aber wenn es Ihnen so gut geht, wie Sie heute aussehen, dann haben wir noch Glück im Unglück gehabt."

„Danke, Herr Hofrat. Aber ich glaube, der Eindruck täuscht. Ich bin nur gerade etwas ... angeregt, weil sich ihre junge Kollegin so freundlich nach den Ereignissen der vergangenen Nacht erkundigt hat."

„Ja, unsere Magistra Planner ist eben ein Schatz! Sowohl menschlich als auch fachlich. Und so bescheiden. Sie hat Ihnen sicher noch nicht erzählt, was sie – trotz ihrer Jugend – schon für Leistungen vollbracht hat. Zum Beispiel ist sie ..." Bei Halbs „Schatz-Satz" hatten sich Verenas Augen ungläubig geweitet. Da sie aber sofort begriff, dass ihr Chef mit seinem Süßholzgeraspel ein bestimmtes Ziel verfolgte, spielte sie die Komödie gleich wieder mit und senkte mädchenhaft-schüchtern die Augen. „... aber jetzt wollen wir über die jüngere Vergangenheit plaudern. Wie zum Beispiel über gestern Nacht. Was haben Sie unserer Kollegin denn darüber erzählt?"

„Aber Herr Hofrat, das muss ich Ihnen doch nicht schildern. Sie wissen doch vermutlich sogar mehr als ich."

„Wieso?"

„Na, weil Sie die Polizei sind. Ihre Experten haben doch sicher schon irgendetwas herausgefunden."

„Na ja, Herr Firtussek, natürlich wissen wir inzwischen, was für eine teuflische Substanz der Täter verwendet hat. Aber ansonsten tappen wir im Dunkeln. Deshalb ist es ja so wichtig, dass Sie sich noch einmal ganz genau an alles zu erinnern versuchen. Vielleicht fällt Ihnen heute ein Detail ein, das Sie gestern vergessen haben? Das wäre ja nur allzu verständlich, bei dem Schock."

„Leider, Herr Hofrat, ich habe mich wirklich bemüht, aber ..."

„Und Sie haben auch heute keine Idee, wer Ihnen das angetan haben könnte? Sie zu töten versucht haben könnte?"

„Nein! Ich habe mir mein Hirn zermartert, aber ich wüsste keinen Namen, der mich ... der mir das ..."

Da Firtusseks Stimme schon nach nur zwei kurzen Fragen ins Hysterische zu kippen drohte, legte Halb gleich wieder die „Beruhigungsplatte" auf. „Auf jeden Fall kann ich Ihnen versprechen, dass Sie so lange Personenschutz genießen, bis der Täter gefasst ist! Und das gilt natürlich nicht nur für Sie. Auch die anderen, die mit dem Thema Vienna City Center Crypts befasst sind, werden jetzt streng überwacht."

„Das nützt mir aber wenig! Was hab ich davon?"

Beinahe wäre Halb „Ah, Sie sind schon wieder ganz der alte ... Egoist!" herausgerutscht, aber nach einem kurzen Hustenanfall konnte er den „lieben Onkel" weiterspielen. „Doch, das bringt auch Ihnen etwas. Wir hoffen nämlich, dass sich dieser Wahnsinnige so sehr in seine konfusen Ideen verbissen hat, dass er nicht mehr aufhört. Und beim nächsten Attentat ..."

„Aber wenn er auch das so raffiniert plant, dass es trotz Ihrer Personenschutz-und Überwachungsmaßnahmen gelingt?"

Noch einmal bündelte Verena ihren gesamten weiblichen Charme. „Das ist völlig unmöglich! Mir ist schon klar, dass Sie derzeit auf uns böse sind, weil wir Sie nicht gebührend geschützt haben. Aber diesen schrecklichen Vorfall von gestern Nacht, den konnten wir beim besten Willen nicht vorhersehen. Ab nun fahren wir allerdings andere Geschütze auf. Und diese Wucht, die wird natürlich auch Ihnen zugutekommen. Ganz besonders Ihnen, weil wir wissen durchaus, dass wir in Ihrer Schuld stehen."

„Na, wenn das kein wunderbarer Schlusssatz war! Ich schließe mich natürlich voll und ganz den Worten meiner jungen Mitarbeiterin an. Herr Firtussek, wir dürfen uns verabschieden! Und das tun wir nur deshalb leichten Herzens, weil wir wissen, dass die Uniformierten vor Ihrer Türe besonders gut auf Sie aufpassen. Sollte Ihnen noch was einfallen, bitte rufen Sie sie gleich herein, die Polizisten wissen dann schon, wo sie uns erreichen können. Also, auf Wiedersehen und ... ah ja, doch noch etwas. Verena, könntest du uns bitte schon beim nächsten Termin ankündigen? Hier hast du die Nummer." Noch während Verena den Zettel verblüfft ansah, drehte sich Halb noch ein letztes Mal dem Bett zu. „Ich wollte Sie das erst fragen, wenn wir unter uns Männern sind, aber ..."

„Unter uns Männern?"

„Ja, weil ... also, ich muss Sie das so direkt fragen. Haben Sie Krebs? Und, wenn ja, möglicherweise ein ‚Männer-Karzinom' ... Prostata oder so was ähnliches?"

„Wie um Himmels willen kommen Sie auf diese schwachsinnige Idee?" Firtusseks Sprechmelodie bot eine interessante Mischung aus Argwohn, Erleichterung und Arroganz.

„Weil Sie sich zwar eine sauteure Projektausfallsversicherung, aber keine Lebensversicherung leisten! Deshalb hab ich mir gedacht, dass Sie keine der üblichen Assekuranzen mehr als Kunden akzeptiert hat, weil Sie eben ..."

„Jetzt versteh ich erst! Nein, da kann ich Sie beruhigen, ich bin vollkommen gesund! ... Also, von den aktuellen Verletzungen abgesehen."

„Da bin ich aber froh!" Noch einmal konzentrierte sich Halb darauf, seine Stimme so verlogen-freundlich wie möglich klingen zu lassen.

„Wissen Sie, ich war immer ein Gesundheitsprotz, und deshalb habe ich mir nie vorstellen können, dass das eines Tages nicht mehr so sein könnte. Außerdem bin ich mir – zumindest bis gestern – wahnsinnig jung vorgekommen. Das ist der einzige Grund, warum ich noch nie an eine Lebensversicherung gedacht habe. Aber danke für den Hinweis – wenn etwas Gras über diese hässliche Geschichte gewachsen ist, werde ich mich mit dem Thema beschäftigen."

„Gut, dass wir das auch geklärt haben. Dann, noch einmal, gute Besserung und auf Wiedersehen!"

Erleichtert verließ Halb das Krankenzimmer und stieß fast mit Verena zusammen.

„Hast Du meine Klaue entziffern können?"

„Da ich darin geschult bin, Rätsel zu lösen – ja. Ich nehme an, dass die Hieroglyphen ‚fragen, F schwer verletzt?' geheißen haben?"

„Stimmt! Und?"

„Willst du die medizinische Expertise oder die Kurzversion?"

„Die Frage war schon zu lang."

„So kurz? Na gut ... besser als geglaubt, die Verletzungen sind geringer, als sie in der ersten Schrecksekunde ausgesehen haben, der Patient wird vermutlich noch heute im Lauf des Vormittags entlassen. Genügt das?"

„Vollkommen! Übrigens ... Herr Firtussek hat sich bisher zu jung und gesund gefühlt, um überhaupt an eine Lebensversicherung zu denken. Sagt er."

„Du glaubst ihm das nicht?“

„Ich weiß es nicht.“ Versonnen fischte Halb nach seinem Taschentuch. „Irgendwie passt das alles nicht zusammen! Andererseits bin ich immer mehr der Meinung, dass wir den Wald vor lauter Bäumen suchen ... also, nicht sehen. Wir haben die Lösung vor der Nase. Vielleicht juckt sie mich deshalb so, vielleicht habe ich deshalb so ein komisches Bauchgefühl.“

„Eine anatomisch interessante Kombination. Und was schlagen dir deine hellseherischen Organe vor, wie es weitergehen soll?“

„Ganz einfach: Wir müssen sowohl Traigenbergers Rolls-Royce als auch Badernig als auch ‚Knochis Garderoben-Auto‘, das er der Erzdiözese gestohlen hat, suchen. Dann ... ist das mein oder dein Handy, das da klingelt?“

„Deines, Chef! Hier!“ Mit der Routine der letzten Tage hatte Verena sofort auf die richtige Manteltasche gezeigt.

„Schwejk, hoffentlich hast du gute Nachrichten für uns, weil außer, dass Firtusseks Verletzungen nicht so schwer wie befürchtet sind, sind wir heute nicht gerade vom Erfolg gesegnet. Und ihr? ... Das gibt's ja nicht! Hast du telepathische Fähigkeiten? Weil gerade eben habe ich der Verena gesagt, dass wir als nächstes die Nobelkarosse und Badernig ... Den habt ihr auch gefunden? ... Ja, wir kommen sofort.“

Donnerstag, 9. Jänner, 10.10 Uhr

Edel stand er da! Die zweifarbige Lackierung ließ den Rolls-Royce selbst im hässlichen Neonlicht vornehm aussehen.

„Chef, du weißt doch, was Polizeiarbeit und Genie gemeinsam haben: ein Prozent Inspiration und 99 Prozent Transpiration. In unserem Fall war das eine Prozent der Gedanke, dass Traigenberger Wien nie verlassen hat. Laut seiner Frau – und auch laut den Unterlagen seines Handybetreibers – hat er heute vor einer Woche um zehn Uhr in der Nacht mit ihr telefoniert ... angeblich aus Salzburg, aber das war gelogen. Er war in Wien, er ist in Wien geblieben. Sieben Stunden später ist er vom Südturm in den Tod gestürzt. Daher war es nur logisch, dass auch der Rolls-Royce Wien nie verlassen hat. Aber so ein Nobelschlitten fällt doch auf, den hätte doch in den vergangenen sechs Tagen eine unserer Streifen finden müssen! ... Es sei denn, das Schmuckstück auf vier Rädern steht nicht auf der Straße, sondern unter der Erde. Und tatsächlich – laut Herrn Heinrich ist der Royce die meiste Zeit in der Garage von der Versicherung gestanden, dieser AIRIS. Und zwar immer dann, wenn der Herr Doktor den Wagen beruflich genützt hat und sich von seinem Chauffeur herumkutschieren hat lassen. Das wiederum war die letzten beiden Wochen nicht der Fall. Daher waren wir wieder so klug wie vorher, denn ... wo sein Chef den Wagen privat geparkt und servicieren lassen hat, das hat auch der Herr Heinrich nicht gewusst."

„Eine seltsame Art, seiner nächsten Umgebung zu zeigen, wie sehr man ihr vertraut."

„Chef, es kommt noch besser! Von wegen Vertrauen ... von Herrn Heinrich haben wir – allerdings unter dem Siegel der strengsten Geheimhaltung – erfahren, dass Herr Doktor Traigenberger ein Vorstandsvorsitzender a. D. war, er hat nämlich vor fünf Wochen alle Funktionen zurückgelegt! Das war ein ziemlicher Paukenschlag, aber er hat noch durchgedrückt, dass das bis kommenden März nicht an die große Glocke gehängt werden und nicht in die Medien kommen darf."

Einen Moment lang schien Halb etwas orientierungslos in seinen Gedanken umherzuschwimmen, aber ebenso schnell, wie er weggedriftet war, kehrte er auch wieder in die Realität zurück. „Fünf Wochen, sagst du? Also Anfang Dezember – das war wohl zu dem Zeitpunkt, als er vom Lungenkrebs und vom Hirntumor erfahren hat. Und diese Frist bis März – Traigenberger hat wohl erwartet, dass er dann tot sein würde und ihm daher alles egal sein könnte ... womit er ja wohl nicht so falsch gelegen sein dürfte."

„Schon, Chef, aber das wissen nur wir. Nicht einmal Herrn Heinrich waren die Diagnosen seines Chefs bekannt! Und Frau Traigenberger und ihren zwei Kindern schon gar nicht – selbst vom Rücktritt durften sie nichts erfahren. Bezeichnenderweise hatte Doktor Traigenberger dem Herrn Heinrich unter Androhung fürchterlicher Strafen verboten, seiner Familie gegenüber auch nur die geringste Andeutung zu machen."

„Und wie seid ihr dann drauf gekommen, dass das Auto genau hier steht?" Halbs fliehender Blick ließ keinen Zweifel daran offen, wie unwohl er sich zwei Stockwerke unter der Erdoberfläche fühlte.

„Das war der Rest von dem einen Prozent Inspiration. Da dieser Rolls-Royce ein altes Modell ist und Doktor Traigenberger sich – laut Herrn Heinrich – vehement geweigert hat, ‚so einen modernen Schnickschnack' wie eine Alarmanlage einzubauen, haben wir den Wagen nicht orten können. Aber! Der Gedanke lag nahe, dass Traigenberger seinen ‚Mobilitätsliebling' in der Nähe der Orte, an denen er sich selber am wohlsten gefühlt hat, parken und pflegen lassen würde."

„Bravo, Schwejk, bravo, Toni! Und als euch klar geworden ist, welche zwei Orte das sein könnten ... zum einen der Stephansdom, zum anderen die Stätte, an der er die nächsten Jahrhunderte in der Hoffnung auf ein zukünftiges, glückliches Leben zu verbringen gedachte ...“

„... sind die 99 restlichen Prozent Transpiration zum Einsatz gekommen.“

„Die darin bestanden haben, alle Tiefgaragen in der Nähe abzuklappern. Und als wir die Situation hier gesehen haben ... eine öffentliche Parkgarage mit einzeln abschließbaren ‚Autoboxen‘, also eine große Garage mit mehreren kleinen Einzelgaragen, da hatten wir sofort den Eindruck – hier sind wir richtig.“

„Das heißt ...“, die letzten Minuten war Verena erstaunlich still gewesen, aber jetzt hatte sie von ihrer „verbalen Enthaltsamkeit“ sichtbar genug, „es könnte sich folgendermaßen zugetragen haben: Der Mörder macht sich mit Traigenberger – unter welchem Vorwand auch immer – ein Treffen hier in der Nähe aus. Traigenberger fährt den Wagen in seine geheime Privatgarage und geht zu seinem – wie sich zeigen sollte – letzten Termin. Es kommt zu einem Kampf, der Täter überwältigt und fesselt und knebelt ihn. Vielleicht verschleppt er ihn an einen uns unbekannten Ort, wo er ihn für einige Stunden festhält. Dann bringt ihn der Täter zum Dom und zwingt ihn – vielleicht mit vorgehaltener Waffe? – mit ihm den Turm zu besteigen. Weiter geht's im Bauaufzug, dann nimmt er ihm die Fesseln und den Knebel ab und wirft ihn über die Brüstung in den Tod.“

„Aber warum? Warum hat er ihm den Knebel und die Fesseln heruntergerissen?“

„Und warum hat Traigenberger seine Familie belogen? Warum dieses angebliche Arbeitsessen in Salzburg?“

Halb seufzte tief. „Das werden wir wohl erst vom Mörder höchstpersönlich erfahren. Aber so sehr ich dessen Verhaftung genießen werde ... ich warte schon seit Minuten sehnsüchtig darauf, dass uns endlich Badernig vorgeführt wird! Schwejk, du hast doch am Telefon gesagt, dass ihr auch ihn gefunden habt. Wo ist er jetzt? Sitzt er in einem der Streifenwägen oder habt ihr ihn gleich zu uns ins Büro bringen lassen?"

„Weder noch, Chef! Denn ..." Schwungvoll öffnete Schwejk den Kofferraum.

„Wie um Gottes willen ..." Entsetzt fuhren Halb und Verena zurück. Badernigs blutüberströmte Leiche passte so gar nicht zum noblen Ambiente des Rolls-Royce-Gepäckabteils.

„Um deine Frage gleich möglichst ausführlich zu beantworten: Wir haben so gut wie keine Ahnung! Was wir wissen, ist ... Badernig wurde erstochen. Aber nicht mit diesem seltsamen knöchernen Dolch, der neben ihm liegt, sondern mit einem 0815-Messer. Zumindest sind wir uns ziemlich sicher, die Gerichtsmedizin ist erst im Anmarsch. Aber das war's auch schon, wir kennen weder den Tatort noch den Tatzeitpunkt. Ah ja, noch etwas: Das Schloss ist nicht aufgebrochen worden. Wer immer unseren betrügerischen Erpresser aus dem Weg geschafft und hier entsorgt hat – er oder sie hat den Wagen öffnen können, ohne Spuren zu hinterlassen."

„Aber wird diese Garage nicht von Kameras überwacht?"

„Schon, aber auf den Bildern ist nur zu sehen, dass Traigenberger am Donnerstagabend den Wagen in seine Box fährt."

„Und wie Badernigs Leiche hier hereingeschafft worden ist ...?"

„... sind wir so klug als wie zuvor! Es gibt nämlich mehrere Möglichkeiten, an den Kameras vorbeizukommen. Zum Beispiel durchs Stiegenhaus, das ist nicht überwacht ... wozu auch, die Betreiber interessiert ja nur, wann welcher Wagen herein- oder hinausgefahren ist."

„Und diese bleiche Klinge neben Badernig ..." Vorsichtig deutete Halb auf das elfenbeinfarbene Messer, das die Form eines Kreuzes hatte.

„... dürfte nur Show sein. Offenbar wollte der Täter den Eindruck erwecken, dass auch dieser Mord einen mystisch-diabolischen Hintergrund hat."

„Mit einem Wort: ein Trittbrettfahrer, der das Szenario des ‚Racheengels der kryonischen Krypta' ausnützt, um den Erpresser Badernig loszuwerden!"

„Super, Chef!"

„Ja, echt druckreif, Chef!"

„Du solltest Science-Fiction-Romane schreiben. ‚Der Racheengel der kryonischen Krypta', ein geiler Titel für deinen Erstling." Trotz der Leiche vor ihnen quittierte Halb die Kommentare seiner „Teamlinge" mit einem – wenn auch nur müden – Lächeln.

„Danke, danke, Autogramme gibt's später! Und zwar, nachdem wir die Familie Traigenberger in unserem heimeligen Büro genauer befragt haben. Zum Beispiel, wie es sein kann, dass ein ihnen wohl bekannter junger Mann ..."

„... der der Tochter des Hauses den Hof gemacht hat ..."

„... plötzlich erstochen im familieneigenen Rolls-Royce liegt, obwohl die Herrschaften behaupten ..."

„... dass sie keine Ahnung hätten, wo der Wagen geparkt wäre."

„Noch dazu, da es an dem Fahrzeug keinerlei Einbruchsspuren gibt."

„Außerdem würde es mich wirklich von ganzem Herzen interessieren ..."

„Von ganzem Herzen? Chef, du bist ja nicht nur ein Science-Fiction-Autor, du kannst ja auch romantisch schreiben!"

„Schwejk, schweig! ... Von ganzem Herzen interessieren würde, wie man die Augen verschließen muss, um – beim eigenen Ehemann beziehungsweise Vater – einen Hirntumor und einen Lungenkrebs geflissentlich zu übersehen. Und zuletzt ..."

„Ja, Chef?"

„... wer von euch hat Papiertaschentücher eingesteckt? Bitte schnell, denn ..." Halbs Niesen hallte derart laut wider, dass einer der jungen Polizisten erschrocken zusammenfuhr.

Donnerstag, 9. Jänner, 12.30 Uhr

„Tee? Oder Kaffee? Mit Milch und Zucker?" Selbst das hölzerne Gesicht Aumali Traigenbergers schreckte den Ingeniöhr nicht davon ab, als personifizierter Wiener Charme um sie herumzuschwänzeln. Selbstverständlich bediente er auch „Königin Mutter" Traigenberger zuvorkommend, lediglich Leobert hatte er eine Tasse vor die Nase gestellt, ohne ihn zuvor nach seinen Wünschen gefragt zu haben.

„Herr Hofrat, ich darf wohl annehmen, dass Sie einen triftigen Grund dafür haben, um meine beiden Kinder und mich von der Polizei abholen und hierherbringen zu lassen?"

„Leider ja, gnädige Frau. Ihr Rolls-Royce ... besser gesagt, der Wagen Ihres verstorbenen Mannes ... er ist gefunden worden."

„Das ist doch wunderbar, oder?" Mehr als eine Zehntelsekunde Begeisterung wäre wohl undamenhaft gewesen, weshalb Frau Traigenberger noch während des Satzes in ihren indignierten Tonfall zurückfiel.

„Durchaus, wäre da nicht die Leiche im Kofferraum gewesen."

„Eine Leiche? Wie schrecklich."

Ob er sie mit ihren eigenen Waffen schlagen konnte? „Das Opfer ist brutal erstochen worden. Ich glaube, Sie drei haben den Toten gekannt."

„Was Sie nicht sagen. Tatsächlich?"

„Ja." Ein kleiner Riss in ihrer Fassade würde vermutlich schon reichen, um sie ...

„Und? Wer? Herr Hofrat, jetzt reden Sie schon! Oder gehört das zu Ihrer Taktik, es uns nicht zu verraten?"

Das hatte ja besser funktioniert, als er es erhofft hatte. „Patrick Badernig."

„Patrick!" Aumali Traigenbergers Aufschrei ließ nur zwei Schlüsse zu.

„Ihr Liebhaber ... oder hat er Sie erpresst?"

„Patrick? Patrick! Er war ..."

Doch, es gab noch eine dritte Möglichkeit. „Ich verstehe. Beides ... zuerst wohl ... und dann ..." Soweit das mit seiner Verkühlung möglich war, ließ Halb seine Stimme seidenweich klingen.

„Patricks Leiche? Im Rolls? Das kann ... nicht sein! Ich ... ich meine, wer bitte ... sollte ihn denn ... ermorden?" Im kurzen Tumult hatte Halb ganz auf Leobert vergessen, der sich nun mit stockenden Satzfetzen laut bemerkbar machte.

„Vermutlich derselbe, der Ihren Vater und Herrn Ekkehardt umgebracht hat. Das liegt doch nahe. Oder?"

Leobert Traigenberger zögerte ein wenig. „Na ja ... ja, natürlich, Sie haben ... sicher Recht. Vermutlich.

Aber dass jemand in seinem Rolls-Royce, selbst nur als Toter, sein durfte, das ist ... undenkbar. Den Wagen hat niemand – außer ihm – auch nur berühren dürfen. Niemand! Außer ihm! Und mir! Ich habe mich einmal hineinsetzen dürfen. Damals, als ich ihm erzählt habe, dass ich Internationales Recht studieren werde, obwohl ich dieses Fach hasse. Ihm zuliebe studieren! Da hat er mich hineinsetzen lassen. Natürlich nur kurz, aber es war sogar auf dem Fahrersitz. In der einen Sekunde war er mit mir zufrieden, damals war ich sein Sohn. Aber sonst hat niemand den Rolls-Royce ... absolut niemand ..."

Im Gegensatz zu seiner Schwester, die leise vor sich hin schluchzte, versank Leobert sofort wieder in starres Schweigen.

„Herr Hofrat, falls es keine weiteren Fragen mehr gibt, würde ich gerne ..."

„Gleich, gnädige Frau." Als Halb in das ehemals schöne, aber nun in Sekunden um Jahrzehnte gealterte Gesicht sah, hätte er am liebsten gleich abgebrochen. „Rechtsanwalt Doktor Bäuler, würden Sie ihn als ‚lieben Freund der Familie' bezeichnen?"

„Nein, das Wort ‚Freund' schiene mir bei jemandem wie ihm nicht angebracht. Wir kennen ihn seit Jahrzehnten, mein Mann hat ihn in die Ehe mitgebracht, als Familienanwalt."

„Und ... es tut mir wirklich leid, Ihnen diese Frage stellen zu müssen, aber ... seit wann haben Sie von den beiden tödlichen Erkrankungen Ihres Mannes gewusst?"

„Wovon?" Entweder war Ini Traigenberger die Schauspielerin des Jahrhunderts, oder aber sie hatte tatsächlich keine Ahnung, wovon Halb sprach.

„Hirntumor? Lungenkrebs?"

Ein Blick, und Halb beschloss, es bei diesen beiden Fragen bewenden zu lassen.

Donnerstag, 9. Jänner, 13 Uhr

Kaum, dass sich die Tür hinter Familie Traigenberger geschlossen hatte, verschränkte Halb seine Arme vor sich auf der Tischplatte und ließ seinen Kopf auf das „ärm-liche“ Ruhekissen sinken.

„Chef, hast du was? Um Gottes willen, was ist denn los mit dir?“

„Sollen wir einen Arzt holen?“

„Du weißt, wir haben einen im Haus. Ich könnte ...“

„Nein, nein! Ich bin nur ...“, mühsam drehte Halb seinen Kopf so weit, dass ihn seine Teamlinge verstehen konnten, „... schrecklich müde. Ich glaube, in mir tobt im Moment ein heftiger Kampf. Zwischen Viren und Blutkörperchen. Abgesehen davon ...“

„Hast du Fieber? Sollen wir dich heimbringen?“

„Nein – aber das mit dem Heimbringen ist eine gute Idee, nur, dass ihr mich nicht nach Hause fahren müsst. Das schaff ich schon noch selber. Aber kann ich euch ...“

„... alleine lassen? Ja, Chef, wir sind schon richtig erwachsen.“

„Schwejk! Du wirst es nicht glauben, aber dafür halte sogar ich euch ... zeitweise! Aber kann ich euch – beim jetzigen Stand der Ermittlungen – alleine lassen? Oder braucht ihr gerade jetzt mich altes Schlachtross, das sich ins Gewirr der losen Handlungsfäden stürzt und ...“

„Chef! Du selber sagst doch immer, wenn wir den Wald vor lauter Bäumen nicht sehen, ist der beste Platz in einer heißen Badewanne neben einer Tasse guten Tees. Dort kannst du dann alle Gedanken, die sich wie

Widerhaken ganz hinten in deinem armen Kriminalisten-Gehirn verfangen haben, vorsichtig herauslösen und an ihren Platz legen. Wenn du aber jetzt den Helden spielst, ist die Gefahr gegeben, dass sich durch die Verkühlung in deinem ‚Hinter-Hirn' noch zusätzlicher Gedankenstaub verfängt ... und das kann am Ende zu einer ‚Cogititis combinatosa' führen."

„Verena, zu einer ... was bitte?" Entgeistert starrte Halb sein „Teamküken" an, das ursprünglich das Studium der Pharmazie absolviert hatte.

„Zu einer ‚Entzündung der Denk- und Kombinierfähigkeit'. Und das wollen wir doch alle nicht. Daher: Du kannst uns nicht nur alleine lassen, du sollst es sogar ... auch im Interesse der Verhaftung des ‚Racheengels der kryonischen Krypta'."

„Ja, ja, macht euch nur lustig! Aber gut, wenn ihr ...", heftig niesend schraubte sich Halb aus seiner kauernden Position in die Höhe, „... das wollt! Dann wünsch ich euch eine gesündere Nacht, als mir beschieden sein wird. Aber morgen früh bin ich sicher wieder ganz der Alte ... hoffentlich ein etwas jüngerer Alter, als ich mich jetzt fühle!"

Donnerstag, 9. Jänner, 14 Uhr

Wie immer war Halb heilfroh, der Verkehrshölle draußen vor der Tür entronnen zu sein. Die je nach Baustellen sechs bis acht Fahrbahnen stanken nicht nur bis zum Himmel, sie formten auch eine Lärmwand, an der selbst eine Explosion oder Hilferufe ungehört abprallen würden.

Als er das Haustor hinter sich zuschnappen hörte, gönnte er sich ein kleines Lächeln. Dieser Genuss der plötzlichen Stille, des Übertritts von einer Welt in die andere, löste in ihm auch noch nach acht Monaten als Hausbesitzer eine Welle der Zufriedenheit aus. Es war zwar nach wie vor nur eine dürftig renovierte „Zinskaserne“, aber es war seine „Burg“, die ihm Schutz und Geborgenheit ...

„Ach Gott, ja, Herr Hofrat, gut, dass ich Sie noch treffe! Und jetzt können Sie gleich sehen, wie klug es doch war, gerade mir diese eine Wohnung in Ihrem Haus zu vermieten. Weil ohne diesen – zugegebenermaßen von mir etwas geplanten – Zufall könnten wir einander jetzt nicht ...“

„Frau Doktor, bitte um Verzeihung, aber so sehr ich Ihre Gesellschaft genieße, gerade im Moment ...“ – Schutz und Geborgenheit, selbst, wenn er Doktor Lirtscherer im Hausflur traf.

„Ach Gott, ja, Herr Hofrat, Sie haben schon ein Kreuz mit mir, ich suche mir immer den falschen Zeitpunkt zum Kommunizieren aus. Dabei ... aber Sie werden es kurz und knackig haben wollen, gell? Folgendes ist mir im Nachhinein noch eingefallen. Wieso ich das nur übersehen konnte? Ach Gott, ja, im Moment bin ich eben fast unzurechnungsfähig, ich bin dermaßen nervös, dass mir selbst solche schrecklichen Fehler unterlaufen. Weil es ist ja, Gott sei Dank, sehr selten, dass ...“

„Frau Doktor, was? Was ist Ihnen im Nachhinein eingefallen?“

„Ach Gott, ja, kurz und knackig eben! Der Herr Doktor Traigenberger, der kann nicht mit Leukoplast geknebelt gewesen sein. Um genau zu sein, keine fünf Minuten.“

„Wieso bitte nicht? Wir haben doch Spuren davon rund um seinen Mund gefunden. Und das kleine Stück

Klebeband, das die Kriminaltechnik oben im Bauaufzug gleich neben den Resten der Fesseln gefunden hat, das hat doch genau über seinen Mund gepasst. Und auf dessen Klebeseite haben Sie doch massenhaft seine DNA gefunden. Oder wollen Sie andeuten, dass das wegen seines Hirntumors ..."

„Sie sagen's! Das heißt, eigentlich auch wieder nicht. Also, was ich meine ... der Hirntumor war diesbezüglich nicht das Problem, aber wegen des Lungenkrebses hätte er nie und nimmer länger als maximal fünf Minuten mit diesem Pflaster über dem Mund überleben können. Und da ich bei der Obduktion keinen Beweis für einen Erstickungstod gefunden habe ..."

„... und der Straßenkehrer ja bestätigt hat, dass der Mann im Fallen einen grässlichen Schrei ausgestoßen hat."

„Genau! Eben deshalb können wir sicher sein, dass das Pflaster nur ganz kurz über den Mund geklebt war, quasi nur so kurz, um es gleich wieder herunterzureißen."

„... um es so aussehen zu lassen, als ob er geknebelt gewesen wäre. Danke für diese ungewöhnlichen Informationen."

Halb bemühte sich erst gar nicht, die Neuigkeit sofort zu überdenken. Dazu bräuchte er Ruhe – und die würde er ja wohl in zwei oder drei Minuten haben. Es sei denn ...

„Auf Wiedersehen, Frau Doktor ... oder haben Sie für mich noch eine Neuigkeit auf Lager?"

„Ach Gott, ja, da war tatsächlich ... ah ja, und zwar: Der Oberschenkelknochen, den Sie mir zur Überprüfung besonders ans Herz gelegt haben ... Sie hatten Recht! Er stimmt ganz eindeutig nicht mit den anderen Gebeinen, die da herumlagen, überein."

„Lassen Sie mich raten, die DNA-Analyse hat ergeben, dass er von einem anderen Menschen stammt …"

„Falsch, Herr Hofrat! Wir haben keine DNA-Analyse gemacht. Besser gesagt, nicht machen können! Denn … ach Gott, ja, der Knochen hat wirklich sehr gut ausgesehen, selbst auf den zweiten Blick noch. Aber auf den dritten, da hat man es gleich gemerkt: Er ist aus Kunststoff! Eine exzellente Arbeit, aber … Plastik. Ein Schaustück, wie es in den Anatomie-Vorlesungen und -Übungen benötigt wird. Können Sie sich darauf einen Reim machen?"

„Noch nicht, aber … wieso sind Sie denn eigentlich so nervös? Es wird doch hoffentlich nichts mit unserem schönen Wohnhaus zu tun haben, oder?"

„Nein, nein, Herr Hofrat! Es ist nur eine Unannehmlichkeit, die mich schon tagelang aus dem Gleichgewicht bringt. Der Server! Ja, der Server der Gerichtsmedizin ist zusammengebrochen! Und man glaubt es kaum, aber ich habe richtige Entzugserscheinungen, weil ich seit Tagen weder auf Mails zugreifen noch mit dem Internet arbeiten kann! Und dass ich jetzt alles mit der Hand aufschreiben und mühsam dokumentieren muss, macht mein Leben auch nicht leichter. Ich bin inzwischen richtig süchtig nach allem, was einen Bildschirm hat … und funktioniert! Von meinem Büro-Computer habe ich mich enttäuscht abgewandt, aber dafür habe ich die besonderen Stärken meines Smartphones erst so richtig schätzen gelernt. Ach Gott, ja, ein bisschen drollig wird man in so einer Situation schon … also, ich zumindest. Ich kontrolliere jetzt alle paar Minuten, ob ich meinen Taschentelefoncomputer auch wirklich eingesteckt habe, weil wenn ich den irgendwo liegen lasse … im Übrigen, Herr Hofrat, Sie haben eine SMS bekommen."

„Was hab ich?“ Spätestens vor zwei Sätzen hatte Halb auf „lächelnde Taubheit“ umgestellt, sodass er einige Sekunden benötigte, um vom Standby- in den On-Modus zu wechseln. „Eine SMS? Jetzt verblüffen Sie mich aber – Frau Doktor, woher wissen Sie das?“

„Ach Gott, ja, das ist nicht so schwer, weil ... über neunzig Prozent der Handyuser haben einen Vibrationsalarm für ankommende SMS eingestellt, und in Ihrer rechten Manteltasche hat sich soeben etwas bewegt, weshalb ich eben messerscharf geschlossen habe, dass Sie ...“

„Frau Doktor, Sie sind die geborene Detektivin! Danke für die Informationen! ... Und auch dafür, dass Sie mir gleich verraten haben, wo ich diesmal mein Handy versteckt habe. In meiner rechten Manteltasche? ... Ah ja. Danke und auf Wiedersehen!“

Noch während sich Halb die letzten Meter zu seiner Wohnungstür schleppte, fingerte er auf der Tastatur herum, stutzte und drehte gleich wieder um. Denn die SMS von Toni ließ alles Kopfweh und alle Sehnsüchte nach einem bequemen Denk-Sessel und einer Tasse goldgelben Assams im Nu verfliegen: „Chef, entschuldige die Störung, aber! ... es gibt eine sensationelle neue Entwicklung! Bitte komm gleich her ‚Zum welschen Felsen‘, ein Streifenwagen sollte schon in der Seitengasse neben deinem Haus stehen, um dich abzuholen.“

Vielleicht waren sie der Lösung des Falles doch viel näher gekommen, als er es gedacht hatte? Ob sie schon morgen den Täter verhaften könnten? Allein die Hoffnung, seine heraufziehende Verkühlung dank einiger Tage friedlicher Bettruhe gleich im Keim ersticken zu dürfen, sorgte dafür, dass sich Halb voller Energie dem Verkehrsgebrüll vor seinem Haus auslieferte. Als er ums Eck ging, sah er – nichts. Keine Menschen, kein einziges Auto, geschweige denn ein ...

Den Schlag auf den Hinterkopf hörte er mehr, als er ihn spürte. Noch im Fallen versuchte Halb ...

Zu spät.

Donnerstag, 9. Jänner, Stunden später

Der linke Arm? Ja, den konnte er bewegen. Und den rechten? Auch, er war nicht gefesselt. Als sich Halb aufzusetzen versuchte, sank er sofort wieder zurück. Sein Kopf – jede Bewegung ließ ihn in weitere Stücke zerspringen. Auf die Seite rollen, ob das ginge? Die erste Testbewegung kostete ihn zwar viel Mühe, aber ganz langsam hob er seine linke Schulter an, dann drückte er sich vorsichtig mit dem Arm vom Boden ab und ...

Die Panik überrollte ihn ohne Vorwarnung. Er spürte den kalten Stein unter und um sich, und dann griff er nach etwas Rundem, Glattem. Als er hektisch weitertastete, bekam er einen länglichen Gegenstand zu fassen, der sich an seinem Ende verdickte.

Trotz der völligen Dunkelheit um ihn herum erkannte Halb sofort, was er in seinen Händen hielt, immerhin hatte er einen menschlichen Oberschenkelknochen erst vorgestern gesehen.

Als die nächste Adrenalinwelle abgeklungen war, zwang er sich, es laut auszusprechen: „Ka-ta-kom-be" – das Wort schien sich nicht nur an den Wänden zu brechen, sondern unmittelbar in seinem Kopf zu hallen.

Da, schon wieder – auch sein linker Fuß eckte an. Reflexartig zog Halb das Bein zurück, er wollte nicht mit einem Totenkopf auch noch Fußball spielen. Der vermeintliche Schädel kollerte gegen eine Wand – das Geräusch klang aber nicht knöchern. Zentimeter um Zentimeter schob sich Halb in dessen Richtung ...

Der Griff war eindeutig aus Plastik. Weiter vorne war ein Knopf, und plötzlich erstrahlte sein Gefängnis in hellem Licht. Halb ließ den Strahl der Taschenlampe in nervösen Bewegungen über die Wände tanzen. Die Nischen voller Skelettreste zogen sich bis an die niedere Decke seines Verlieses, das Ende des Ganges schien rund zwanzig Meter entfernt zu sein. Er drehte sich um – die Eingangstüre machte einen massiven Eindruck, trotz heftigen Rüttelns bewegte sie sich keinen Millimeter. Da er auf diesem Weg keine Chance auf eine Flucht hatte, begann Halb, seinen Kerker systematisch zu untersuchen. Zuerst leuchtete er die Wände Meter für Meter, Schädelregal um Schädelregal ab, dann konzentrierte er sich auf die Decke und den Boden. Da, vor ihm lag ein Papierfetzen, der im grellen Schein seltsam braun-rot leuchtete: „Ich hasse es, wenn man mir zu nahe kommt! Trotzdem: Eine Lampe für den Herrn Hofrat, damit Sie die ganze Pracht des Todes sehen können ... als Vorgeschmack! P.S.: Die Batterien sollten für fünf Stunden reichen, fünf Stunden Helle in der Zelle."

Halb tupfte ganz leicht auf die Schrift, dann führte er den Finger zur Nase, zum Mund – und begann zu husten. Diesmal hatte er Tabasco verwendet.

Noch einmal überfiel ihn die Panik ohne Warnung, nur mit größter Mühe konnte er sein Herz daran hindern, den Brustkorb zu sprengen.

„Warum tust du das? Gönn dir doch einen Herzinfarkt! Schnell und schmerzlos. Besser als hier zu verrotten!" Diesmal folgte nicht die kalte Ruhe nach dem Seelensturm, sondern ein Tränenstrom.

Halb gab sich keiner Illusion hin – wer klug genug war, um ihn mit einer gefälschten SMS von Toni in die Falle zu locken, würde garantiert auch in der Lage sein, seine Teamlinge von seiner morgigen Abwesenheit zu überzeugen. Erst ab Montag würden sie ihn zu suchen beginnen. Wie lange würde der Sauerstoff reichen? Und das bei nur fünf Stunden Licht.

Ihm blieben nur zwei Möglichkeiten – nein, drei.

Selbstmord – vielleicht würden einige der Knochen stabil genug sein, um sich ordentlich verkeilen zu lassen, und seine Kleidung sein Gewicht aushalten, ohne zu reißen.

Oder seiner Klaustrophobie freien Lauf lassen, mehr noch, sie zu ermuntern, ihm zu einem sekundenschnellen Tod zu verhelfen.

Oder aber – die Panik durch intensives Nachdenken in Schach zu halten, den Fall Detail für Detail zu rekonstruieren und alle Puzzleteile so lange zu verschieben, bis ... bis er den Wald und lauter Bäume sah.

Donnerstag, 9. Jänner, 18 Uhr

„Somit eröffne ich feierlich die erste Sitzung des ...“

„Verena, bitte, bleib sachlich.“

„Warum darf ich mich nicht freuen? Wenn wir uns schon in unserer Freizeit treffen, um das zu tun, wovon wir seit Wochen reden, dann sollte uns das doch wenigstens etwas Spaß machen dürfen. Oder, was meinst du, Schwejk?“

„Tut's nicht jetzt schon streiten! Dafür habt ihr später noch Zeit genug. Hier, Kaffee für Verena, Schwejk und dich, Ingeniöhr. Und für Toni und mich den Tee. Ein grüner, aber wir müssen's dem Chef ja nicht verraten.“ Selbst Helli Drobatschnig war noch einmal ins Büro gekommen, nachdem sie von Halbs virenbedingter Abwesenheit erfahren hatte.

„Also, was tun wir gegen seine Technikaversion? Oder sollten wir sogar Technikhass dazu sagen?“

„Schwejk, jetzt übertreibst du aber. ‚Hass‘, das klingt so emotionell. Unser Chef mag eben keine technischen Hilfsmittel. Möglicherweise hatte er einmal ein traumatisches Erlebnis mit …“

„Einer Kaffeemaschine? Ah, deshalb ist er so ein leidenschaftlicher Teetrinker.“

„Ich habe eher an sein erstes Handy gedacht. Es könnte doch sein, dass ihm beim Schreiben der wichtigsten SMS seines Lebens …“

„Hat er damals schon seine Delia gekannt?“

„Nein! Jetzt hört mir doch einmal zu! … Beim Schreiben der wichtigsten SMS seines Lebens ist das Handy …“

„… und er hat erkennen müssen, dass ihn nicht nur seine Geliebte, sondern auch sein Akku im Stich gelassen hatte. Und wenn sie nicht gestorben sind … liebe Leute, es ist nicht unsere Aufgabe, das komplexe Seelenleben unseres Chefs zu erklären, sondern darüber nachzudenken, wie wir ihm seine Technikfurcht austreiben … oder wie immer ihr das nennen wollt.“

„Also, so komplex ist sein Seelenleben nun auch wieder nicht.“

„Doch, selbst dann schon, wenn es um das Einrichten einer SMS-Gruppe geht … von einer Messenger-App ganz zu schweigen.“

„Womit ich beantrage …“, wenn Schwejk seine Stimme erhob, war das durchaus noch im Nachbarzimmer zu hören, „… dass wir die Helli bitten, unseren Vorsitz zu übernehmen. Deine Aufgabe ist es, jegliches Dreinreden zu verbieten ... sogar mit drakonischen Strafen zu ahnden ...“

„Wie zum Beispiel?“

„Kaffee- oder Tee-Entzug! ... Jegliches Dreinreden zu verbieten und eine Art gesitteten Diskussionsablauf zu ermöglichen. Wobei wir dir dabei natürlich eifrig helfen. Das tun wir doch, oder?“

„Na dann ... fühle ich mich ganz wie zu Hause, in meiner Rolle als Raubtier-Dompteurin.“ Da alle freundlich genickt hatten, übernahm Helli die Aufgabe ohne zu murren.

„Ingeniöhr, du fängst an, hast du eine Idee?“

„Kurz und bündig: Nein! Ich habe mir meinen Mund schon so oft wund geredet, dass ich mich ideentechnisch total ausgepowert habe. Weder locken noch schmeicheln noch ...“

Alle hatten ihre Handys auf lautlos gestellt – außer Helli. Mit einem „Entschuldigt, aber bei drei Kindern muss man immer erreichbar sein.“ griff sie in ihre riesige Tasche, um nötigenfalls gleich auf das Piepsen reagieren zu können.

„Habt ihr nicht gesagt, dass der Chef beim Heimgehen sogar noch einen Scherz gemacht hat? So was wie ‚Morgen bin ich wieder da, aber jünger.‘? Also hat er nix von einem Außentermin erwähnt, oder? Und wieso schreibt er kein Wort über seine Verkühlung? Außerdem – seit wann macht er keinen einzigen Tippfehler? Und wieso schreibt er plötzlich keine persönliche Anrede mehr ... das hat er doch bisher immer so gehalten. Selbst in einer SMS. ‚Liebe Helli, würdest du ...‘ na, und so weiter.“

„Zeig her.“ Noch während Schwejk Helli ihr Handy aus der Hand nahm, hatten Verena und der Ingeniöhr fast automatisch nach ihren Geräten gegriffen – und gestutzt.

„Helli, steht bei Dir auch ‚Meine Lieben, leider kann ich morgen doch nicht ins Büro kommen. Ein Außentermin ist mir dazwischengekommen. Daher ... auf Wiedersehen am Montag.'? Offenbar ist diese SMS auch auf deinem Handy um 18.03 Uhr angekommen ... zur selben Minute wie auf meinem."

„Wie auf meinem." Ungläubig schüttelte der Ingeniöhr seinen Kopf.

„Und auch bei mir ... dieselben Worte, dieselbe Minute."

„Detto." Sowohl Toni als auch Schwejk starrten so konzentriert auf ihre Displays, als ob sich dahinter eine geheimnisvolle Metabotschaft verbergen würde.

„Mit einem Wort, da stimmt was nicht!"

„Stimmt, Ingeniöhr! Dass unser Chef eine Gruppen-SMS verschickt haben soll, das ist absolut ..."

„Undenkbar, ja! Aber wieso steht seine Nummer als Absender? Natürlich gibt es verschiedene Tricks, wie man ..."

„Das ‚Wie' ist doch wohl klar: Diese SMS kommt vom Handy unseres Chefs, aber nicht von unserem Chef! Womit sich die Frage stellt, wer ..."

„Und, vor allem, warum Ludwig diesem ‚SMS-ler' sein Handy gegeben hat?"

„Sicher nicht freiwillig, weil unser aller Halb und eine Gruppen-SMS, das ist ..."

„Noch dazu eine, die vollkommen atypisch für ihn ist! Nein, ich fürchte ..."

„Die SMS sollte uns bis Montag in Sicherheit wiegen!"

„Warum gerade bis Montag?"

„Weil es dann zu spät sein könnte?"

Die Frage „Zu spät wozu?" stellte niemand mehr. Am eisigen Schweigen war klar zu erkennen, dass sie alle für sich beantwortet hatten.

Donnerstag, 9. Jänner, 18.09 Uhr

„Danke, Ihr habt's was gut bei uns!" Schwejk donnerte den Hörer so laut auf die Gabel, dass alle zusammenzuckten. „Die Abgängigkeitsanzeige ist draußen, die Kolleginnen und Kollegen auf Streife halten konzentriert Ausschau und ... ja, Ingeniöhr, hast du das Handy orten können?"

„Leider nein, aber ich hab was anderes Interessantes anzubieten."

„Fein! Was?"

„Der Chef ist knapp nach dreizehn Uhr von hier weggegangen, daher wird er circa gegen zwei daheim gewesen sein. Und tatsächlich loggt sich sein Handy um diese Zeit in der Funkzelle gleich bei seinem Haus ein. Aber schon eine halbe Stunde später reißt das Signal ab, danach ist es nicht mehr zu orten."

„Und das soll interessant sein?"

„Schon ... und zwar dann, wenn du dir anschaust, welche anderen Handys um halb drei in derselben Funkzelle eingeloggt waren. Besser gesagt, wessen Handys ..."

„Sag schon, wer? Und ja, Ingeniöhr, du bist ein Genie ... falls du noch etwas mehr Aufmunterung brauchst."

„Danke, Helli! Ich habe die Mobilfunknummern von Bäuler, Firtussek, Leobert Traigenberger, seiner Mutter, seiner Schwester ..."

„Woher kennst du deren Telefonnummern?"

„Verena, das ist doch wohl eine meiner leichtesten Übungen."

„Tschuldigung!"

„... und die von Katzapitopoulos – sowohl die vom Vater wie die der Töchter –, selbst die von Tickentoehl, Jaéntes, Nepotal und Soumontino, die habe ich alle eingegeben und mir deren räumliche Profile angesehen, also, wann welches Handy wo eingeloggt war."

„Und? Wer war um viertel drei der ‚Funkzellennachbar' vom Chef?"

„Leobert Traigenberger ... und Firtussek! Und ganz knapp vor vierzehn Uhr dreißig war dann auch Bäuler in derselben Funkzelle eingeloggt, allerdings nur für fünf Minuten."

„Gut, dann ...", automatisch hatte Schwejk das Wort ergriffen, „... Helli, du schickst eine Streife zu Traigenbergers Wohnung. Die sollen ihn auf jeden Fall herbringen. Und Toni, du versuchst Doktor Bäuler zu erreichen. Und Verena ..."

„Nein, tu ich nicht! Weil ... ich bin mir ziemlich sicher, wo unser Chef gefangen ist."

„Bei Traigenbergers? Aber von wem? Von Leobert? Seiner Mutter? Oder glaubst du am Ende ... doch bei unserem smarten Herrn Rechtsanwalt? Vor allem, wo?"

„Nein!" Verenas Entsetzen ließ nur einen Schluss zu.

„Du meinst ...? Das überlebt er nicht!" In dieser Sekunde hätte man mit Schwejks Stimme Betonblöcke schneiden können.

Donnerstag, 9. Jänner, 18.35 Uhr

„Monsignore, danke, dass Sie so schnell kommen konnten und ..."

„Aber das ist doch selbstverständlich! Weil, wenn das stimmt, was Sie mir angedeutet haben ... entsetzlich! Hier entlang, bitte." Unmittelbar hinter den Eisengittern hob Soumontino die beiden Bodenklappen auf, dann kletterte er als Erster die schmale Stiege hinunter.

„Sollen wir auch mit? Oder ..." Als der junge Polizist einen Blick in den dunklen Schacht warf, begann er ganz leicht zu schwanken.

„Nein, danke. Wir brauchen Sie als unsere Kommandozentrale an der Oberfläche, gleich hier beim Abgang. In den nächsten Minuten sollten noch ein Rettungswagen und die Feuerwehr eintreffen, nur für den Notfall. Aber falls wir in ... na, sagen wir einer Stunde nicht wieder aufgetaucht sein sollten, dann ..."

„Hole ich die Polizei." Tapfer rang sich der junge Streifenbeamte ein Lächeln ab.

Nachdem sie sich mit drei Schaufeln, zwei Spitzhacken und Rucksäcken voller Taschenlampen und Campinglaternen „bewaffnet" hatten, stiegen die Teamlinge vorsichtig Soumontino nach. Als sie unten ankamen, hatte er bereits Licht gemacht.

„Und gleich hier links ...?"

„... kommen wir zu den Grufträumen ..."

„... voll mit Knochen, die erst vor Kurzem entdeckt und noch einmal bestattet worden sind. Ja, jetzt kenne ich mich wieder aus."

Selbst dieser Minidialog zwischen Toni und dem Pfarrer ließ die anderen nervös um sich blicken. Der Luftzug hörte sich plötzlich nach einem leisen Stöhnen an, ab und zu schienen aus den steinernen Wänden leere Augenhöhlen zu starren.

„Und hier rechts ist die Domherrengruft, die führt ..."

„Nein, da vorne müssen wir nach links! Ganz sicher!" Erstaunt wandten sich alle zu Toni, so bestimmt hatte er schon lange nicht geklungen. „Glaubt's mir, bitte! ... Und Sie auch, Monsignore! Ich war nämlich schon vergangenes Wochenende hier unten, im Rahmen einer Spezialführung. Sehr spannend, und ..."

„Aber links vorne sind nur die sogenannten ‚Anräume', sie sind nicht zugänglich, weil ..."

„... weil im März 1945 eine Bombe in die Obere Sakristei eingeschlagen hat, die dann bis hierher heruntergedonnert ist und dabei die Decke zerstört hat. Das Gewölbe ist zwar wieder aufgebaut worden, aber trotzdem gesperrt geblieben. Ja, ja, stimmt schon, aber ... hinter diesem großen Gruftraum hier, da gibt es vermutlich einen Gang, der bis zu den neuen, also den erst vor Kurzem entdeckten Katakomben führt. Auch zu der unter dem ‚welschen Felsen'. Also auch zu ..."

„Dann los, wir haben keine Zeit zu verlieren." In Soumontino schien nicht nur das leidenschaftliche Herz eines italienischen Priesters, sondern auch das eines Entdeckers und Abenteurers zu schlagen.

Donnerstag, 9. Jänner, 18.52 Uhr

„Chef!" Sie hatten mit dem Schlimmsten gerechnet, aber damit nicht! Im Schein ihrer Taschenlampen sahen sie Halb auf dem nackten Steinboden sitzen, inmitten eines seltsamen Musters aus Totenköpfen und anderen Knochen.

„Wir sind ja so froh, dass du lebst! Bei deiner Klaustrophobie ..."

„Verena, nein! Ich habe keine Klaustrophobie! Gut, ich mag es nicht, wenn die U-Bahn zwischen zwei Stationen langsamer fährt. Und Aufzüge – und ganz besonders Katakomben! – kann ich auch nicht leiden. Aber ich habe keine Klaustrophobie!"

„Ist schon gut, Herr Hofrat, Sie sollten sich jetzt nicht so ..."

„Ah, ihr habt mir geistlichen Beistand mitgebracht. Na ja, man kann ja nie wissen ... schon gar nicht, wenn man jemanden aus einem Verlies befreit. Buona sera, Monsignore!“

„Guten Abend, Herr Hofrat! Gott sei Dank ...“

„Wobei ich Ihnen ausnahmsweise beipflichte.“

„... sind wir noch rechtzeitig gekommen. Aber jetzt ...“

„Chef!“ Als der fünffache Jubel ausbrach, duckte sich Halb, als ob der geballte Schall auf ihn herabstürzten könnte. „Wenn du nicht du wärst, dann würden wir dich glatt ...“

„Untersteht euch! Denn erstens bin ich vollkommen verdreckt, zweitens stinke ich vor Angstschweiß wie ein Iltis, und drittens ... bin ich ich! Immer noch. Daher ...“

„... werden wir dich jetzt über abenteuerliche Schutthalden hinauf geleiten und ...“

„Nein, das werdet ihr noch nicht! Denn ich möchte eure Aufmerksamkeit auf das hier lenken.“ Als Halb auf das obskure Gebilde auf dem kalten Steinboden deutete, waren sich seine Teamlinge nicht mehr ganz so sicher, ob ihr Chef nicht doch einen Schaden davongetragen hatte. „Nein, ich spinne nicht! ... Das seh ich an euren Blicken, dass ihr euch das denkt! Aber ihr müsst euch das folgendermaßen vorstellen: Diese Taschenlampe hier hat mich zwar am Anfang vor einem sofortigen Tod durch Entsetzen bewahrt, aber das Wissen um die Kurzlebigkeit ihrer Batterien hat mich dafür später erst recht zur Verzweiflung gebracht. Daher habe ich sie nur sehr spärlich aufgedreht ... und mich gezwungen, in der Finsternis den Fall Stück für Stück durchzugehen, alle Details auf ihren richtigen Platz zu legen. Verena, wenn du wüsstest, wie oft mir deine geblödelten Worte von der ‚Cogititis combinatosa‘ durch den Kopf gegangen sind, mir ... und jetzt werde sogar ich pathetisch ... Trost geschenkt haben, du würdest dich ...“

„Aber daran hast du offensichtlich nicht einmal hier gelitten.“ Helli hatte als Erste die nahenden Abgründe erkannt und entsprechend rational gegengesteuert.

„Nein ... nein, im Gegenteil! Was macht man, wenn man im Dunklen und unter extremem Stress logisch denken will? Man sucht sich Gegenstände, die man allein durchs Greifen gut unterscheiden kann. Denen gibt man dann Namen ... also man benennt sie nach gedanklichen Puzzleteilen, die man so lange verschiebt, bis sie am richtigen Platz liegen ... und das meine ich bei diesen Knochen wortwörtlich.“

Als Halb die sechs verständnislosen Gesichter vor sich sah, nahm er den Totenkopf in die Hand, der das Zentrum des Musters bildete.

„Nehmt zum Beispiel diesen großen Totenschädel hier in der Mitte, der steht für Doktor Traigenberger. Am Anfang ...“

„... war der Mord an ihm.“

„Eben nicht! Es war Selbstmord, aber ein sehr raffinierter, quasi als Ergebnis einer unglücklichen Verquickung zweier Ereignisse: Zum einen war da der geldgierige Plan vom sauberen Herrn Firtussek ...“, Halb deutete auf einen etwas kleineren, deutlich deformierten Schädel, „... mit einer Megapleite ein Vermögen zu verdienen, zum anderen der sehnlichste Wunsch von Traigenberger, in diesen blödsinnigen Vienna City Center Crypts der erste

‚Tiefkühltruhenmieter‘ zu sein. Traigenberger hat um seine Lungenkrebserkrankung gewusst ... vor allem aber um seinen Hirntumor. Daher hat es ihn beinahe zerrissen zwischen dem einen Wunsch, seinem Leben ein Ende zu bereiten, noch bevor er die Kontrolle über sein Denken verliert, und dem anderen, eben in den VCCCs seine letzte Ruhestätte zu finden, um in möglichst naher Zukunft wieder neu erschaffen zu werden ... selbstverständlich strahlender als heute. Selbstmord oder nicht, das war hier ... keine Frage! Weil ...“

„... weil ihm klar war, dass er dann erst recht nicht sein Lebensziel, dieses Kryo-Grab, erreichen würde. Denn da war ja noch dieser Sixtus Ekkehardt.“

„Exakt, Schwejk! Sixtus Ekkehardt ...“, diesmal zeigte Halb auf einen Totenkopf, dem ein Teil der Schädeldecke fehlte, „... der selbsternannte Hüter über die einzig wahre Moral, der ihm im Falle eines Selbstmords ...“

„... endgültig seine ewige Traumruhe ruiniert hätte.“

„Perfetto, Monsignore! Der Selbstmord musste also wie ein Mord aussehen. Und, zur Sicherheit ...“

„... musste auch Ekkehardt umgebracht werden. Traigenberger fürchtete – zu Recht! –, dass der kleine Großinquisitor selbst nach der vermeintlichen Ermordung nicht locker lassen und ihm, dem scheinbaren ‚Mordopfer‘, seinen Gruftwunsch verweigern würde.“ Eine Sekunde lang schien es, als ob Halb tief Luft holen wollte. Als er sich aber besann, an welchem Ort er sich nach wie vor befand, beließ er es bei einem kurzen Einatmen. „Ich nehme an, dass dieser ebenso ungewöhnliche wie raffinierte Plan, ein wahnsinniges ‚Knochenmonster‘ auferstehen zu lassen, Traigenberger junior eingefallen ist.“

„... der dann diese Rolle selber übernommen hat?“

„Glaub ich auch, Verena! Denk nur an heute Mittag, wie Leobert beinahe ausgerastet ist, als wir vom Rolls-Royce erzählt haben. Leobert war – und ist – ja geradezu abhängig von der väterlichen Anerkennung, sodass er selbst über dessen Grab hinaus garantiert alles getan hat, um ein guter Sohn zu sein."

„Schon klar! Was tut man nicht alles, um ein guter Sohn zu sein ... lügen und morden eben!"

„Toni, wenn es um eine adäquate Grabstätte geht, dann ist manchem eben nichts ... heilig."

Soumontino quittierte Halbs Stichelei mit einem tiefen Seufzer. „Ja, ja, nichts ist so ewig wie das eigene Grab."

„Nein, Monsignore, in Österreich hat auch die Ewigkeit ein Ablaufdatum." Auch Schwejk genoss hörbar die Rückkehr zur vertrauten Ironie. „Hierzulande heißt es bekanntlich ‚Grabstelle auf Friedhofsdauer', und das ist der endgültige Beweis dafür, dass nicht einmal ein Grab bis zum Jüngsten Gericht erhalten bleiben muss. Denn sogar in Wien werden Friedhöfe aufgelassen, selbst in dieser Stadt hält nichts auf ewig!"

„Doch, Provisorien!" Auch Soumontino war nicht auf den Mund gefallen. „Und weil Gräber – etwas wüst formuliert – eine Art ‚Provisorium' darstellen, haben sie gerade in Wien Ewigkeitscharakter!"

„Mit einem Wort: ‚Drum morde, wer sich ewig bindet!'" Dass gerade Helli – „Beinahe-Langzeit-Ehefrau" und Mutter dreier hoffnungsfroher Sprösslinge – diese Verballhornung knochentrocken in die Runde warf, ließ das restliche Team selbst in dieser Situation schallend lachen.

„Wie bist du eigentlich darauf gekommen, dass Traigenberger junior unser ‚Knochi' sein könnte? Der stand doch nicht wirklich in der ‚Mörderauslage' ... oder haben wir da was übersehen?" Da der Ingeniöhr noch immer ein wenig vor sich hin prustete, brauchte Halb einen Moment, bis er die Frage verstanden hatte.

„Nein, habt ihr nicht! Vor allem deshalb, weil ich erst heute beim Heimkommen von Doktor Lirtscherer zwei wesentliche Details erfahren habe."

„Von unserer Frau Gerichtsmedizinerin?"

„Ja! ... Ah, das können Sie ja nicht wissen, Monsignore. Die Dame ist eine meiner zwei Mieterinnen ... also, die andere ‚Mietpartei' ist eigentlich eine ganze Familie, die Korbers. Und deshalb begegne ich manchmal einer meiner beruflichen Ansprechpersonen auch zu Hause, um genau zu sein am Gang, oder aber auch im Hof bei den Mistkübeln, und deshalb ..."

Soumontino hob beschwörend die Hand. „Herr Hofrat, ich verstehe nur eines: Dass Sie sich nicht rechtfertigen müssen, mit wem Sie wann und wo sprechen. Also, von dieser Gerichtsmedizinerin ..."

„Doktor Lirtscherer."

„... haben Sie erfahren ... was?

„Wie gesagt, zweierlei. Zum einen: Wegen des Lungenkrebses hätte Traigenberger nie und nimmer länger als fünf Minuten mit dem Klebeband über dem Mund überleben können. Da er nicht schon vorher erstickt war, sondern noch im Moment des Sturzes gelebt hat ... das wissen wir, weil unser freundlicher Straßenkehrer ihn noch schreien gehört hat, kann Traigenberger senior den klebrigen Knebel nur ganz kurz getragen haben. Ich nehme an, dass er ihn sich aufgepickt, gleich wieder heruntergerissen und ins Eck von dem Bauaufzug geworfen hat, nur, damit ihn unsere Kriminaltechniker finden, und wir glauben, dass er von seinem Mörder geknebelt worden wäre."

„Das hieße aber, dass auch die Reste von der Paketschnur ..."

„Genau dasselbe! Reine Alibi-Fesseln. Und zweitens ... das war der Serverabsturz. Verena, vielleicht erinnerst du dich ... wie wir bei Traigenbergers waren, hat doch Leobert erzählt, dass er von den Fesselspuren an den Handgelenken der Leiche seines Vaters wüsste."

„... obwohl wir sie gar nicht erwähnt hatten. Und dann hat er behauptet, dass er diese Information von einem Freund hätte, der auf der Grazer Gerichtsmedizin arbeiten würde. Auf Leoberts Bitte hin hätte der ihm den Obduktionsbefund seines Vaters vom Server heruntergeladen und gemailt, obwohl das ungesetzlich wäre."

„Was aber nicht möglich war, denn ebenjener Server der Wiener Gerichtsmedizin ist vor Tagen abgestürzt und seither auch nicht wieder zum Leben erweckt worden, sodass unsere arme Frau Doktor weder ihre Mails lesen noch auf dem Server arbeiten kann. Also ..."

„... ist die Geschichte von Leobert Traigenberger erstunken und erlogen! Und damit war dir klar, dass er von den Fesselspuren nur wissen konnte, weil er seinem Vater bei dessen Selbstmord geholfen hatte." Befriedigt lehnte sich Verena an den steinernen Türrahmen.

„Und da ich noch dazu felsenfest davon überzeugt war, dass sein Tod und seine Ermordung eng verbunden waren ...", Halb deutete auf einen Haufen von länglichen Knochen zwischen den beiden „Symbolschädeln" von Traigenberger und Ekkehardt, „... ist es nahegelegen, davon auszugehen, dass Leobert Traigenberger bei beiden Gewalttaten seine Hände im Spiel gehabt haben muss."

Einen Moment lang herrschte konzentrierte Stille – „Totenstille", dachte Halb –, aber dann ging das muntere „Mörderquiz" weiter.

„Chef, und den Badernig hat auch Traigenberger junior ..."

„Nein, den hat der Firtussek ermordet. So wie mich auch ... also, wie er mich auch ... wollte."

„Aber wieso?"

„Ich vermute, dass der ganze Vienna City Center Crypts-Blödsinn von vornherein als Versicherungsbetrug im großen Stil geplant war. Firtussek hatte nie vor, diesen futuristischen ‚Gefrierhorror' zu bauen! Aber um ja keinen Verdacht zu erwecken, musste er extra viel Wind um die VCCCs machen, sodass niemand auf die Idee gekommen ist, nach Baubewilligungen, Baufortschritten oder anderen unwichtigen Kleinigkeiten überhaupt erst zu fragen. In dem Versicherungsvertrag von dieser ‚NUSOCOMINCE' ..."

„Du meinst die ‚NOSUCCOMINCE' von der ‚CHISILI'!"

„... in dem Vertrag steht sicher eine horrende Summe, die ihm die Chinesen zahlen müssen, wenn das Projekt total schief gehen sollte. Was ganz sicher der Fall gewesen wäre!"

„Aber die hätten – oder haben – doch peinlich genau kontrolliert, ob nicht ein Versicherungsbetrug vorliegt!"

„Möglicherweise hatte Firtussek einen Komplizen, der ihm dabei geholfen hat."

„Und du meinst, der Komplize war Badernig?"

„Nein! Badernig war nur ein ... wie heißt das heute so schön? ... Ein ‚tragischer Kollateralschaden'. Ich vermute, dass Firtussek Badernig in einer schwachen Minute von seinen wahren Plänen erzählt hat. Dummerweise gerade dem Mann, der, wie wir wissen, nicht nur ein begnadeter Zuhörer, sondern mindestens ein ebenso großartiger Erpresser war."

„Und wie Badernig dieses Wissen gewinnbringend umsetzen wollte, da ..."

„... ewiger Schlaf im Rolls-Royce-Kofferraum!"

„Aber woher hat Firtussek gewusst, wo der Wagen war? Und, wieso hatte er die Schlüssel?“

Halb zuckte mit den Schultern. „Meine Lieben, alles weiß nicht einmal ich! Aber ich verspreche euch, das werden wir ihn fragen, wenn wir ihn verhaftet haben. So, aber jetzt, auf an die frische Luft und ...“

„Gleich, Chef, gleich! Nur noch eine Frage ...“, vorsichtig ging Schwejk in die Knie und angelte nach dem deformierten „Firtussek-Totenkopf“, „... der Anschlag auf Firtussek, wer war das? Er selber?“

Halb nickte anerkennend. „Er selber! Ich bin mir sicher, er hat das Attentat inszeniert, um jeglichen Verdacht von sich zu lenken. Möglicherweise hat ihm der Straßenkehrer sogar mehr geschadet als genützt. Ich könnte mir vorstellen, dass Firtussek die Fernsteuerung für die Drohne unter seinem Mantel versteckt gehalten hat. Er wollte sie in ein paar Metern Entfernung abstürzen lassen, allerdings erst dann, wenn einige Passanten zufällig durch den Hof vorm ‚welschen Felsen‘ spaziert wären ... er brauchte Zeugen für den vermeintlichen Anschlag. Aber Tschochaev, den hat er nicht bemerkt. Als der wegen der ‚Drohne im Mondschein‘ aufgeschrien hat, ist Firtussek erschrocken und hat das elektronische Insekt irrtümlich unmittelbar neben sich abstürzen lassen. Deshalb seine Säureverletzungen.“

Noch einmal ließ Verena den Lichtkegel ihrer Taschenlampe über die gespenstischen Schädelregale wandern. „Und wie du Firtussek heute im Spital nach seiner ‚NOSUCCOMINCE‘ gefragt hast, da ist ihm klar geworden, dass es nur mehr eine Frage der Zeit war, bis du ihn als Betrüger und Badernig-Mörder entlarven würdest. Und deshalb musste er auch dich ...“

„„Ich hasse es, wenn man mir zu nahe kommt! Trotzdem: Eine Lampe für den Herrn Hofrat, damit Sie die ganze Pracht des Todes sehen können ... als Vorgeschmack!'" Mit starrem Gesicht las Halb den Zettel vor.

„Aber jetzt ist es vorbei!" Als Helli Halbs Hand ergriff und ihn schwungvoll zum Ausgang zog, blieb er lächelnd stehen. Dann deutete er Soumontino und seinen „Teamlingen", sich im Kreis um das Knochenmuster aufzustellen.

„Versteht ihr, was ihr hier seht? Keine makabren Skelettreste, sondern ein Netz aus Gier und Eitelkeit, das drei, beinahe vier Menschen das Leben gekostet hat: ein Selbstmord, der wie ein Mord aussehen musste; ein Folgemord, der wie das Werk eines Wahnsinnigen aussehen sollte; ein durch Zufall ‚notwendiger' Mord, von dem ‚Mörder Nummer eins' nichts wusste; ein Mordanschlag, der keiner war; und zuletzt ein Mord, der keiner wurde ... weil ihr rechtzeitig ... danke!"

Donnerstag, 9. Jänner, 19.18 Uhr

Kaum, dass sie den schaurigen Ort verlassen und über die ersten Steinhaufen geklettert waren, hörten sie in der Ferne aufgeregte Stimmen. Keine Minute später prallten sie beinahe mit fünf Polizisten, einigen Feuerwehrmännern, einer Notärztin und zwei Sanitätern zusammen.

„Haben Sie den Herrn Hofrat ... ah, Gott sei Dank, Sie sind's! Weil ... die Stunde ist schon seit Minuten um, und wir haben gedacht, dass Sie ..."

„Danke vielmals, meine Dame, meine Herren, wie Sie sehen können ... ich lebe."

„Das festzustellen überlassen Sie bitte uns! Wenn Sie sich hier drauflegen möchten." Wie von Zauberhand erschien eine Krankentrage neben Halb, auf die ihn mehrere kräftige Hände niederzwangen.

Als sie die Oberfläche erreicht hatten, fühlte er sich wie nach einem Sturm auf hoher See.

„Sehen Sie, Herr Hofrat, so grün und gelb, wie Sie aussehen, war es durchaus vernünftig, dass wir Sie ..."

„Kunststück, Frau Doktor! Bei dem auf und ab über die ganzen Schutthalden ... und wie Sie mich dann noch die enge Treppe hinaufgetragen haben, da ..."

„Da wird es Ihnen schon morgen viel besser gehen! Sie werden sehen, eine Nacht im Spital und ..."

„Das kommt nicht in Frage!" Mit zwei Griffen befreite sich Halb von den Riemen, mit denen er gesichert war, dann sprang er von der Trage und landete direkt vor Schwejk.

„Und, habt ihr Traigenberger und Firtussek schon verhaften lassen?"

„Nein, Chef, natürlich haben wir alle Kräfte instruiert, aber ... bisher erfolglos. Die zwei sind wie vom Erdboden verschluckt. Wir wissen wirklich nicht mehr, wo wir sie suchen ..."

„Aber ich! Dass ich daran nicht gleich gedacht hab! Ich Depp, ich! Mitkommen!"

Noch während er brüllte, war Halb bereits losgerannt. Im Bruchteil einer Sekunde erkannten Toni, Schwejk und Verena, wohin er stürmte, weshalb sie ihn auf den letzten Metern bis zum Südturm einholen konnten.

„Da oben, auf dem Gerüst!" Verena hatte die beiden als Erste entdeckt.

„Weg da! Alle da unten, weg da! Sonst bringt er mich jetzt gleich um!" Selbst vom Boden aus konnte man Firtusseks Panik nicht nur an seiner Stimme erkennen. Im glitzernden Nieselregen blitzte immer wieder ein dünner Strich vor Firtusseks Hals auf – offenbar hielt ihm Leobert Traigenberger von hinten eine Klinge an den Hals.

„Da hinein! Aufbrechen bitte!“ Auf Halbs Kommando tauchten hinter ihnen einige Feuerwehrmänner mit einem schwarz glänzenden Zylinder auf, der wie ein Stück stählerner Baumstamm aussah. Nach drei Stößen mit der Ramme gab die Holztür am Fuße der 343 Stufen nach. Diesmal schien ihn das enge Stiegenhaus geradezu einzusaugen. Halbs Adrenalinpumpen arbeiteten auf Hochtouren, sodass er erst auf den letzten Metern die Enge wahrnahm. Als Halb den Bausteg betrat, hatte sich Leobert mit seiner Geisel ans andere Ende des schmalen Gerüsts zurückgezogen.

„Keinen Schritt weiter, sonst ...“

„Sonst was? Sonst töten Sie Firtussek? Und das soll eine Drohung sein? Witzbold! Wiedersehen!“ Noch während sich Halb wieder zum Stiegenhaus umdrehte, brach hinter ihm eine Lawine aus hysterischen Schimpfwörtern los.

„Sie können mich doch nicht mit diesem Wahnsinnigen allein lassen!“

„Ich tu’s wirklich! Ich schneid ihm die Kehle durch!“

„Herr Hofrat, Sie ... Sie feige Drecksau, ich hätte Sie gleich erschlagen und in der Katakombe verrotten lassen sollen!

„... die Kehle durch, und dann werf ich ihn hier runter.“

„Herr Traigenberger ...“, ganz langsam wandte sich Halb um, als ob er noch einen letzten Blick auf das Schafott werfen wollte, „... Ihr Vater, welche Strafe würde er für angemessen halten? Einen schnellen Tod, oder lebenslange Haft?“

„Weder noch ... einen langsamen Tod! Aber die Zeit habe ich leider nicht! Und deshalb ...“ Traigenberger riss den Kopf seiner Geisel so ungestüm nach hinten, als ob er ihr das Genick brechen wollte.

„Aber wir!“ Unwillkürlich machte Halb einen raschen Schritt auf Traigenberger zu – und rutschte beinahe auf dem spiegelglatten Eisengitter aus. „Wir, Herr Traigenberger, haben die Zeit! Wir können den sauberen Herrn Firtussek bis an sein Lebensende hinter Gittern versauern lassen ... und das ist doch noch ärger als ...“

„Halten Sie mich für blöd? Wegen eines lächerlichen Betrugs soll diese elende Kreatur lebenslang ...“

„Aber doch nicht deshalb! Herr Traigenberger, wir haben etwas viel Besseres anzubieten! Mord! Das stimmt doch, Herr Firtussek, Sie haben Badernig getötet. Oder?“

„Wenn Sie sowieso schon alles wissen, warum fragen Sie denn ...“

„Wissen Sie, ich habe ein seltsames Hobby, ich höre so gerne Geständnisse. Und ich finde, gerade heute habe ich es mir redlich verdient, mich ein wenig entspannen zu dürfen. Wobei, ich bin ja kein Unmensch, ich will es für Sie noch um eine Spur einfacher machen: Ich sage ihnen, was wir schon wissen, und Sie sagen mir, was wir noch wissen wollen. Einverstanden? Herr Traigenberger, wären auch Sie damit einverstanden?“

„Oh ja, sehr sogar!“ Leobert verstärkte den Druck auf Firtusseks Hals, dann setzte er die Klinge an dessen linker Kehle an und ...

„Ja, ja, ich will ja alles gestehen!“

„Fein! Dann darf ich einleiten. Dass Badernig eine sagenhafte Begabung hatte, in schwachen Momenten Menschen ihre tiefsten Geheimnisse zu entlocken, das wissen wir schon ... und offenbar sind auch Sie auf ihn reingefallen. Haben Sie ihm alles erzählt oder nur eine unmissverständliche Andeutung gemacht?“

Trotz des Würgegriffs schaffte es Firtussek, laut zu seufzen. „Man sollte in der Gegenwart eines Erpressers auf keinen Fall zu viel trinken! Selbst, wenn man ihn seit Jugendtagen kennt. Oder ... vielleicht gerade dann nicht? Egal! Zuerst war es nur ein kleines Detail: Ich hatte erwähnt, dass ich mich schon seit Jahren mit Projektausfallsversicherungen beschäftigt hatte. Und dann ... meine zweite unaufmerksame Minute: Ich Idiot wollte ihm unbedingt imponieren, er konnte nämlich nicht nur grandios zuhören, er hatte auch so eine Art, einen zum verbalen Wettkampf herauszufordern. Ja, und da ist es mir dann herausgerutscht ... dass ich das Haus ‚Zum welschen Felsen‘ erst gekauft habe, als mir ein Bekannter von einer möglichen Sensation erzählt hatte.“

„Welche Sensation? Woher hat der davon gewusst?“

„Na, eben der Fund der beiden Katakomben! ... Weil er als Geologe für eine der beteiligten Baufirmen gearbeitet hat. Und die haben von diesen ‚Knochengrotten‘ schon Wochen, bevor sie es öffentlich gemacht haben, mehr oder minder genau gewusst. Und wie ich das gehört habe, habe ich mir gedacht ... ja, da ist sie! Die beste, die größte, die schönste Chance meines Lebens! ... Trotz schrecklicher Schulden schnell das Haus zu kaufen, unter dem all diese verdammten Knochen gefunden werden würden. Denn schon bald wären es die verdammten Knochen unter meinem verdammten Haus! Mir, mir gehört’s! Und dann könnte ich eine Luftschloss-Konstruktion verkünden, und alle würden mir auf den Leim gehen! ... Und eines war klar: Je verrückter und geschmackloser dieses ‚Jahrhundertprojekt‘ wäre, desto eher könnte ich im Hintergrund einen wunderbaren Versicherungsbetrug durchziehen. Das ist ja der Trick: Gib ihnen den Rauch, und sie werden das Feuer panisch fürchten und wie verrückt bekämpfen ... alle! ... außer Badernig! Der war nicht blöd, der hat sofort begriffen, wie mein ausgeprägtes Interesse an Versicherungen und meine Vienna City Center Crypts zusammenhängen. Zuerst wollte er nur ein Büro in meinem ‚welschen Felsen‘, selbstverständlich kostenlos! Aber schon bald ist er mit der Forderung herausgerückt, ihm über einen ‚akuten finanziellen Engpass‘ zu helfen. ‚Nur dieses eine Mal‘ – dass ich nicht lache! Und deshalb ...“

„... mussten Sie ihn umbringen. Ja, natürlich, das kann man verstehen!“ Halb zögerte einen Moment, dann machte er – quasi nebenbei – noch einen Schritt nach vorne. „Was ich aber noch nicht begriffen habe ... wie haben Sie ihn umgebracht? Ich meine, wie haben Sie Badernig zum Rolls-Royce gelockt? Und, wieso haben Sie überhaupt von dem Wagen gewusst? Und die Schlüssel, woher hatten Sie die?“

„Oh, das war ganz einfach.“ Firtussek begann allen Ernstes zu kichern. „Ich habe ihn – natürlich ganz lieb und freundlich – gewarnt, dass ihn die Polizei suchen würde. Aber ich könnte ihm eine wunderbare Fluchtmöglichkeit anbieten, einen Nobelschlitten, den ich für Notzeiten gebunkert hätte. Sogar mit echten Nummerntafeln! Der Depp hat sich noch bedankt bei mir. Der Rest war einfach, nach dem Motto: ‚Ein kurzer Stich, ein scharfes Messer, das macht den Mörder immer besser!‘ Ah ja, bevor ich’s vergesse: Offenbar sind Sie nicht auf den danebenliegenden Knochendolch hereingefallen! Schade, ich habe mir das so lustig vorgestellt, wie sich die Polizei wegen dieses Relikts aus dem Geisterreich zu fürchten beginnt. Erst recht, da ich diese seltsame Waffe tatsächlich in meiner Katakombe gefunden hatte, zwischen all den Knochenteilen. Und den Autoschlüssel, den ... um Gottes willen, sind Sie wahnsinnig, ich stürze! ... Hilfe!“

Halb konnte nicht genau sehen, was geschehen war, aber plötzlich hing eine der beiden dunklen Gestalten über der Eisenbrüstung.

„Und wenn du jetzt nicht gleich die Wahrheit sagst, dann ...“ Traigenberger hatte seine Geisel mit beiden Händen am Gürtel gefasst und hob sie nun zentimeterweise über das Geländer.

„Ich sag sie ja, ich sag sie ja!“ Firtusseks Gebrüll übertönte mühelos das Klatschen der inzwischen schweren Regentropfen. „Ihr Vater, der war auf diesen Kryonik-Schwachsinn geradezu versessen! Insgesamt drei Mal hat er mich um einen ‚höchst vertraulichen‘ Gesprächstermin gebeten, er wollte alles absolut sicher geklärt haben, bevor er sich ...“

„... bevor er sich umbringen wollte?“ Halb war endlich nahe genug herangekommen, um selbst das weinerliche Gestammel verstehen zu können.

„Mein Vater hat sich nicht umgebracht!“ Leoberts Wimmern hatte sich in ein Brüllen verwandelt, das Halb einen allzu rutschigen Schritt zurückweichen ließ. „Mein Vater wollte einfach nicht mehr ...“

„Was, Herr Traigenberger? Zusehen, wie er nach und nach die Herrschaft über sein Denken verliert? ... Und jetzt lassen Sie den Blödsinn, ziehen Sie doch Firtussek endlich wieder zurück!“

„Ja, ziehen Sie, ziehen Sie, weil nur mit festem Boden unter den Füßen ... erzähle ich Ihnen ... ja, danke! Ob Sie’s glauben oder nicht, Ihr Vater war mir gegenüber geradezu unterwürfig, er hat wirklich alles probiert, um sich mein Wohlwollen zu erkaufen. Er hatte solche Angst vor dem Tod, dem Hinabsinken in die bedeutungslose Leere, da müssen ihm meine Vienna City Center Crypts als eine Offenbarung erschienen sein. Sogar seine Nobelkutsche wollte er mir zeigen, mehr noch, er hätte mir erlaubt, sie zu fahren! Zuerst habe ich abgelehnt ... aber mitgefahren bin ich schon. Und nachher habe ich ein wenig geschauspielert ... ich wäre dermaßen hingerissen gewesen, dass ich doch einmal selber hinter dem Lenkrad Platz nehmen wollte. Deshalb hat mir Doktor Traigenberger ...“

„Sie wollen behaupten, mein Vater hätte Ihnen ...“

„... erlaubt, mit dem Royce eine Spritztour zu machen? Ja, hat er. Na ja, und dann ...“

„Und dann?“

„Zuerst ...“ Da Firtussek nach wie vor mit dem Gesicht zu Traigenberger stand, konnte Halb nicht erkennen, warum er so zögerte. „Zuerst habe ich den Schlüssel zu einem Profi gebracht ... wenn man das Original hat, ist eine Kopie keine Hexerei. Beim nächsten Treffen habe ich ganz besonders die Ledersitze bewundert. ‚Diese Geschmeidigkeit, dieser unbeschreibliche Geruch ...‘ – na ja, und während der Lobhudelei bin ich richtig ins Auto hineingekrochen, um auch alle Nähte gebührend zu würdigen. Es war kein Problem, in dem Moment ein kleines Ortungsgerät unter dem Beifahrersitz zu fixieren. Erstaunlich, wie präzise so ein elektronisches Helferlein einem meldet, wo der Wagen gerade steht oder fährt. Weil ...“

„Warum wollten Sie das wissen? Was hat Ihnen das gebracht ... abgesehen davon, ein adäquates Versteck für Badernigs Leiche zu haben, aber davon haben Sie zu dem Zeitpunkt ja noch nichts wissen können.“

„Weil ...“

„Rede, oder ich …“ In einer anderen Situation hätte Halb Traigenbergers Geschicklichkeit, mit der er Firtussek gleichzeitig herumriss und ihm das Messer an den Kehlkopf setzte, bewundert.

„Also gut! Was Sie und Ihre Schwester und Mutter vermutlich nicht wissen, ist … es gibt ein neues Testament Ihres Vaters! … Eines, das ihm Doktor Bäuler sehr empfohlen hat!“

„Du lügst! Und deshalb …“

„Herr Traigenberger! Lassen Sie ihn am Leben! Da kommt noch etwas Entscheidendes. Oder?“

Offenbar hatte Firtussek endgültig aufgegeben, sein ganzer Körper schien in sich zusammengefallen zu sein. „Laut diesem Testament würden die Hinterbliebenen nur ihren Pflichtteil bekommen, der Rest würde in eine ‚Stiftung zur Förderung des Abbaus von Vorurteilen gegenüber der Kryonik‘ fließen. Und diese Stiftung …“

„Würden natürlich Bäuler und Sie kontrollieren! Das wäre dann wohl als kleine ‚Extrabelohnung‘ neben Ihrem Versicherungsbetrug gedacht gewesen. Aber ich verstehe immer noch nicht, was das mit dem Rolls-Royce zu tun gehabt hätte?“

„Das … also …“

„Zum letzten Mal! Spuck’s aus!“ Noch einmal drückte Leobert seiner Geisel nervös die Klinge an den Kehlkopf, noch einmal sackte Firtussek in sich zusammen.

„Ich …“ Plötzlich schien Firtussek wieder voller Energie zu sein. Er duckte sich von der Klinge weg und stieß Traigenberger seinen rechten Ellenbogen in den Magen. Dann griff er nach dem Handgelenk seines Gegners und warf ihn über die rechte Schulter. Halb hechtete nach vorn – und blieb neben Leobert mit schmerzverzerrtem Gesicht liegen.

„Bitte kein Theater, Herr Hofrat! Stehen Sie ganz langsam auf ... und das Messer lassen Sie schön liegen! Tempo, nicht so lahm."

Als er sich mühsam aufgerichtet hatte, sah Halb in die Mündung einer kleinen schwarz schimmernden Pistole.

„Herr Traigenberger, wenn Sie mich das nächste Mal entführen, dann sollten Sie mich nach dem Zusammenschlagen erst einmal gründlich durchsuchen. Und, Herr Hofrat ... Kompliment, Sie sind zäher, als ich gedacht habe. Dass Sie ..."

„Ja, danke! Aber genug der Charmeoffensive, wenn Sie uns bitte noch schildern wollen, warum Sie dieses Theater um den Rolls-Royce gemacht haben."

„Wollen? Doch, ja, da Sie mich so höflich bitten, will ich es Ihnen gerne erklären! Aber dann muss ich Sie leider verlassen – und das werden Sie mir sicher ermöglichen, denn ansonsten ..."

„Ja, ja, schon gut! Wir haben schon begriffen, jetzt Sie sind am Drücker. Also, wir warten."

Genüsslich lehnte Firtussek genau in der Ecke, in der er noch vor einigen Minuten um sein Leben gebettelt hatte. „Oh, das ist ganz einfach. Wir haben ja nicht gewusst, wie lange Traigenberger senior noch am Leben bleiben würde. Und wie lange er noch in seiner geliebten Nobelkarosse herumkutschieren würde. Aber das Geld, das ..."

„Das in die Stiftung fließen sollte?"

„Genau das! Wir haben es dringend gebraucht, weil ... das Projekt ‚Vienna City Center Crypts' war pleite. Meinen Versicherungsanspruch konnte ich erst nach dem endgültigen Aus unseres wunderbar innovativen Projekts anmelden, und ..."

„Das wäre wann gewesen?"

„Vermutlich hätten wir noch ein oder zwei von den ehrenwerten Vertretern des Rats zur Beurteilung der Bestattungswertigkeit und -würdigkeit" umgebracht ... übrigens: Danke, Herr Traigenberger, dass Sie uns den Herrn Ekkehardt abgenommen haben. Das waren doch Sie, oder?" Offenbar war Leobert schwer verletzt worden, nach wie vor lag er wort- und regungslos auf dem Eisengitter. „Na, auch egal! Also, nach ein oder zwei weiteren Morden hätten wir dann über die Medien verkündet, unter diesen entsetzlichen Bedingungen nicht mehr weitermachen zu können. Dann hätte es ein entsprechendes Rauschen im Blätterwald gegeben ... und schon hätten wir unsere Partner von der chinesischen Versicherung davon überzeugen können, dass ..."

„Und wo wäre das Nummernkonto gewesen?"

„Es geht doch nichts über die wunderschönen Cayman Islands. Na, und weil eben das große Geld noch auf sich warten ließ, hatten wir vor, dem Rolls-Royce schon in den nächsten Tagen einen unauffälligen Besuch abzustatten ..."

„... und dank des nachgemachten Schlüssels problemlos den Motorraum öffnen und irgendetwas manipulieren zu können, sodass Traigenberger noch vor seinem baldigen natürlichen Tod bei einem Autounfall tragischerweise ums Leben gekommen wäre. Dann hätten sie wenigstens sein – nicht unbeträchtliches – Erbe, wenn auch minus der Pflichtteile, einstreifen können. Oder aber ... falls die Erbschaft zu lange gedauert hätte, hätte sich die Stiftung um einen Kredit bemühen können. Hut ab ... wenn Sie nicht so eine Bestie wären, dann ..."

„Aber, aber, Herr Hofrat, Sie werden doch kein schlechter Verlierer sein? Sehen Sie es doch viel lieber positiv: Sie sind trotz meines kleinen Hiebs immer noch ein heller Kopf."

„Ein heller Kopf!" Wütend trat Halb einen Schritt auf Firtussek zu. „Ein heller Kopf! Deshalb wollten Sie mich umbringen? Weil ich klug bin? Noch dazu auf eine derart abartige Weise? Ersticken lassen in einer Katakombe ..."

Noch einmal wandelte sich Firtusseks Gesicht binnen einer Sekunde, die arrogante Verbrechervisage wich einer hasserfüllten Fratze, dann spuckte er die Worte vor Halb aus. „Weil ich Leute wie Sie auf den Tod nicht ausstehen kann! Die Reiter der hohen Rösser! Mit einer Rüstung aus strahlender Moral! Aber wissen Sie was? Leute wie Sie können nur deshalb ach so untadelig sein, weil es Leute wie mich gibt! Gierige, gewissenlose Individuen, die nur nach ihrem ..."

„Großartig, Herr Firtussek!" Halbs langsames Händeklatschen hallte vom Dach wider. „Was für ein großes Theater! Ich werde Sie für den Iffland-Ring vorschlagen. Aber jetzt wechseln wir von den großen Klassikern zur modernen Kunst! ... Das ist die, bei der ich mich nie auskenne. Deshalb habe ich mir angewöhnt, den Künstler, so er anwesend ist, nach dem tieferen Sinn seines Kunstwerks zu fragen. Also, Herr ‚Mordkünstler', noch einmal: Warum wollten Sie mich töten? Das ‚warum so brutal' habe ich begriffen, aber ... warum gerade heute?"

Firtussek deutete eine kleine Verbeugung an. „Das Genie dankt für den Beifall! ... Na ja, ganz einfach, wegen des Zettels, den Sie Ihrer reizenden Mitarbeiterin in die Hand gedrückt haben. Na, heute in der Früh, im Krankenhaus. Ich hab's Ihnen angesehen, Sie haben ihr irgendein Detail draufgekritzelt, das sie überprüfen sollte. Ein Detail, aus dem Sie mir einen Strick gedreht hätten. Stimmt's? Eben! Vielleicht ... ja, vielleicht hatte es aber auch etwas mit meinem missglückten Attentat gestern Abend zu tun. So ein Mist, warum muss mir dieser blöde Straßenkehrer in die Quere kommen. Oder aber ... vielleicht war es die fehlende Lebensversicherung, die Sie misstrauisch gemacht hat? Das wäre doch ein köstliches Detail, finden Sie nicht auch? Meine fehlende Lebensversicherung, die Sie Ihr Leben kostet. Egal, auf jeden Fall habe ich es gespürt – der Mann kommt mir zu nahe, der Mann muss weg!"

„Zu nahe kommt ..." Halb hatte sofort den Geschmack von Tabasco auf der Zunge. Einen Moment lang schien sein Kopf zu explodieren, aber dann atmete er tief durch und lächelte in den neblig-schwarzen Nachthimmel. Lächelte – und lauschte. Das Geräusch erinnerte ihn an Feiertage und glänzende Kinderaugen. Wann immer die Sondereinheiten ihr spezielles Können demonstrierten, standen die Flugpolizei und ihre wagemutigen Besatzungen im Mittelpunkt. Je lauter das Knattern wurde, desto mehr versprach es Ruhe. Ihm würde nicht mehr viel Zeit bleiben. Aber die eine Frage wollte er noch geklärt wissen. „Und warum haben Sie vom Ketchup über die Erdbeermarmelade und Kindermalkastenfarben zum Tabasco gewechselt? Was sollten diese kindischen Drohbotschaften? Und die Rechtschreibfehler – haben sie die für originell gehalten?"

„Das war ich ..." Der Rest von Firtusseks Antwort ging im brutalen Lärm der zwei Hubschrauber unter, von denen einer über ihnen in der Luft zu hängen schien.

Möglicherweise war es wegen der Rotorblätter, die die Regentropfen wild durcheinander wirbelten – auf jeden Fall sah Halb zu spät, dass Firtussek die Waffe in seine Richtung hielt.

Freitag, 10. Jänner, 8.38 Uhr

„Verehrte Schwester Hellebarde ..."

„Herr Hofrat, lesen werden Sie doch noch können! Hier, auf meinem Namensschild steht es doch klar und deutlich, ich heiße ‚Heller Bertha'. Und nicht ..."

„Verehrte Schwester Heller Bertha! Und wenn Sie mir noch hundertmal erklären, dass Sie mir diese Injektion gerade jetzt geben müssen ... dann werde ich Ihnen eben einhundertundeinmal widersprechen! Solange die da drüben in der Ecke stehen, werde ich mich sicher nicht umdrehen und Ihnen meinen ..."

„Aber Ihren Oberarm darf ich schon nackt sehen? ... So, danke, das war's schon! Ach, übrigens, in einer halben Stunde ist Visite. Selbst in einem Einzelzimmer wie dem Ihren sollte es dann etwas ruhiger zugehen. Also, es wäre vernünftig, wenn dann Ihr ... Ihr persönlicher Fanclub das Zimmer verlassen hätte. Noch einen schönen Tag, die Herrschaften."

Kaum, dass sich die Tür geschlossen hatte, begann es um Halbs Bett zu summen.

„Chef, die Ärzte sagen, dass ...

„Chef, Delia lässt dir ausrichten, dass sie etwas später ..."

„Ludwig, mein Gott, ich darf gar nicht dran denken, was ..."

Da sein linker Arm in einer Schlinge steckte, geriet Halb etwas ins Schwanken, als er sich aufzusetzen versuchte. Vermutlich würde ein forsches ‚Ruhe!' nicht viel nützen, jedoch ... „Verena, wärst du so lieb ..." Seine Stimme war kaum zu erkennen, er klang, als ob er nur mehr Minuten zu leben hätte.

„Chef, um Gottes willen, sollen wir einen Arzt holen?"

„Aber nein. Ich wollte nur ... egal! Schön, dass ich eure ungeteilte Aufmerksamkeit genieße. Und damit zum formellen Teil: Ich weiß zwar nicht, wem ich diesmal mein Leben zu verdanken habe, aber ...“

„Niemandem. Chef, so leid es uns tut, es dir sagen zu müssen: Du hast nur einen Streifschuss abbekommen.“

„Toni, du musst dich irren! Weil ... ihr wisst's, dass ich eher zu den ‚harten Burschen‘ gehöre, aber im Moment tut mir wirklich alles weh! Sehr weh! Also, das kann nicht nur von einem einzigen Streifschuss ...“

„Doch, Chef. Wobei, du hast schon Recht, der Streifschuss tut dir nicht weh. Aber wie du auf das Eisengitter gefallen bist, hast du dir zwei Rippen angeknackst. Und dann ist noch einer von den ‚Sonderkollegen‘ beim Sturm auf den Bausteg an Traigenbergers Kleidung hängen geblieben und ...“

„Es war halt ein unglücklicher Zufall, dass er dann genau auf dich draufgestürzt ist und ...“

„... also die Ärzte meinen, dass es so ungefähr ...“

„... wobei sie betonen, dass sie das einstweilen wirklich nur über den Daumen ...“

„... also an die dreizehn Prellungen!“

„Aber es gibt auch eine gute Nachricht! Deine ohnehin lädierte Wirbelsäule ist völlig heil geblieben. Also, sollte dir das Kreuz weh tun, kannst du dich damit trösten, dass es nur die umliegenden Knochen, Muskeln und Sehnen sind.“

Entnervt ließ sich Halb in den Polster zurücksinken. „Dann gibt es wohl nur ein Mittel, um mir etwas Trost zu spenden.“

„Und zwar?“

„Na, was wohl! Die Details, ich will von euch alles erfahren! Und deshalb ...“, vorsichtig hob Halb seinen rechten Arm, „... setzen sich Verena, Schwejk und Toni an meine rechte Seite, und Ludwig, Helli und der Ingeniöhr an meine linke. Verena, du beginnst – Firtussek, was ist mit ihm geschehen?“

Am lähmenden Schweigen erkannte Halb die Antwort, noch bevor Schwejk zu ihr ansetzte.

„Er war schneller als die Kollegen. Nach dem Schuss auf dich hat er die Waffe gegen sich gerichtet und ...“

„Aber dafür haben wir den sauberen Herrn Traigenberger lebend bergen können. Er liegt übrigens nur drei Zimmer weiter, natürlich gut bewacht.“

„Schön, Verena! Und?“

„Ludwig, kannst du dich noch an deine letzte Frage oben auf dem Gerüst erinnern?“ Wie so oft hatte sich Straka vorgedrängt.

„Ja. Ketchup, Erdbeermarmelade, Malkastenfarbe und zuletzt Tabasco ... und dann noch die ganzen kindischen Fehler – was wollte der Firtussek damit erreichen? Aber das können wir ihn ja wohl nicht mehr fragen, weshalb ...“

„Das nicht, aber Leobert Traigenberger hat inzwischen gestanden, dass die alle sein Werk waren. Also, bis auf den letzten Zettel, den in deiner ... in deinem ...“

„Ist schon gut, Schwejk. Ihr dürft ruhig das Wort ‚Katakombe‘ aussprechen. Oder auch ‚Kerker‘.“ Vorsichtig verlagerte Halb sein Gewicht nach rechts. ‚Und was wollte Jung-Traigenberger damit erreichen? Oder war das nur eine der diffusen Ideen seines kokainverseuchten Gehirns?“

„Teils, teils. Der Grund, warum er das überhaupt inszeniert hat, hat ganz vernünftig geklungen: Er wollte den Eindruck erwecken, als ob ein Wahnsinniger hinter allen her wäre, die mit den Vienna City Center Crypts zu tun hatten. Er hat sich gedacht, dass der Tod seines Vaters dann leichter als vermeintlicher ‚Mord‘ akzeptiert werden und keiner blöde Fragen stellen würde.“

„Und was ist der andere Teil von ‚teils teils‘?“

„Eben die Materialien, mit denen er seine ‚Kunstwerke‘ gebastelt hat. Und natürlich die Rechtschreibfehler. Wie wir ihn danach gefragt haben, hat er nur zu kichern begonnen. Offenbar hat er das so wahnsinnig witzig gefunden, einen analphabetischen Liebhaber verschiedener Nahrungsmittel zu erfinden.“

„Und ... Helli, bitte stopfst du mir einen Polster unter meine rechte Schulter ... ja, genau dort, danke! Und habt ihr ihn auch gefragt, wie er überhaupt auf die Idee gekommen ist, dass diese VCCCs ein Lügengebäude sein könnten? Warum hat er gerade gestern Abend den Firtussek entführt?“

„Da hat er uns lustigerweise eine ‚doppelte Antwort‘ gegeben. Die erklärt auch, warum ... ach so, davon weißt du ja noch gar nichts. Wir haben dich gestern nur deshalb relativ rasch gefunden, weil der Ingeniöhr die glorreiche Idee hatte, nachzusehen, welche Handys um die Zeit, als du verschwunden bist, in der Funkzelle bei deinem Haus eingeloggt waren.“

„Aber was sollte das bringen? Ich meine, da waren doch sicher tausende ...“

„Aber mich haben nur die Nummern interessiert, die ich unseren Hauptverdächtigen zuordnen konnte. Und dabei hat sich gezeigt, dass ...“

„Ingeniöhr, falls ich dich jemals beschimpft haben sollte, bitte ich um Verzeihung!“

„Aber Chef, das hast du doch nie! Doch nicht mich, deinen Leib-und-Magen-Techniker.“

„Eben! ... Und bitte bring mich nicht zum Lachen, da tun die Rippen besonders weh! Also, abgesehen von Firtussek, wessen Telefon hast du noch identifizieren können?"

„Interessanterweise das von Doktor Bäuler. Und das von Traigenberger. Und das ist deshalb zustande gekommen, weil unser junger Freund Firtussek gefolgt war ... er behauptet, er hätte schon seit Tagen so ein unbestimmtes Gefühl gehabt, dass mit den VCCCs etwas nicht stimmen würde. Wann immer er Firtussek nach einem konkreten Bautermin gefragt hätte, hätte der ihm sehr ausweichend geantwortet. Und deshalb wäre er ihm gestern nachgefahren und ..."

„Aber wieso hat er dann nicht gesehen, wie Firtussek mich niedergeschlagen und in sein Auto verladen hat?"

„Weil er eine kurze Pause einlegen musste! ... Sagt er. Ich nehme an, dass er irgendwo kurz verschwunden ist, um sich eine ‚frische Nase' zu gönnen. Aber danach hat er Firtussek wieder aufgespürt, ihn außer Gefecht gesetzt und auf den Turm hinaufgeschleppt. Offenbar hatte sich schon sein Vater etliche Schlüssel zu diversen Türen in und um Sankt Stephan besorgt, weshalb es auch für den Junior kein Problem war, dort ein und aus zu spazieren. Ah ja, eigentlich wollte er mit seiner Geisel höher hinauf ... an dieselbe Stelle, von der aus sein Vater gesprungen war. Firtussek sollte genau denselben Tod erleiden."

„Entsetzlich! Und hat er eine Ahnung, wieso auch Doktor Bäuler ..."

„Den hat er lustigerweise in eines der Bordelle in deiner Nachbarschaft hineingehen sehen. Da er immer wieder Personen aus dem Rotlichtmilieu verteidigt, gehen wir selbstverständlich davon aus, dass er sich mit einem Mandanten getroffen hat. Alles andere ..."

„... wäre natürlich nur eine böse Unterstellung! Apropos – habt ihr ihn schon verhaftet?"

„Ja, aber du kennst ihn ja. Er hat gleich das ganze Rechtsverdreher-Feuerwerk gezündet, unsere Juristen bezweifeln, dass wir ihm irgendetwas nachweisen werden können. Erst recht, da Firtussek tot ist."

Halb versuchte zu seufzen, aber angesichts seiner verletzten Rippen beließ er es lieber beim Hauchen. „Ja, solche Typen kommen immer wieder davon, aber irgendwann geht der Krug doch zu oft zum Brunnen und dann ..."

„... kommt es zu einer Vergiftung des Trinkwassers. Lieber Ludwig, jetzt sollten wir dich aber verlassen, weil gleich dürfte die Visite kommen und ..."

„Ludwig!" Ohne auf die anderen zu achten, stürmte Delia herein.

„Liebling, bitte Vorsicht, weil ..."

„Dreizehn Prellungen hat der Herr Hofrat!"

„Und zwei angeknackste Rippen."

„Von der Schussverletzung gar nicht zu reden."

„Raus!" Mit der Autorität eines schwerverletzten Feldherrn wies Halb sowohl seine Teamlinge als auch Straka aus dem Zimmer, was aber nicht gelang, da sich genau in dieser Sekunde eine Lawine weißer Mäntel den Weg ins Zimmer bahnte.

„Guten Morgen, Herr Hofrat ... oder sollte ich besser ‚verehrtes Publikum' sagen? Nein, ohne Spaß, so geht das nicht! Wenn jetzt bitte alle das Zimmer verlassen möchten, damit wir ..."

„Gerne, Herr Professor, aber meinen Sie nicht auch, dass ich doch noch ein oder zwei Tage hierbleiben sollte? Angeblich bin ich doch nicht ganz so unverletzt."

Professor Slabotetz schüttelte nur leicht verzweifelt den Kopf. „Alle außer Ihnen natürlich! Es sei denn, die Herrschaften möchten dabei sein, wenn wir Ihre Verletzungen genauer untersuchen und notgedrungen ..."

„Wir sind schon weg!"

„Chef, dann noch einen möglichst schönen Tag!"

„Und falls du einen Spitalskoller haben solltest, dann ..."

„... denk einfach dran, wie viel unbequemer es da oben auf dem Bausteg war, ganz zu schweigen von da unten in der Kata..."

„Aaaah!" Halbs Brüllen leerte fast augenblicklich das Zimmer. Nur drei der Ärzte – und Delia – schien er nicht im Mindesten imponiert oder gar gestört zu haben, unerschütterlich blieben sie am Fußende und neben seinem Kopfpolster stehen.

„Siehst du, genau so könnte ich jedes Mal schreien, wenn mich Toni oder Schwejk oder Straka anrufen, um mir zu sagen, dass du wieder einmal ..." Obwohl sie ganz ruhig geklungen hatte, brach Delias Stimme mitten im Satz ab.

Halb drehte so weit den Kopf, dass er ihr in die Augen schauen konnte. Tränen vermochte er keine zu entdecken, aber ihm war noch nie aufgefallen, was für einen traurigen Braunton sie anzunehmen imstande waren. Vielleicht war es aber auch nur das künstliche Krankenhauslicht, das sie ...

Ein Räuspern ließ ihn aus seinen Überlegungen auffahren. „Herr Hofrat, es geht mich ja im Grund genommen nichts an, aber ... angesichts Ihrer früheren Wirbelsäulenverletzungen sollten Sie wirklich nicht mehr so oft den Haudegen spielen. Da muss ich Ihrer Frau Gemahlin schon recht geben."

„Sie ist nicht meine ... meine ich zumindest, dass sie nicht ... so verletzt ist, meine Wirbelsäule. Aber Sie haben sicher Recht, schön langsam sollte ich mehr auf meine ... Frau hören. Sehr viel mehr!"

Nein, es lag nicht nur am Braunton! Da war noch eine andere Qualität, eine andere Dimension, die unabhängig von der Beleuchtung war. Eine Art Strahlen, das von ganz hinten, aus den Tiefen der Augen kam.

Als sie sich umsahen, merkten sie, dass sie ganz alleine waren. Professor Slabotetz und seine beiden „Adjutanzärzte" hatten sich still und heimlich verabschiedet.

Freitag, 10. Jänner, 22.57 Uhr

Vorsichtshalber hatte er sich gar nicht erst ausgemalt, wie anstrengend sein kleines Abenteuer sein würde. Aber so mühsam hatte er es sich nicht vorgestellt!

Als er endlich die paar Meter zurückgelegt hatte, spürte er keinen einzelnen Knochen mehr – sein Körper fühlte sich wie eine einzige „Großschmerzzone" an.

Obwohl der Polizist leicht eingenickt war, sprang er sofort auf. „Ah, Sie sind's, Herr Hofrat. Ich hab wirklich nicht geschlafen, ich wollte mich nur ..."

„Ist schon gut, von mir aus können Sie ruhig weiter... sich ausruhen. Ich möchte nur kurz mit Herrn Traigenberger sprechen, ein paar letzte Details klären."

„Wie Sie wünschen, Herr Hofrat! Wenn Sie was wollen, brauchen Sie es nur zu sagen."

„Danke! Es geht schon." Tapfer verzog Halb sein Gesicht zu einem angedeuteten Lächeln, obwohl er am liebsten „Doch, ja, tragen Sie mich sofort wieder in mein Bett zurück!" ausgerufen hätte.

Sollte er das Licht aufdrehen? Einen Moment lang zögerte Halb, dann hatten sich seine Augen so weit ans Halbdunkel gewöhnt, dass er sich auch so halbwegs zurechtfand. Langsam tappte er zum Sessel neben dem Bett, darauf bedacht, Traigenberger nicht gleich zu ...

„Herr Hofrat, eines muss ich Ihnen lassen, Sie sind zäh!“

„Danke für das Kompliment, das ich nur erwidern kann! ... Und entschuldigen Sie bitte, dass ich Sie doch geweckt habe. Ganz ehrlich, das wollte ich nicht.“

„Sondern?“

„Noch ein paar Fragen klären. Aber das hätte ja nicht gleich sein müssen. Wissen Sie, ob ich in meinem Bett liege und nicht schlafen kann oder ob ich hier sitze und nicht schlafen kann, ist mir ...“

„Welche?“ Als sich Traigenberger ächzend aufzurichten versuchte, begriff Halb erst, dass auch sein Gegenüber massive Schmerzen haben musste.

„Zum Beispiel, wie es Ihnen gelungen ist, diesen Dienstwagen ... den von der Erzdiözese, den Sie geradezu schändlich missbraucht haben, um sich darin als Monster zu verkleiden. Wie haben Sie es geschafft, den zu stehlen? Ich meine, Sie sind ja nicht wirklich ein professioneller Autoknacker, oder irre ich mich da?“

Zuerst schien Traigenberger junior zu husten, aber nach ein paar stoßweisen Atemzügen erkannte Halb, dass es ein abgehacktes Lachen war. „Gestohlen? Ich? Wer sagt denn so was? Herrlich ... ich, ein Dieb! Herr Hofrat, Sie können mir eines glauben: Wann immer ich in meinem Leben ein Auto wollte, habe ich es mir ausgeborgt oder gekauft! Zugegeben, ich habe nicht immer meine richtigen Papiere vorgelegt ... ein falscher Führerschein hat durchaus auch seine Vorteile, erst recht, wenn man Ihnen den richtigen abgenommen hat. Aber gestohlen habe ich noch nie in meinem Leben! Warum denn auch? Geld war mein geringstes Problem! Nein, wer immer behauptet, dass ich diese Erzdiözesen-Karre widerrechtlich entwendet hätte, spinnt! Tatsache ist, dass mein Vater einen Schlüssel für diesen Wagen hatte. Ganz offiziell. Ich glaube, es war Monsignore ..."

„Soumontino?"

„Aber nein, doch nicht der! Nein, ein anderer, aber dessen Name fällt mir gerade nicht ein. Egal, auf jeden Fall hat dieser Mann meinem Vater den Wagen geborgt, damit der endlich mit einem passenden fahrbaren Untersatz käme."

„Passend? Was bitte soll das heißen?"

„Ganz einfach ...", offenbar hatte Leobert Traigenberger inzwischen so viel Kraft geschöpft, dass er sich in einem Zug an seinem Bettgalgen aufziehen konnte, „... mein Vater war immer ein gern gesehener Gast, wenn auch nur bei manchen der Kirchenherren. Aber gerade deren Einladungen waren meistens Festivitäten, die von einem deutlichen Medieninteresse begleitet waren. Und damit mein Vater nicht schon wieder mit dem Rolls-Royce vor all den Kameras und sonstigen neidgeplagten Kleingeistern auftreten musste, hat man ihm diesen Kleinwagen zur Verfügung gestellt."

„Quasi ein ‚soziales Downsizing'? Jetzt weiß ich endlich, wofür die Abkürzung ‚PS' steht – ein Kleinwagen hat einen geringeren ‚Protz-Status'."

„Herr Hofrat, Sie finden doch immer die richtigen Worte! Ich nehme an, dass Sie jetzt verstanden haben – ich hatte es nicht notwendig, den Wagen zu stehlen, denn ..."

„Sie waren nach wie vor im Besitz der Schlüssel. Und vermutlich auch der Papiere. Ja, ich verstehe ... zumindest dieses Detail. Aber ..."

„Und zwar?"

„Aber ich will Sie nicht überfordern. Also sollten Sie inzwischen wieder müde geworden sein, dann ..."

„Herr Hofrat!“ Noch einmal begann Traigenberger mit seinem „Lach-Husten“. „Ich bitte Sie, halten Sie mich doch nicht für dümmer, als ich bin. Was Sie mich jetzt fragen, müssen Sie mich bei den Vernehmungen nicht mehr fragen! ... Oder wenigstens werden Sie es dann nur mehr streifen. Und da wir beide gerade so vertraulich beieinandersitzen ...“

„... plaudern wir noch ein wenig! Zum Beispiel über Ihre abenteuerliche Idee, ein gräberplünderndes Monster zu erschaffen. Mir ist schon klar, dass Sie nicht einfach so Herrn Ekkehardt umbringen konnten! Da hätten Sie sich genauso gut nach der Tat stellen können, so verdächtig, wie Sie automatisch gewesen wären. Aber warum musste es gleich eine derartige Hollywoodeinlage sein?“

Leoberts Atemzüge wurden noch etwas kürzer, dann kippte seine Stimme ins Kichern. „Seit Jahren kreist mein Leben um drei Fixpunkte: Um meinen Vater – sein Sohn zu sein war ein ziemlich harter Job! Außerdem natürlich um mein ... na ja, meinen kleinen ‚weißen Liebling‘. Und drittens – ich bin völlig verrückt nach Science-Fiction-Filmen! Und plötzlich hat sich die Möglichkeit geboten, alle drei unter einen Hut zu bringen. Für meinen Vater musste ich ...“

„Ihn bei seinem Selbstmord begleiten?“

„Ja, das auch!“ Traigenbergers Stimme brach nur eine Sekunde ein. „Aber vor allem war es meine Pflicht, diesen arroganten, armseligen Wicht zu töten! Und natürlich hat mich das Ganze unheimlich gestresst, und deshalb ...“

„... konnten Sie sich wieder einmal einreden, besonders viel Kokain zu brauchen.“

„Das war kein Einreden, das war ... ach was, das verstehen Sie ja doch nicht! Und dann ... fehlten nur mehr die Science-Fiction-Filme. Und plötzlich hatte ich so unendlich Lust auf dieses witzige Monster aus dieser Marsmenschen-Serie! Sie werden ‚Marry me, Martian man' vermutlich nicht kennen, aber ..."

„Witziges Monster? Ich bezweifle, dass die Leute, die Sie erschreckt haben, das witzig gefunden haben! Der Obdachlose hatte fast einen Herzinfarkt! Und Herr Ekkehardt, dessen ..."

„War's das?" Allein die Erwähnung dieses Namens ließ Leoberts Tonfall an Schärfe gewinnen, die Halb mit stoischer Ruhe parierte.

„Nicht ganz. Eine Frage hätte ich noch: Warum haben Sie den Knochen zum Mord an Ekkehardt extra mitgebracht? ... Und versuchen Sie nicht, mich anzulügen. Ich weiß, dass Sie die Tatwaffe nicht erst in einem der Gräber gefunden haben."

Einen Moment lang schien Traigenberger zu überlegen, ob er jetzt nicht doch lieber schweigen sollte. Aber dann sprudelte es wieder aus ihm heraus. „Ich habe Frau Ekkehardt nicht gekannt. War sie dick, war sie dünn, könnte ich mit ihren sterblichen Überresten einen heftigen Schlag ausführen? Das war mir zu unsicher, daher habe ich mir eben auf Umwegen einen schönen, festen Oberschenkelknochen besorgt und ..."

„Mit ‚auf Umwegen' meinen Sie ihren Freund in der Grazer Gerichtsmedizin?"

„Ja und nein. Wie ich ihn besucht habe, hatte ich eine große Sporttasche mit. Er hat gar nicht gemerkt, dass ich dieses ‚Souvenir' mitgehen lassen habe. Na ja, und dann habe ich den Knochen natürlich gesäubert, damit mir nicht so graust. Obwohl er sich erstaunlich glatt und appetitlich angegriffen hat."

„Gesäubert? Vor dem Mord?"

„Ja! Aber danach habe ich ihn wieder mit Erde eingeschmiert, damit er den anderen Knochen möglichst ähnlich sieht.“

Trotz der Situation begann Halb heiser zu lachen. „Den ‚Knochenjob‘, also das Putzen, das hätten Sie sich sparen können. Sie haben nämlich einen Kunststoffoberschenkel gestohlen. So ein Ding, das man in Vorlesungen herumzeigt.“

„Bitte?“ Selbst im fahlen Licht konnte Halb erkennen, dass ihm Leobert kein Wort glaubte.

„Ja, zumindest behauptet das unsere Gerichtsmedizinerin ... und die wird es ja wissen.“

„Ihre Gerichtsmedizinerin? Eine Frau, die an Leichen herumschneidet? Und so wem vertrauen Sie? Mein Vater hat immer gesagt, dass es nur zwei Typen von Frauen gibt: die, denen man nicht vertrauen kann, und die, die man nicht ausnützen kann! Seltsamerweise hatte er sein Leben lang ...“

Halb spürte einen scharfen Stich, aber der stammte von keiner seiner Verletzungen! Er wollte nicht daran erinnert werden, dass Doktor Traigenberger und Delia ... nun ja, einander vor langer Zeit begegnet waren.

Vor sehr langer Zeit!

Plötzlich schien es in einem anderen Leben gewesen zu sein, dass er eine junge Prostituierte hatte festnehmen müssen. Nein, vertraut hatten sie einander damals ganz sicher nicht! Aber ausgenützt hatten sie einander auch nicht. Nie!

Und inzwischen hatte sich die Welt um hundertachtzig Grad gedreht.

Wie hatte Professor Slabotetz gesagt? „Da muss ich Ihrer Frau Gemahlin schon Recht geben.“

Warum eigentlich nicht?

Ihr Recht zu geben, fiel ihm in letzter Zeit ohnehin immer leichter.

Und die Anrede ...

Als Halb sich gegen seine Schmerzen stemmte und schwungvoll aufstand, unterbrach Leobert Traigenberger seinen klagenden Vortrag mitten im Wort.

„Aber Herr Hofrat, was soll denn diese plötzliche Überaktivität? Haben Sie denn keine weiteren Fragen mehr an mich?"

„Nein, danke, jetzt nicht mehr! Wobei, wissen Sie, was komisch ist? ... Die wichtigste Frage, die Sie mir beantwortet haben, die habe ich Ihnen gar nicht gestellt. Gute Nacht!"

Mühsam schwankend verließ Halb das Zimmer, dabei spürte er Traigenbergers Kopfschütteln in seinem Rücken. Eine Sekunde war er versucht, sich umzudrehen und ihm alles zu erklären. Aber gleich darauf ließ er es wieder sein.

Manches verstand man eben am besten, wenn man gar nicht erst danach fragte.

Dankesworte

Kaum, dass sich Hofrat Halb und sein Team an die Klärung des nächsten Mordes machen, ziehen sich jene, die schon im Vorfeld zu dessen Lösung beigetragen haben, still zurück.

Wenn auch nicht gleich, denn vorher möchte ich mich noch lauthals bedanken!

Bei ...

... den Herren Univ.-Prof. Dr. Heinz Weber und OMR Dr. Peter Roesler für ihre medizinischen Gedanken und Empfehlungen, ohne die Dr. Lirtscherer nur wenig beitragen könnte.

... den Damen Shqipdone Gashi und Mag.ª Sylvia Lohnauer für ihre Anregungen, auf welche Weise Säuren auch in modern-technisierter Form altmodisch brutal töten könnten.

... MMag. Volker Hornberg für die zahlreichen anregenden und durchaus erheiternden Gespräche, obwohl sie diesmal von Fragen zum Leichen- und Bestattungswesen ausgegangen sind.

... Dr. Georg Schörner für sein außergewöhnliches Wissen wie auch für die viele Zeit, in der er mir – sehr vergnüglich – meine Technikfragen beantwortet hat.

... meiner Lektorin Nina Gruber, M. A. sowie dem Team des Haymon Verlags, ohne das die schönsten Mordgedanken eben nur solche blieben.

... meiner Mutter, die auch dieses Buch von der ersten Idee bis zur letzten Korrektur ebenso mit klugen Gedanken wie mit – je nach Notwendigkeit – stoischer Gelassenheit bis mitreißendem Optimismus erst ermöglicht hat.

Peter Wehle
Kommt Zeit, kommt Mord
Ein Wien-Krimi
312 Seiten, € 12.95
HAYMON taschenbuch 165
ISBN 978-3-85218-965-9

Ermittlungen mit Stil im Wiener Blutgassenviertel: Kaum kehrt Hofrat Ludwig Halb ins Bundeskriminalamt zurück, überschlagen sich die Ereignisse – ein Mann gesteht auf seinem Totenbett einen Dreifachmord, für den seit Jahren ein anderer einsitzt. Gleichzeitig flattert Halb eine unerwartete Erbschaft ins Haus. Zwischen Wiener Nobelbezirken, Kaffeehäusern und Rotlichtviertel muss er bald erkennen, dass nichts so ist, wie es scheint.
Peter Wehle hat mit Hofrat Halb einen liebenswerten Ermittler geschaffen, der beweist, dass man dem Bösen auf der Welt auch mit Stil zu Leibe rücken kann – ein Krimi voll Witz, Charme und verblüffender Wendungen.

„Geniale Ermittler à la Sherlock Holmes sind aus der Mode gekommen. Peter Wehle hievt mit seinem Hofrat Halb einen Vertreter dieser vom Aussterben bedrohten Spezies auf die Bühne des fiktiven Verbrechens.“
Salzburger Woche, Michael Stadler

Peter Wehle
Mord heilt alle Wunden
Ein Wien-Krimi
288 Seiten, € 12.95
HAYMON taschenbuch 191
ISBN 978-3-7099-7815-3

Gemütliche Krimispannung zwischen Punschkrapferln, Kaffeehäusern und Kunstmuseen: Andreas Kandler ist seit über zwanzig Jahren Nachtwächter in einem großen Wiener Kunstmuseum. Aber jetzt meint er durchzudrehen, denn: Ein Bild spricht zu ihm. Genauer gesagt spricht es bedrohliche Warnungen aus, die den völlig verstörten Wächter zur Polizei treiben. Hofrat Ludwig Halb, Spitzenkriminalist mit Altwiener Charme, hat für solche Schauermärchen eigentlich keine Zeit. Doch als der erste dubiose Todesfall im Umfeld des Museums passiert, nimmt der beliebte Hofrat seine Ermittlungen auf.

Peter Wehle
Wenn einer einen Mord begeht
Ein Wien-Krimi
224 Seiten, € 12.95
HAYMON taschenbuch 210
ISBN 978-3-7099-7843-6

Spannung erster Klasse vor Altwiener Kaffeehaus-Kulisse: Zwanzig Jahre ist es her, dass ein Serienmörder am Wiener Gürtel sein Unwesen trieb. Der Fall wurde nie gelöst. Da passiert ein neuer Mord, und zwar nach genau derselben Methode wie damals. Hofrat Halb und sein Team sind auf den Plan gerufen. Bei Melange und Apfelstrudel rauchen die Köpfe der Ermittler. Nebenbei soll Halb auch noch die Geburtstagsfeier seines ungeliebten Vorgängers ausrichten. Da tritt plötzlich ein tragisches Detail zu Tage, das alle bisherigen Theorien zum Einsturz bringt ...
Ein mysteriöser Cold Case gepaart mit der allseits beliebten österreichischen Gemütlichkeit!